U0644013

挪威现当代文学译丛

死亡的随从

Dødens drabanter

[挪威] 古纳尔·斯塔阿莱森 / 著　邓悦现 / 译

上海译文出版社

1

一通来自过去的电话。"你好，我是西西莉。"她说。我没有吭声。她又说："西西莉·斯特兰德。"

"西西莉！好久不见了。你还好吗？"

"还行吧。"

"你还在做社工吗？"

"是啊，我们这些人里还是有几个在干这行。"

"我们至少有十年没见了吧？"

"没错，我走出了大山。五年前去了奥斯陆。一九九〇年的夏天。"

"你这该不会是从奥斯陆打来的电话吧？"

"不，我现在在卑尔根。在芒克波顿看我的老母亲。不知道你是不是还记得她。"

"我不……"

"这也不奇怪，但是……我有些重要的事情要跟你说。"

"好啊。"

"如果你有时间的话。"

"我最不缺的就是时间了，我总是这样说。"

"我们能见一面吗？"

"当然。你想在哪儿碰头？"

"松恩山路那儿怎么样？"

我看了看窗外。今天早上下了一场雨，但并没有带来几分秋意。现在，九月的阳光如同流动的蜂蜜般笼罩着整座小镇。弗洛恩山看上去绿意盎然、清爽宜人，松恩山路蜿蜒其中，不像是要再刮一场风暴的样子。"具体在哪里？"

"要不然就在我们第一次遇见的地方？我半小时之内就能出门。"

我看了看手表。"很好。就这么说定了。"

五分钟后，我打开了电话答录机，锁上了办公室的门，出发了。我穿过鲜鱼市场，途经弗洛恩索道下面的肉市，沿着台阶往斯坎森和那里老旧的白色消防站走去。第一片黄叶已经飘落，但树梢的绿意还很浓郁。斯坎森公园里的幼儿园里传来孩子们兴奋的叫喊声，听起来他们正拿着塑料桶，用泥巴做着蛋糕。栗子树上依然藏着些果实，夏天的最后一对喜鹊正在枝头清脆地鸣叫。最后，我横穿海斯滕旁边的小路，来到约定的松恩山路。

松恩山路是卑尔根最适合散步的地方。一代代人都曾在礼拜天走上这条路，眺望他们深爱的小镇，指点着他们居住的屋子，用一种透露国家机密的语气说："那就是我们住的地方。"在当地人的语境里，海斯滕（也就是"马"的意思）指的是立在一座自动饮水机旁边的一块牌子，牌子上面写着"记住，马也需要休息"。[1]在举办松恩山路世纪纪念庆典的时候，这里原本有一座石质饮水槽。

我开始往上走。一个身穿及膝短裤和连帽厚夹克的老年男子迈着跳跃的步伐向山路高处走去。一个班级的学生在体育老师的带领下慢跑着经过守林人的小屋，如同在生命之海上起伏的一片浪花，还没有遭遇过海面上的风暴。他们经过时，我避到路边，以免被拖进青春的幻梦之中，陷入对遥远往事的追忆，或是被他们T恤上的香水味所包围。

我看了一眼"荣幸之屋"上的时钟，那是一座神殿风格的避暑别墅，背靠山路、面朝大海。她应该已经到了。松恩山路只剩下短短的一小段，威廉明妮堡和克里斯汀堡。在那个年代，只要一个男人出得起钱，就能用他妻子的名字来给这些地方命名。陡峭的山路一直通往山顶的风向标，如果你的眼神足够锐利，还能从风向标上看出风吹来的方向。路旁的树木变得高大起来，一根根树桩如同一根根棕色的巨柱；地面上杂乱的树枝和碎石，记录了过往的每一阵大风和每一次滑坡。

我在绿色的通讯站那儿碰到了她，距离那条叫做桑维克斯林恩的街道不远。她身穿一件牛仔夹克和一条牛仔裤，肩上挂着个包，头发上落满了阳光，径直向我走来。她看见我就停了脚步，透过椭圆形的眼镜片打量着我，确定自己没有看错人。她剪了短发，暗金色的发丝之间比上

---

1 原文为挪威语。

3

次我们见面时多出了几缕灰色。

我们飞快地拥抱了一下，带着一点惊讶打量着对方。当老友久别重逢时，你们总能看到时光是怎样用一把锋利的刀，在彼此的脸上和身上刻下了难以磨灭的印记。

她笑了一下。"很抱歉，我来晚了一点。我妈妈……时不时地，会需要点时间。"

"我们都到了山路上。没关系的。"

她指着一条长椅。"我们要不要坐下来？晒晒太阳挺好的。"

"为什么不呢？"

"我想，你很奇怪我为什么打给你吧？"

"是啊，都多少年没联系了。"

"呃，也就十年吧。"

"在这十年里，我身边发生了太多事情。"

"真的吗？"

她看向我，等我接着说下去，但我并没有。

"你说，你有些重要的事情要跟我说。"

"是的。"我们坐下了。"你还记得小强尼吗？"

我心头一震。"你怎么会问我这个？"

"实际上……这其实是个反问句。"

"在那六个月里，他就像是……我们俩的孩子。"

她脸红了。我并不是为了让她脸红才这么说的。事实就是如此。

小强尼。最开始是六岁，后来是十七岁，现在……

"告诉我发生了什么。"

她轻叹了一声。"他成了潜逃犯。在奥斯陆。犯了一桩谋杀案。"

"天哪。又一次？你怎么知道的？"

"是的，瓦格。又一次。还不只是这样。"

"不只是这样？"

"他还留下了一份死亡名单。"

"一份什么？"

"或者说……呃，他宣称他还要再杀死更多的人。"

"真的吗？"

"而其中还有……你。"

"什么？我？"

"是的。"

我沉默地坐着。我的目光缓缓地落向了碧湾，时光似乎倒流回了二十五年前。阳光正温柔地温暖着我的脸庞，但我从内而外感到一阵寒意。这种寒意一直都如影随形，从不曾离开。这种寒意，来自于那个消失的春天。

2

我第一次见到小强尼,是在一九七〇年七月闷热的一天。艾尔莎·德拉格松和我被派去罗瑟根小区的一户人家家访,就在罗瑟根中学旁边那一大片灰色街区里边。有些住在附近的人向市政服务机构报告说有情况,社会服务署的人把这个案子派给了我们。

在我们两个人中,艾尔莎是更有社会服务经验的。当时她刚满四十岁,秉性纯良而目光犀利,胡萝卜色的头发,平时喜欢穿有些过于显眼的亮色连衣裙。而我则刚做这行不久。

即便是在当时那样的大夏天,楼道里依然昏暗而潮湿。阳光照射不到的地方,大概有二十五摄氏度。一楼的棕色大门上没有任何标识。从黯淡的窗户玻璃后面,传出阵阵嘈杂的音乐声。我们按了好几次门铃,才听见里面有人蹒跚着走了过来。门开了一条小缝,一张蜡黄的面孔正盯着我们。"你们是做什么的?"浓重的当地口音。艾尔莎面带友善的笑容,说:"请问你是梅特·奥尔森吗?"门廊里的女人露出一副茫然的神情。她的头发是金色的,油腻腻、乱糟糟。她身上的T恤满是破洞,牛仔裤也破旧不堪,看起来至少一个月没洗了。她身材瘦小,面容憔悴,佝偻着背，仿佛长期忍受着腹痛。她的嘴唇干燥开裂，薄薄的T恤下面是一对扁平且不对称的乳房，像两只儿童面包。

"我们是社会服务署的，"艾尔莎说，"能进来说话吗？"

有那么一两秒钟的时间，她的眼睛里掠过一丝惊恐。但很快，她就顺从地让到了一边，为我们打开了门。

我们走进那条狭窄阴暗的门廊，立刻被一股复杂的气味淹没了。刺鼻的烟味、酒味、垃圾味，还有一股没有被妥善照料的婴幼儿的气味——在此后我为社会服务署工作的几年里，将会对这种味道习以为常。

我们没有等待房子的主人，直接循着震耳欲聋的音乐声走进了客厅。一座便携式录音机正用最大音量播放着一盘嘶嘶转动的卡带。我听不出是谁的歌，只知道伴奏的贝斯声音大到让整个房间都震动了起来。艾尔莎毫不犹豫地走上前，准确无误地关掉了开关。

随之而来的是一阵震耳欲聋的安静。梅特·奥尔森在我们身后蹒跚着，用胳膊比划着。她的眼神空洞而呆滞。这没什么奇怪的。在坑坑洼洼的咖啡桌上、地板上，随处可见大量的空酒瓶，大多数是啤酒，也有葡萄酒和烈酒，还有家酿啤酒作坊用的那种塑料包装。在一只小斗柜上，散落着一些没盖盖子的空药盒，显然是有人在一番绝望的翻找之后丢下了它们。

"你们家的小男孩在哪？"艾尔莎问道。

梅特·奥尔森无助地扫视了一圈，然后冲着房间另一头一扇半开的门点了点头。我们站着静静聆听了一阵子，没有任何声响。于是我们小心翼翼地走过去，艾尔莎慢慢推开了门。

房间的一面墙边靠着一张没铺好的大床。角落里胡乱堆放着一座晾衣架，上面挂满了衣服。整个房间杂乱无章地散落着一些衣物。大床边靠着一张小床，上面坐着一个小男孩，根据我的经验，大概有两岁半或者三岁。他穿着污渍斑斑的内衣，尿布显然已经吸满了排泄物。当我们走进去时，小男孩并没有什么反应，只是空洞、漠然地看着我们。他的嘴半张着，流着口水，一只手里抓着片三明治，看起来里面夹着巧克力酱。不过最糟糕的是他的沉默。他没有发出一丁点声音。

艾尔莎向前走了两步，又转过身来看向站在门廊里的梅特·奥尔森。这个瘦小的、没有存在感的女人，脸上流露出难过的神情。

"这是你的孩子吗？"艾尔莎的声线不可抑制地颤抖着。

梅特·奥尔森点点头，咽了口口水。

"他叫什么？"

"扬。"

"扬？"

"扬·埃尔维斯。"

"你上次给他换尿布是什么时候？"

她流露出迷糊的神色，挥舞着手臂。"昨天？不记得了。"

艾尔莎大声叹了口气。"你知道这是不行的吧？你知道我们要——我们必须做点什么吧？"

这个年轻的女人用悲伤的目光看着我们，却并没有回答。看起来，她很难理解艾尔莎刚才说的话。

艾尔莎看向了我。"第五条款的经典案例。母亲需要治疗，孩子需要立刻转介。"

这时候，房门被什么人砰地关上了，一个粗哑的、带有本地腔调的声音随即响彻了整间公寓。"梅——特！你在吗？"

没人回答他。不久之后我们就听到了响亮的咒骂声，伴随着酒瓶在我们隔壁房间里撞击的声音。

"你他妈的把自己藏在哪里了？"

我们向门廊望去，梅特则紧张地躲到了我们身后。

"你们他妈的都在这里干什么？你们是谁？你们在干什么？"

那是个身高体壮的男人，约莫有三十大几，两条胳膊都做了大花臂。他穿着深棕色的马球衫和浅色的长裤，额头上青筋暴起。

"我们是社会服务署派来的，"艾尔莎不慌不忙地答道，"你就是孩子的父亲吧？"

"这他妈的跟你有狗屁关系！"他厉声回答，走进了房间。

艾尔莎没有动，我向前迈了一步，站在他们二人中间。那男人注意到了我。

他攥着拳头，对我怒目而视。"你是来找事的吗？是不是想尝尝拳头的滋味？"

"泰耶，"梅特·奥尔森抽泣着，"不要……"

"我是不是她孩子的老爹，这他妈跟你们有狗屁关系？我们都是有投票权的成年人了。"

我耸耸肩膀。"社会服务署让我们……"

"去他妈的社会服务署。滚，你们这两个东西！"

9

我看了看艾尔莎。她相当有经验。她尽可能表现出权威的派头，说："这个孩子的情况很严重……这位先生怎么称呼？"她带着询问的神色看向他，男人却只是哼了一声。她继续说道："他需要紧急治疗，我们要把他带走。至于你的妻子……根据我们的评估，她也需要帮助。如果你对此有任何反对意见，我建议你通过合适的官方渠道与我们取得联系，之后我们将就此进行协商。"

他咧开了大嘴。"告诉我，你听得懂你那张虚伪的油嘴里冒出来的每个字吗？如果一分钟之内你和你旁边那个蠢男人不从我家滚出去，就让你们尝尝这个。"他挥舞着拳头，几乎要碰到她了。"你听懂了吗？"

我快抑制不住翻腾的怒气了。"听着，大嘴巴……我没你那么多文身，但我在海上待过不少时间，也学了几手。如果你动了打人的念头，那么……"

他再次注意到了我。他看起来不那么强硬了，似乎在掂量着我的体格。

艾尔莎插话说："我想你就是……奥尔森先生？"

"我他妈不姓奥尔森！她才是奥尔森！她也不是我老婆。我姓哈默斯坦。给我记住了！"他恶狠狠地说。

"如果你不让我们带走孩子，我们就不得不报警了。"艾尔莎说。

"泰耶，"梅特·奥尔森又开始苦苦哀求，"不要这样！"

"但是首先，我们要给他换上干净的尿布，"艾尔莎看着梅特说道，"你这里还有新的吗？"

她点点头。"在浴室里。"

"那我去拿。"

艾尔莎径自走过泰耶·哈默斯坦，走出了房间。我们就在原地等着。我的神经依然紧绷，做好了搏斗的准备。他不屑地哼了一声，冲着空气踹了一脚，走出了房间。我紧紧跟着他，以免他攻击艾尔莎，但什么都没有发生。她带着一包没用过的尿布回到房间，紧接着我们又听到房门被狠狠地关上。

"这么说，你没结婚？"艾尔莎问道。

梅特·奥尔森摇了摇头。

"但他是孩子的父亲？"

她耸了耸肩。

艾尔莎叹息了一声。"那么，这样的话……看起来，我们不得不一步一步解决问题。"

当晚，小强尼——他的大名叫做扬·埃尔维斯·奥尔森——被安置在了卡尔法维恩的一个儿童之家。而他的母亲，则被安置在了孔·奥斯卡大街的一家康复诊所。诊所里的人费尽力气才说服她接受一个疗程的康复治疗。

那天晚上当我回到家里，贝亚特从她正在读的那本书上方讥诮地看着我。"吃的在冰箱里。"她说。

"是，我很抱歉花了那么长时间。你可能都想不到有些人会那样对待他们的子女……"

"你怎么知道我想不到？"

"哦，那是当然……"我弯下腰，吻了吻她。"今天过得好吗？"

11

"一般。"

到了十月，我听说小强尼找到了领养家庭。有人告诉我，他受了很严重的精神伤害，非常难沟通。根据报告，他母亲的情况也不是很好，泰耶·哈默斯坦则以严重人身伤害罪被告上了法庭。他被判有罪：六个月的有期徒刑。其他人的生活则按照原有的节奏进行着。我从没想过会再见到他们。但很快，我就意识到自己错了。

3

我第二次见到扬时，他已经六岁了。那是一九七四年初。我刚和贝亚特分手，过了一段自由自在的好日子。我和西西莉被指派去一个犯罪现场，他们说那里有一个小孩。

当时，我还开着我那辆老宝马迷你。我们一起挤进车的前排，我开车，西西莉坐在我旁边。开迷你的感觉有点像在一只小浴盆里滚来滚去。车轮实在是太小了，当你快速行驶过卑尔根那些鹅卵石街道时，你的臀部跟直接蹭过地面几乎没什么区别。车的底盘也非常低，一旦跟其他车发生正面冲撞，你就有很大概率会被轧成一张肉饼。不过好的方面是，无论停车位有多么狭窄，你都可以轻松把车转进去。此外，这车的油耗比一只中型打火机大不了多少。

犯罪现场位于维格兰萨森一片半山腰的空地，那里零零散散地分布着一些住宅，正位于那些五六十年代的新房和二十年代老宅之间的过渡地带。我们要去的是一幢棕色的房子，带有一个灰扑扑的冬季小花园，里面生长着一些枯萎的蔷薇、带雪的灌木丛、树皮上长满了无名菌类的苹果树，还有花叶低垂、带有褐绿色冬芽的杜鹃。

花园外停着几辆车。房门开着，几个人聚在台阶上。我认出里面有几个是卑尔根警察总部的人，正抽着烟卷写现场报告。我们走了进去。

在去那里的路上，西西莉向我简单介绍了这次的个案。一个六岁的男童独自和父亲在家。他的母亲回到家时，发现孩子在走廊里哭；当她呼唤丈夫时，却没有人回应。她在家里四处寻找，最后在地下室的楼梯下面找到了他。他的脖子断了。男人已经死了。女人在彻底崩溃之前打电话叫了人来帮忙。她至今仍处于昏迷状态，住在海于克兰的医院里，陪床的是一个女警，以免她醒来时需要找人说说话。"他们叫什么？"我问道。

"斯卡内斯。斯韦恩和韦贝卡·斯卡内斯。"

"什么背景？"

"我只知道这些，瓦格。"

我们走进了房子，丹克特·米斯探长冲我们点了点头。米斯是一个灰皮肤的高个男人，头上紧紧地卡着一顶小帽，嘴角叼着根明灭不定的烟头，像是一截残肢。在此之前，我和他甚至没有交谈过，但他却牢牢记住了我们。他指了指漂亮的白色门廊左手边的一扇门。"他在那儿。"

我们走了进去。这是一间装饰简洁、风格时髦的起居室，带有深色的书架，最短的一面墙边放着电视柜，窗台上放着盆栽，光洁如新的窗帘轻轻拂动着。一位金发、圆脸的本地女警正抱着一个小男孩坐在沙发上。她的手里拿着一只带有红色按钮的蓝色遥控器，而在他们脚边的空地上，一列小小的马克林火车模型正沿着椭圆形的轨道开动。男孩静静坐着，面无表情地盯着火车。他看起来更像是个玩偶，而不是个活生生的小男孩。

看见我们，女警明显松了一口气，她笑着站了起来。"嗨！你们是社会服务署的吗？"

"是的。"

她放下了遥控器，火车也随之停下。男孩依然坐在那儿看着。他似乎并不想拿起遥控器。

我们互相作了自我介绍。她叫托拉·佩尔森，听口音像是哈当厄一带的人。"这就是小强尼。"她补充道，把手轻轻地搭在小男孩的后脑勺上。

"你好。"我们异口同声地说。

小强尼？

小男孩看着我们。

我是不是在哪里听到过这个名字？

西西莉在他面前蹲下来。"你一会儿跟我们走。我们给你准备了一个可爱的房间，是属于你一个人的。在那里你会认识一些很好的人，如果你愿意的话，还可以跟其他小朋友一起玩。"

这时候我脑海中灵光一现。但这绝无可能……如果真是这样，那也太怪异了。

他的眼神依然充满了怀疑。他紧紧咬着嘴唇，睁大了蓝色的大眼睛，仿佛身处恐惧与惊惶的漩涡之中，无法脱身。

"你有什么想要的东西吗？"我问道。

他摇了摇头。

我看了一眼托拉·佩尔森。"他一直是这样的吗？"

她点点头，背对着他扭转身来低声说："到现在他一句话也没跟我们说。他一定是——吓坏了。"

"你们到场的时候，他和妈妈在一起？"

"是的，那是一个非常凄惨的场景。"

男孩一动不动。他坐在地上，盯着电动火车，就像在等它自己开动起来。他对我们的讨论似乎充耳不闻。对于外界，他毫无反应。

我的心中掠过一丝恐惧。另一个男孩也是这样的，他的名字也叫小强尼。

但这绝无可能……

我看向了西西莉。"你有什么看法？我们应该让玛丽安来帮忙吗？"

"是的。你能给她打个电话吗？"

"好的。"

我回到了走廊。一个警察站在地下室的入口。

"就是这里吗？"

警察点点头："他们就在下面发现了他。"

"他还在那儿吗？"

"不，不在。被搬走了。"

"什么时候的事？"

"大概是中午。"他看了看手表。"我们大概在两点半接到的报案。"

我看了看四周。"这里有电话可以用吗？"

他狐疑地看着我。"我想你得出去，用车上的电话。我们还没检查过房子里的电话。要留存指纹。"

"明白了。"

前门依然开着。我走到一辆停在那里的车前面，跟里面坐着的便衣警察借电话。

他一脸怀疑地问："你是什么人？"

"瓦格·韦于姆。社会服务署的。"

"韦于姆？"

"是的。"

"好吧。我给你接一条线。"

他拨了几个号，然后把拨号盘递给我。"你可以在这里拨号。"他解释说。

我在通讯录里找出心理专家玛丽安·斯托维特博士的号码，拨出了电话。

电话响了几声后，接通了。"斯托维特博士。"

"玛丽安？我是瓦格。"

"嗨，瓦格。找我什么事？"

"我们这里有个紧急情况。"我向她简单介绍了一下。

"那位母亲在哪儿？"

"被送去海于克兰的医院了。神经质性抑郁症。"

她叹了口气。"这样啊……你打算怎么安置他？"

"我们准备带他去豪克达伦。找个地方救急。"

"明智之举。但是你们一定要先来我这里。你最快多久能到？"

"如果不出意外的话……半小时之内？"

"太好了。我等你。我今天没有别的病人了，可以接待你们。"

就这样，我们结束了谈话。我把电话还给车里的警官，他帮我挂断了。我回到了房子里。在门厅里，我注意到了一张窄窄的书桌，上面放着一个相框。那是一张三个人的全家福。我认出中间那个是扬。另外两个人一定就是他的父母。斯韦恩·斯卡内斯比我想象中要更老一些。他几乎全秃了，长了一张狭窄的、稍显冷漠的脸。他的妻子一头黑发，笑容亲切，长了一张好看的大众脸。扬坐在他们二人之间，看起来有点无助，还带着几分深藏不露的蔑视之情。

起居室里还是之前的老样子。西西莉带着扬在沙发上坐了下来。她拿着遥控器，火车开开停停。她不是很适应带小孩这种事。女警愁苦地站在一边。

"搞定了，"我说，"我们现在就可以去玛丽安那里。"

"她是谁?"托拉·佩尔森问道。

"一个心理学家，我们经常去咨询她。玛丽安·斯托维特。"

"我觉得我们应该先跟米斯探长确认一下。我的意思是，确认一下现在是不是可以带他走。"

"当然。"

她消失了。

我看了看扬。才六岁。我的儿子托马斯现在两岁半，自从六个月前我和贝亚特之间出了问题，他就跟他妈妈住在一起。我们正处于分居状态，但未来会怎么样是显而易见的。我试着改变她的想法，但她只是绝望地看着我说："我觉得你还没弄清楚这意味着什么，瓦格。我觉得你什么都不知道。"她是对的，我确实一无所知。

我凝视着他脸上那空洞、冷漠的表情，试图回忆起三四年前罗瑟根小区里那个小男孩的模样。但我的记忆已经变得模糊不清。我还记得那个小公寓里尴尬的气氛，那个突然闯进来的大嗓门，那个母亲绝望的眼神，我也记得那个婴儿床上的小男孩。但他的脸……当时还没有长开。就算现在也不一定长开了。

我在他们坐着的沙发边蹲下来，跟他的视线保持同一高度。我把一只手放在他的膝盖上，说："你愿意跟我去车里吗，小强尼？"

我第一次看见他的眼睛亮了一下。但他还是什么都没说。

"然后我们会和一位人非常好的女士聊天。"

他没有回答。

我牵起他的手。这是一只松软的、毫无生气的手。他也没有回应。

"来吧！"

西西莉站起身来，小心地托着他的两腋，又小心地把他放在地板上。他站直了身体，当我牵着他走向门口的时候，他也毫不抗拒。他试探性地伸出脚去，仿佛是在结冰的池塘上行走，吃不准冰面能不能承受他的重量。

不过我们很快停下了脚步。米斯探长堵住了走廊。我瞥见他的身后站着托拉·佩尔森。这位高个警察不友好地俯视着小男孩。"他开始说话了吗？"

"还没有。"

"那么，"他低声咆哮道，"你们准备把他带去哪里？"

"先去看一位跟我们有合作的心理专家，然后去一家临时庇护

19

机构。"

他点点头。"记得跟我们说一声他的下落。我看我们的人有可能会想找他问点话。"

"问话!"西西莉叫道。

"他是唯一的目击者。"米斯说,深深地看了她一眼。

"我会随时跟你汇报的,"我说,"但是现在我们得为扬考虑。我们可以走了吗?"

"慢着,年轻人。你说你叫什么?"

"韦于姆。但我没跟你说过我的名字。"

"韦于姆。我要记下来。"他的嘴角噙着一丝不易察觉的笑容。"我们在一起一定会很有趣。我们两个。"

"但不是现在。我们可以走了吗?"

他点点头,让到了一边。西西莉和我带着扬走进了门厅,往门口走去。我用余光看见米斯迅速转过身去,又回到了地下室楼梯那里,而托拉·佩尔森则留在门厅里,看上去是那么孤单。

出门后,我把扬抱在怀里走完了剩下的路。他也没有反抗。我就跟抱了一袋子土豆差不多。到了车边,我对西西莉说:"我想你可以带他坐在后排。"

她点了点头。我把扬放下来,把前排右侧的座椅往前调了调,好让他们坐进去。西西莉先爬进去,坐在驾驶座后面。我把扬举起来,她伸手接住了。突然之间他转过头来,第一次直视我的眼睛。"是妈妈做的。"他说。

4

玛丽安博士是一个四十来岁的古典美人，一头长发如瀑布般倾泻而下，迷人的狭窄脸庞和高耸的颧骨。她的眼神锐利，但眼角的笑纹让她看起来柔和了很多。她的穿衣风格很简洁：亮色的羊毛衫两件套、棕色半裙，再加一条珍珠项链。

她的办公室在斯堪迪克街的尽头，一面正对着码头、卢森尔兹塔和国王礼堂，另一面则可以远眺斯坎森公园和弗洛恩山脉。如果有人愿意在这里给我弄一间办公室，我也会高兴地搬过来。每天的这个时候，往亚瑟恩方向去的车流都会堵得严严实实。而在圣玛丽教堂下面的斜坡上，一九五五年起过大火的地方正在造一座新的博物馆建筑。

玛丽安·斯托维特在候诊室里等着我们。她和扬迅速对视了一眼。扬自从在被抱进车里时说了那句话之后，就又一次陷入了无尽的沉默。"你好。"她笑着看向他，并友好地把一只手放在他的肩上。"我们会成为好朋友的。你和我。"他看着她，一言不发，也没有任何回应。

她转向西西莉和我。"我想先跟他单独聊聊，不过……你们有什么要先跟我交代一下的吗？"

"有，"我说，"如果我们俩能单独说两句。"

"我来照顾扬，"西西莉说，"我们会找一本杂志来读的，对吧？"

她带着男孩在候诊室里的软垫长椅上坐了下来，又从咖啡桌下面的架子上拿了本周刊。我跟着玛丽安·斯托维特走进了她的办公室。

这间屋子的陈设就跟她本人一样简洁：一套办公桌椅，办公桌的另一边是一把非常舒服的真皮扶手椅，靠墙放着一张真皮沙发，可供来咨询的客人们躺下。墙上挂着几张美观大方的风景画，有大海、山川和森林，其中还夹杂着一张尼柯莱·阿斯特鲁普画的约尔斯特风景，是他最出名的"春夜"系列，画面中一男一女跪在草坪上劳作，苹果树上繁花盛开，月光照射在画面下方波光粼粼的湖面上。

我们站在办公室里，她面带微笑地看着我。"怎么说？"

"其实，我们知道的也不多。他当时和父亲单独在家，之后父亲被发现死在了地下室楼梯的下面。他妈妈回家时，他正站在客厅里号啕大哭。他一直没跟我们说话，直到……"

"什么时候？"

"直到……我们上车准备来这里的时候，他说……"

"说什么？快！"

"是妈妈做的。"

"是妈妈做的？"

"对。"

"你告诉警察了吗？"

"还没有。她还在医院里，而且……我想到时候就会水落石出的。

无论如何……"

"还有什么要告诉我的吗？"

"我要再整理一下思路，但是我在想扬可能是……也许他是被领养的，而我以前有可能还见过他。"我简短地向她回忆了三年半以前的那个七月，我在罗瑟根小区公寓里发生的事情。

"养父母是什么背景？你知道吗？"

"不知道。我们还没被告知任何细节。这对夫妻姓斯卡内斯。斯韦恩和韦贝卡·斯卡内斯。我就知道这些。不过他们住在维格兰萨森的一幢独立式住宅里，所以应该不是一个低收入家庭。"

"家里还有别人吗？小孩有没有兄弟姐妹？"

"据我所知，没有。"

"好的，那我们可以开始了。我会试试看让他放松一点。但我并不想太强迫他。如果你和西西莉不介意的话，是不是可以等在外面……"

我们一起回到了候诊室。窗外，夜色渐浓。路灯亮了起来，卑尔根街道上的车灯仿若一条被扯断的项链，一颗颗珍珠滚落在地，往亚瑟恩方向而去。玛丽安尝试跟扬建立一些交流，但是失败了。她带着男孩走进了办公室，关上了门。

西西莉和我在外面坐了下来。她还在翻阅刚才那本周刊。这并不是她平时的风格。我从一九七〇年夏天就认识她了，一本类似于《企业》的期刊更像是她这种普通职业女性会看的。有些人会觉得她有一副典型的社会工作者的形象：短发，椭圆形的金属镜框，不化妆，白色衬衫外面罩一件亮色的小外套，有点磨损的棕色天鹅绒长裤，黑色的短靴。她的口音一听就是从卑尔根南边来的，不太像是奥达，更像是罗代尔。我们算得上是知交好友。贝亚特和我分居后，我跟她之间的关系更加紧密了。一方面，我们都更愿意向对方敞开心扉，几乎已经成了私交。另一方面，她天性中对于女性同胞的关怀也让她希望看到贝亚特能过得更好。在此之前，贝亚特一直在抱怨我夜里加班太多了。大部分时间我都是和西西莉在一起，忙工作上的事情：在街道上寻找离家出走的儿童和青少年。

"你怎么看？"我问。

她盯着我的眼睛，好像要看穿我的灵魂，然后摇了摇头。

"我不知道。他不像是在撒谎。"

"关于他妈妈的事情？"

"是的。"

"我们这里有任何……关于那对父母的资料吗？"

"没有。一切都很突然。"

"也许我们应该再挖掘一些线索？"

"说真的，我们应该把他交给豪克达伦中心，不是吗。"

"是的，但是……"

她微微笑了一下。"你总是喜欢深入挖掘每一个个案，不是吗，瓦格？"

"这个嘛，就是我的风格。也许有点太爱管闲事了。无论如何……"

"怎么了？"

"嗯，恐怕我之前见过他。"

"见过——小强尼？"

"是的。"我又把一九七〇年七月那个炎热的午后发生的故事说了一遍。

等我说完，她说："是的，我们一定要再研究一下。我同意你的看法。"

她翻阅着杂志，没有看进去。显然，我的话引起了她的思考。我在房间里走来走去，研究墙上挂的装饰画。那都是些卑尔根的老照片，像是海湾、布吕根码头，还有集市广场。在黑白的城镇上，人们在匆忙地行走；当时的相机还不够清晰，照片中人像的边缘都有些模糊，像是幽灵一般。海湾边桅杆林立，停泊了许多的船只。在码头上，送货员和搬运工们肩扛麻袋，手推木桶。照片中是另一个城镇，另一个时代，另一些问题。

等到办公室的门再次打开，几乎一个小时过去了。玛丽安·斯托维特小心地带着扬走出对开门，回到了候诊室里。她看了我们一眼，微微摇了摇头。然后她拍着男孩的肩膀，用一种友善的语气说："小强尼今天不想跟我们说话。这是他的权利。我想他现在最需要的是吃一些东西，或许还可以再来一杯热巧克力。"

我点点头。"不知道是不是可以用一下你的电话……"

她指了指办公室。"尽管用吧。"

我独自走了进去。她的办公桌非常整洁，上面似乎并没有关于扬的记录。我从地址簿里找到豪克达伦儿童中心的电话，那是一家帮助困境中的儿童的机构。

机构的负责人接了电话。他是我们的同事汉斯·哈维克。我向他介绍了一下情况，告诉他我们正在来的路上。他答应给我们准备一顿热饭。

我趁机翻看了一下玛丽安的通讯录。

我发现了斯卡内斯这个姓氏。其中有斯韦恩的名字，但没表明职业。他的妻子并不在通讯录里。在这个姓氏下面我还看到了一家斯卡内斯进口公司，其中有一位斯韦恩·斯卡内斯经理，住宅地址和电话号码跟我们所掌握的情况相符。通讯录里没有注明这家公司是进口什么的。

我走出门去。玛丽安·斯托维特和西西莉正站在一扇窗边，低声地交谈。扬站在她们身后，还是一副拒人于千里之外的表情。我走过去时，他的眼神跟我交汇了，有那么一瞬间，我有一种感觉，他似乎想跟我说些什么。我给了他一个鼓励的微笑，并冲他点点头。但他依然一言不发。

"饿了吗？"

他轻微地点点头。

"我们可以回到车上去吗？"

他又点点头，这次更肯定了一些。

"我刚才跟一个叫汉斯的人打过招呼了。他会给我们准备一顿饭。"我说。另外两个女人也加入了谈话。

西西莉说："那么，我也需要吃点东西。"

玛丽安·斯托维特说她愿意"在扬有兴致的时候"跟他谈谈。我们谢过她就离开了，去街对面的码头那里取车。

不久之后，我们的车就不可避免地汇入了开往亚瑟恩方向去的缓慢车流。人类学家会把这幅景象形容为人类天性中对于迁徙的永恒向往。

　　在回去的路上，我们三个看起来像是奇怪的一家人：没有人说一句话。就我自己而言，要思考的事情太多了。尤其是——目前我还想不起来——扬的妈妈的真实姓名。如果这个小男孩就是扬的话。

5

　　豪克达伦儿童中心地处偏僻，坐落在一道通往米达尔斯克根和盖特阿努肯方向的山脊之上。那片区域原本算是郊区，在一九七二年地方政府合并中被划进了市区的范围。眼下这里正上演着一场市政建设的大戏：从一排排独立式公寓到一幢幢摩天大楼，从学校到购物中心，雨后春笋般冒了出来。只是道路规划有点没跟上，当地政府以预算不足为由驳回了建造城际铁路的提案，选择造几条高速公路作为替代。在这一系列城市规划方案完工之前，往这个方向行驶的过客只能忍受无尽的道路拥堵了。

　　汉斯·哈维克今年三十五六岁，一米九的大高个，门板样宽的块头，性格却极其温柔敦厚，无论你出于什么原因想要寻求他的庇护，通常都能得偿所愿。西西莉这种饥肠辘辘的访客也不例外。他已经在一间宽敞明亮的食堂里为我们几个准备好了大餐。走在通往食堂的路上，我们碰见了两个十三四岁的男孩，正在停车场入口的地方把一只球踢来踢去。直到走进门厅，我们都还能听见球在那两个小小球员之间飞来飞去的动静，跟在举办一场冰上曲棍球比赛似的。

我们的大餐主要是一些内容丰富的炖菜，配上厚厚的全麦面包片和美味的黄油。汉斯一边从一只陶罐里给我们倒凉水，一边向我们保证餐后会给我们上热巧克力、咖啡和自制蛋糕。

扬吃得不是很多。他坐在那儿对着食物挑挑拣拣，带着怀疑的神色研究那些肉块，只尝了点香肠。我们没有打扰他，但是鉴于他在旁边，我们也没法谈论他。

所以我们就讨论起了商店。我们都是社会工作者，汉斯已经从业十来年了，西西莉和我比他入行晚点，但西西莉又比我资深一些。吃完了饭，汉斯看着我们说："我觉得你们最好有人留在这里等他睡着再走。"

西西莉点点头，看着我说："我可以留下来。毕竟，你有……"

她没有再说下去，我冲她勉强地笑了笑。我知道她要说什么，但是，现在已经没有任何人在等我了。

"好的。"汉斯说。

我观察着扬。六岁，六岁半。托马斯只有两岁半。想到你竟能如此依赖这些幼小的生物，真是有些不可思议。当习以为常的生活习惯被打破，你的生活中就好像缺少了一块，像是一个黑洞，等着你用其他一些什么来填补。但你不一定真的能填补好它。

我叹了口气，西西莉向我报以一个忧伤的微笑，好像是在为她的失言而致歉。

"那，我就先走了。"

电话响了，汉斯走过去接了起来。西西莉走到我身边，"对不起，瓦格。我不是故意提起你的旧……"

"没事的。放轻松,这不是你的……"

汉斯回来了。"警察打来的。他们想跟你们谈谈。"

我看了看西西莉,她冲我点点头。"好的,我来跟他们谈。"

我走向大厅里的投币电话。

"我是韦于姆。"

"我是米斯探长。"

"怎么了?"

"情况有变化。"

"嗯。"

"是那个女人,韦贝卡·斯卡内斯。我们去医院看她现在能不能接受探访,但是显然不行。"

"什么意思?"

"呃……她不在那里了。她不见了。"

"不见了?"

"逃走了,没留下多少线索,除了床垫上的压痕。"

"我想,你们应该已经开始找她了吧?"

"要不然呢?你当我们是什么?白痴吗?"

"不全是吧。"

"你再说一遍。"

"不。"

"我们想,如果有人能盯紧那个男孩子会比较好。直到她再出现。"

"我知道了。我会跟哈维克说的。如果他没空的话,我自己会留在这里。随时跟我们保持联系。"

"好的。"

挂上电话，我又回到了同事们身边。我看着扬，笑了笑。"是上床的时间了，你觉得呢？"

他像是身处一个遥远的地方，一个成年人无法进入的地方。有时候我觉得，那里并不一定比我们现在身处的世界更好。但回到那里的通道已经对我们关闭了——至少是对我们中的大多数。

接下来我们开始收拾残局：分两趟把汤碗和碟子拿出去，向汉斯和西西莉解释了最新的消息。我们一致同意西西莉按照原计划留下来，但是她现在要跟扬睡在同一间卧室里，而汉斯则会跟夜间值班人员叮嘱几句。

"但她不知道他现在在哪里，对吧？"西西莉问道。

"依我看不知道。我在想我是不是应该回维格兰萨森看看，万一她回那里呢。"

她惊讶地抬头看着我。"但这不应该是警察的工作吗？"

"是啊，没错。"

她转了转眼睛，作为回应。

我们跟汉斯一起，带着扬去了过夜的卧室。那是一个位于一楼的房间，里面放着两张床、一张桌子、两把椅子和一只双开门衣橱，窗外正对着一座大山。墙上挂着唯一的一幅画，我依稀记得这幅画出自我小时候看过的哪本童书。画上是一群在森林里迷了路的孩子，周围环绕着比他们还高大的毒蘑菇。我很怀疑这幅画能起到多少安抚的效果。

然而，扬在这里却挺自在的。他看起来还是那么漠然。我对西西莉说，如果第二天他还是这种情绪，我们就得为他申请进一步的医疗介入了。她理所当然地点点头，显得我的这番话有点多此一举。

西西莉留在楼上，帮扬准备睡前的洗漱。我跟汉斯回到了餐厅里。隔壁冰上曲棍球的声音已经消失了。取而代之的是电视的声音，不过我听不出是什么节目。

在离开之前，我上楼对扬说了晚安。有人从衣橱里给他拿了一套睡衣。西西莉在她床上面的架子上找到了一本书，正大声念着书里的内容。男孩睁着眼躺在床上，盯着天花板，看不出他是不是在听。

"晚安，小强尼。"我说。

他没有回答。

我伸手在西西莉的肩头鼓励地拍了拍，离开了。

汉斯陪我走了出去。看到我的座驾时他大笑了起来。"这只沙丁鱼罐头里真的能坐人吗，瓦格？"

"比你想得宽敞，"我说，"但对你来说还是太小了点。"

他站在那儿看着我上车。我凝视着他。他看起来有点忧心忡忡。

"你在担心什么？"

他耸耸肩。"这是职业病，瓦格。在这行干上几年，你很快也会这样。"

"会产生怎样的影响？"

"不断积累的幻灭感。只要想到有些大人对他们亲生骨肉的所作所为。"

"这……"

我们互相点点头，我发动引擎离开了。开出停车场时，我从后视镜里又看了他一眼。他还站在那里，看起来竟有些孤立无援：一只高大、温顺的泰迪熊，被一个早已长大的孩子遗忘在那里，显得与周围那么格格不入。

贝亚特还住在我们以前的公寓里。我给自己找了一间两个房间还带厨房的住处。但我没去那里。就像跟西西莉说的那样，我开回了维格兰萨森。

6

二月的天气总是阴沉沉的，今年也没怎么下雪。天气也不是很冷。这是一个有点反常的暖冬，一月份的时候，干燥而温热的焚风在城里刮了很久，让此地的生物都产生了春回大地的错觉。如果候鸟们提前一两个月到来，也不会有人意外。

在这样的夜晚，维格兰萨森几乎是寂静无声的。你能听见的，只有远远传来的汽车声。似乎有一辆车在院子里狂躁地轰鸣，或者是一架飞机从弗莱斯兰机场起飞。

在树篱的掩映下，是一幢幢灯光通明、宁静祥和的民居。我停好车，钻出来，小心地虚掩上车门。我站在那里，观察着周围。

狭窄的街道周围，簇拥着枯萎的棕色树篱，大部分都被修剪得整洁利落。道路的一侧稀稀落落地停着几辆车。我探出身去，看有没有人坐在车里。没有。

我悄悄地关上车门，往前走去。那幢棕色的房子前并没有树篱，只有茂密的深绿色杜鹃花灌木丛。其中最大的一株至少有二十年树龄了。我在房门前停下了脚步。警察已经用红白两色的胶带封住了房子，但这可挡不住任何想进去的人。我看着这座房子。里面洋溢着阴暗、封闭的气氛。院子里亮着一盏景观灯。仅此而已。

街道远处响起一声关上车门的声音。我看向那里。两个男人向我走来。他们都没穿制服，但只要从他们走路的样子就能看出是警察。当他们走近，我认出了埃林森和波厄。我认识埃林森，因为他娶了我的一个前女友；而波厄则和我在警察局碰过面。

"需要我们帮忙吗？"波厄问道。他是两人中较年长的那个，瘦长脸，干瘦的身材。

"我认识他。"埃林森说。他有点胖乎乎的，一头短短的深色头发。

"嗨，埃林森，"我说，"家里还好吗？"

"很好，谢谢。"

"你是不是说你认识他？"波厄问道。

"早有耳闻。"

"从他老婆嘴里。"我接下了话茬。

"他们读书时是同班同学。"他迅速补充道。

我给了他一个意味深长的笑，暗示他我这里有一些他宁可永远不知道的秘密。

"那你他妈深更半夜的在这里到底是干什么？"波厄逼问我。

我打量着他。"实际上，我白天就来过这里，办点公事。如果你真想知道，我是社会服务署的。我只是想——看看晚上这里会发生点什么。"

埃林森喷了一下鼻子，而波厄则充满怀疑地看着我。"看这里会发生什么？"

我刚张嘴想回答，一辆车拐进了狭窄的街道。开车的人看到我们，立刻关掉了大灯。一瞬间，时间似乎凝固了。两个警察开始走向这位不速之客。根据我的判断，那是一辆运动系的宝马，造型相当野性，也相当俗气，车身被刷成了令人难以置信的亮橙色。在警察走近之前，开车的人打开车门走了下来。此人瘦削身材，身穿一件短夹克，从我这里只能看出一个剪影。

我跟着埃林森和波厄。

"你们是谁？你们在这里干什么？"这男人的声音听起来很威严。

"应该是我们问你同样的问题。"波厄边说边亮出了他的警官证。

"我叫朗厄兰，是这家的律师。"

"哪家？"

"斯卡内斯家。你以为呢？"

埃林森看起来有点局促不安。"我们总得问问，不是吗。"

"不见得吧。"

两位警察自我介绍了一番。朗厄兰看向我。"这位是？"

埃林森和波厄也惊讶地看着我，好像之前从没见过我似的。

"韦于姆，"我说，"社会服务署的。"

"你负责照看扬吗？"

"他现在很安全。"

"很高兴听到这个消息。那他现在在哪里？"

"我不知道我是不是可以透露。"

"就像我对警官说的那样……我是这家的律师。你可以告诉我所有事情。"

"我的经验是，最好少跟家庭律师说话。"

波厄的脸上浮现出一个扭曲的笑容。"也许你应该带韦于姆上车兜个风，朗厄兰。给他开一个不能拒绝你的条件。"

"你也看过这部电影吗？"我说。

"你到底有什么问题？"朗厄兰说。

"什么什么问题？"

"你在这里干什么？"

"也许我该问你这个问题。你是想在房子里找到你的当事人吗？"

他冷冷地看着我。"我的当事人？"

"韦贝卡·斯卡内斯。你是这家的律师，你说过的。"

"是的，我是……但她不是应该在医院吗？"

"在什么样的情况下，你不是去医院找她——而是来这里呢？"

两个警察齐刷刷地看向朗厄兰，就像在帮我一起质问他。

他怒视着我们。"我是来看看情况怎么样了。我还没收到报告，告诉我今晚之前这里发生了什么。"

他斜眼看着警察，又补充道："我之前在别处处理一桩案件。但我也知道这里没什么需要我做的了。"

"永远别把话说太死。"我说。

"你这是什么意思？"

我又转向波厄。"我不确定我能透露多少。保险起见，我把这一任务交给这两位警察朋友。"

波厄打量着朗厄兰。他简单扼要地说："事情是这样的，斯卡内斯夫人消失了。"

"什么？消失了？"

"是的。"

"从医院里消失了。"

没有人再说话。只有波厄沉默地点着头。

一时间，朗厄兰像是被催眠了。"不！"

他再次转向我。"关于这个，你还知道多少？"

"不比他刚才说得多。"

一个律师如此这般目瞪口呆的样子可是非常少见，以至于我看得都有些出神。不过很快他就恢复了理智。

"那么，我必须自己进去看看，看那里都发生了什么。"他的目光从我转向了警察。"你们呢？"

波厄疲倦地看着他："我们负责在房子外面监视。以防她回来。至于韦于姆呢，他要回家睡觉了。"

我冲埃林森挤挤眼睛。"是啊，既然埃林森在这里，那么……"

他的脸迅速变成了猪肝色。"韦于姆！我警告过你！"

"你是警告过我。但是那就能吓住我？还不够呢。"

"总有一天，我要狠狠揍你一顿，你……"

"我们就能上报纸？"我看向其他两个人。"反正现在我有目击证人了。你会接我们这个案子吗，朗厄兰？"

"好了，好了，"波厄不耐烦地说，"既然你们俩都没有任何官方理由留在这里，我建议你们离开——现在就离开！"

"好的。"我说，眼光停留在房子周围黑沉沉的院子里。

"我现在去医院。"朗厄兰说。

我跟他走到了车边。他的车就紧挨着我的车，两相对照，我们两个经济收入的区别更是显而易见。当我走过去时，我那辆锈迹斑斑的迷你车简直害羞得满脸通红、无地自容了。

在坐进他那辆锃光瓦亮的座驾之前，朗厄兰再一次看向了我。"你为什么不告诉我扬在哪里？"

"我肯定会告诉你的，朗厄兰。这不是什么大事。他就在豪克达伦儿童中心。"

"跟汉斯·哈维克在一起？"

"是的，你认识他？"

"我们是老朋友了。大学同学。"

"既然这样的话，你就知道他在哪里了。但是在你去之前，朗厄兰……"

"怎么说？"

"有没有可能，斯韦恩和韦贝卡·斯卡内斯不是扬的亲生父母？"

他充满敌意地瞪着我："你怎么会这么想？"

"你了解过我之前的工作经历吗？我总觉得我见过扬，在他两三岁的时候。在另一个完全不同的家庭里。"

他移开了目光，越过车顶看向两个警察。

"这样的话……我也没什么理由可以否认了。但是韦贝卡和斯韦恩收养了他，他们享有完全监护权。"思考了一会儿之后，他又补充说，"现在只有韦贝卡一个监护人了。"

"你觉得，扬知道吗？"

"知道他是领养的？我很怀疑。你得自己问问韦贝卡。为什么这么问？"

"这个，我……只是一时想到了。"

"好吧，那我先走了。"

他冲我点了点头，坐进车里，关上了车门，发动引擎，倒出了小路，安静得让人几乎听不见轮胎轧过沥青路面的声音。我站在那里注视着他，感到有一些不安。

妈妈做的，他说。哪个妈妈？我琢磨着。

7

这天晚上我睡得很不踏实。第二天早上醒来后，我还能记得梦里的片段，有一个男孩坐在我厨房的桌边吃加了山羊奶酪的面包，他是托马斯，却有着扬毫无情绪的眼神。

我给豪克达伦儿童中心打了个电话，哈维克接的。"怎么样了？"

"他醒了。在跟西西莉一起吃早饭。"

"他妈妈……你有消息吗？"

"音讯全无。你想跟西西莉通话吗？"

"我想说几句。"

我等了一会儿，他把电话交给了西西莉。"嗨。"她接过话筒说道。

"睡得好吗？"

"不好。我一直留着神。我担心睡着以后他会想要逃跑。"

"他没跑吧？"

"没有。他睡得很熟。真的。他好像做了噩梦，又是抽泣又是挣扎，但也没醒。我坐在他床边抚摸他的头发，他也没醒。"

"现在呢？他有开口说什么吗？"

"没有。他还是那么拒人于千里之外。如果他还没有改善，恐怕就要被送去儿童精神病中心了。"

"让我们再找玛丽安试试吧。我会问问她能不能过来一趟。然后我要查查他妈妈那里发生了什么。确切地说，他的两个妈妈。"

"你还没查出来吗？他是之前你见过的那个男孩吗？"

"还没有，我现在就要着手调查了。当然，如果能弄清楚他是否知道自己是被领养的，对我的调查也很有帮助。我不是很确定他知不知道。如果他不肯说话，那么……"

"那他说的肯定是他的养母？"

"从表面上来看，是的。"

"你有没有把他的话告诉警察，瓦格？"

"没有，还没有。"

"但是……你为什么不说呢？"

"我不知道。也许是为了保护案主权益吧。"

"但……好吧，我理解。不过这可能是一桩潜在的谋杀案。"

"但更大的可能性依然是一桩意外，不是吗。"

"没错，但事无绝对。"

"我想先自己做一些调查。"

"你怎么能这么好管闲事，瓦格！这实在太离谱了……最好还是去找警察——把一切都告诉他们。这是警察的职责。"

"我会考虑的。"

"如果你不去说，那我去。"

"先等我几个小时。"

"好！你绝对是没救了。"

我感谢了她对我的信任，就结束了通话。我承诺晚点会打过去。同时她会试着让扬开口说话。

我抄了近道，取道弗洛恩索道。天气变了。外面寒冷刺骨，空气似乎要结霜了。卑尔根山谷上空云层低垂，如同一只小军鼓上绷着的鼓皮。

我去找了艾尔莎·德拉格松。自从我们上次共事后，她就被晋升为了助理督导。她在门口看见了我，冲我挥着手。

我立刻走了过去。"你还记得一九七〇年夏天我们俩被派去罗瑟根小区照顾一个小孩吗？母亲是个瘾君子，我们在那里还碰到个男人。"

她点点头，陷入了沉思。"是的……隐约有点印象。但类似的案例实在太多了。"

"那个男孩后来被收养了。"

"没错……"

"他被称为小强尼。但他的教名是扬·埃尔维斯。"

她咧开嘴笑了。"是了，我记得这个。"

"领养文件应该不在你这里吧？我可能又碰到他了，这次的情况还要更复杂。"我向她简单说明了一番，发现二十来年社会服务的经历也没能改变她喜怒形于色的本性。

"我的天哪……妈妈做的！他真的这么说了吗？"

"是的，他就是这么说的。"

"去找凯瑟琳。她会帮你找到文件。不过……你到底在查什么？"

"最重要的是，先确认是不是同一个男孩。之后……"我耸耸肩。"我想，严格来说，就是警察的活计了。"

"当然。我觉得我们不应该把自己绕进罪案调查中。"

"对，当然不应该。"我感谢了她的帮助，就去找凯瑟琳·莱韦斯塔了，她跟这里只隔了三个办公室。

凯瑟琳是个魅力四射的金发姑娘，就跟一九七〇年的我一样，刚开始工作没多久。她的字典里没有"不行"二字——至少是在工作上，因为我对她的私生活所知甚少。她从档案柜的抽屉里取出一叠文件，匆匆扫视了一眼，就把它们递给了我，让我拿去慢慢看。

结论并不令人意外。但我还是觉得自己的心脏沉入了胸膛的深处，就像一个铅块深深地沉入了被污染的海域。

文件上只是用公事公办的口吻罗列了一些简单的事实。唯一让我有点意外的是一个没见过的中间名。扬·埃吉尔·斯卡内斯（出生于一九六七年七月二十日），母亲梅特·奥尔森（出生于一九四六年三月二十九日），父亲不详。一九七一年六月，为斯韦恩（出生于一九三八年五月三日）和韦贝卡·斯卡内斯（出生于一九四二年一月十五日）所收养。文件表明，他从一九七〇年十月开始与养父母韦贝卡和斯韦恩·斯卡内斯一起生活。后面还附有两份医疗证明文件。第一份的日期是一九七〇年八月，证明扬·埃尔维斯营养不良，并遭受了严重的情绪创伤。另一份的日期是一九七〇年十二月，表明他的状况大有好转，但他依然会表现出一些症状，在临床术语中被称为反应性依恋障碍。他焦虑不安、冲动任性，一直希望吸引别人的关注。

就算没有所罗门王的智慧，你也可以看出来问题的关键是男孩的两个妈妈。问题是能不能找到这两个女人的踪迹。

我打了两个电话。第一个打给了警察，是米斯探长接的，他对我似乎没有什么好感。"喂？"

"我是韦于姆。有进展吗？"

他停顿了一下。"你想知道些什么？"

"我想是不是……你找到她了吗？"他没有立刻接话，我又补充道，"韦贝卡·斯卡内斯。"

"哦，你是说韦贝卡·斯卡内斯吗？"他语带讥讽地重复道，"没有，韦于姆。我们还没找到她。你也没找到，对吧？"

"这个，我不是在找……"

他打断了我。"不，我当然希望你不是在找她！这是为了你好。你还想知道什么？"

"不，暂时没有了。"

"那好，我想我们可以继续干正事了。"然后他就挂断了电话。

我控制了一下情绪，然后才拨出名单上的下一个电话，卡琳·比约格，是我一个在国家登记局工作的朋友。几年前，我把她妹妹赛伦从哥本哈根带回了家，并让她的精神状态稳定了下来。当时卡琳跟我说，如果有什么需要她帮忙的——任何事情，而她说这话时的眼神让我的头脑晕眩了一两秒钟——我都可以打给她。实际上，后来我也给她打过一两次电话，她总是能迅速、高效地帮上忙。如果哪天我要出去单干了，在国家登记局里有一个忠诚的朋友总没有什么坏处。

找到她没费什么功夫。梅特·奥尔森的地址离卑尔根市中心只有一条隧道的距离。"我想这个门牌号码在那几幢高层建筑那里。"她补充道。

我又追问："那有没有一个叫泰耶·哈默斯坦的人……能找到他的地址吗?"

她又翻阅了起来,然后迅速锁定:"这里登记的最新地址是卑尔根监狱。当然信息可能已经失效了。在此之前最新的办公地址则是汉斯廷斯教授大街,但旁边备注说他已经搬走了。"

"好的,我去查一下。多谢了。"

我打给了社会服务署,贝亚特接了电话。"这次又是什么事? 我都要被工作淹死了,瓦格。我们就不能在工作时间之外谈话吗?"

"这就是一个工作电话。"

"哦,是吗?"她听起来十分狐疑。

"我们在找一个人,据说在你这儿的档案里。"

"真的吗? 这个人是……?"

"泰耶·哈默斯坦。你能帮忙查一下这个人吗?"

她重重地叹了一口气,但我还是能听见她从椅子上站起身来,打开塞得满满的抽屉,在大量档案袋中快速翻找着。她翻阅档案袋的声音,就像是沉重的翅膀在拍打着。

然后她又拿起了电话。"他必须定期向警方报到,除了失业救济金之外的收入也都受到监控。"

"哇,不错。你有他的地址吗?"

"只有一个转交地址。"

“联系人是……”

“梅特·奥尔森，如果那就是……”

“没错，多谢。但——我改天会再联系你的，好吗？”

“好，”她说，“自己保重。”

“你也是。”我说，但她没听见。她已经放下了电话。

我走到窗边，向外看去。雪花正缓缓飘落在外面黑色的沥青街道上，像是头皮屑落在黑色晚礼服的衣领上。我没有待太久，很快又上路了。

8

梅特·奥尔森家的派对正进行到高潮。我从楼梯间就能听到房里的声音了。她的公寓在二楼，隔壁邻居——是一位身穿棕色外套、头戴灰色帽子的丰满女士，似乎正准备出门——听见我按门铃后走了过来。她狐疑地打量着我，用一种恼火的语气说："你也是要去那家的吗?"

"嗯，我……"

"如果是这样的话，去告诉他们，如果不快点安静些，我就要报警了! 他们从五点就开始闹腾了。"

"今早五点?"

"是的，他们来的时候就把我吵醒了。告诉你，他们可不是轻手轻脚进去的。"

我们面前的门开了，吵闹声也陡然变大了。站在门口的男人大概有四十来岁，形容粗鲁，胡子拉碴，身上的衣服毫无疑问是从救世军二手商店搞来的：结实，没有时代特征。他扫了一眼走廊。

"你来干啥?"

"梅特·奥尔森。"我礼貌地说。

他看起来有点莫名其妙。

"就是住在这里的人。她在吗?"

"哦,梅特。我刚问你,你来干啥的?"

"你是她的监护人什么的吗?"

"这跟你有什么关系!你是社工?"

"差不多。我能进来吗?"

他没回答,只是走进了公寓。空气中回荡着哪个瑞典舞蹈乐队低沉的曲声。听起来像是一艘丹麦渡轮。"梅——特——"传来一声大喊,如同一九七〇年代传来的回声。

"什么事?"房里传来高亢、尖锐的声音。

"有人想找你!"

"让他进来,上帝啊!"

隔壁邻居——她现在紧紧贴着我,让我觉得自己被看守着——重重地哼了一声。她满怀希望地说:"你真是从社会服务署来的?我猜你是来赶她走的吧,对吗?你知道,可不能任凭事情这样发展下去了。"

"我是另一个部门的。"我说,这时候走廊里的男人慢慢向我转过头来。

"你听见她说的了。进来!"他招手让我进去,我从没感觉自己如此受欢迎过。

邻居看起来也想要进来,但她在门口站住了。那个莽汉没跟她废话,当着她的面直接把门狠狠摔上了,她不得不往后跳了一步,免得被撞伤。

在本该是起居室的地方，一些含糊不清的人声混成一片。似乎有人试图调低音量。酒精和卷烟的味道扑面而来，其中还混合着大麻的烟雾。而我则站在门边，透过飘渺的烟雾寻找着梅特·奥尔森。

房子里有八个人，算上门口那个男人就是九个。三个女人，六个男人。最老的一个男人大概快六十了，最小的只有十八九岁。我猜他是那个瘾君子，其他人则是玩音乐的。他们都长着胡子拉碴、表情迷茫的脸，眼神没有焦点。这里的一切似乎都出奇的缓慢，就好像他们的神经系统已经被酒精摧毁，只能用慢动作来行动，而控制着他们的人则比他们醉得更厉害。

女人们也并没有更体面一些。三个人都介于二十五到四十岁之间。从酒醉的程度来判断，最年长的那个有一头火红的头发，发根处却露出了灰白色。另一个人的头发像吉卜赛人一样漆黑，但这很可能是染发剂的功效，她的口音听起来像来自卑尔根附近的沿海地区。第三个女人就是梅特·奥尔森。

她半坐半躺在桌子上。那张狭窄、瘦削的脸上，双眼正凝视着我。在过去的三年里，她似乎老了十岁。她的头发有一点挑染，但也看不太出来。脸上的妆似乎是十个或者十五个小时前化的，眼睛周围已经是一团黑色，嘴角残留着一道红色，像是一个凝固的冷笑。衬衫的衣扣都已经打开了，从敞开的衣襟里可以看见一件肮脏的灰色内衣，已经被咖啡或啤酒染上了斑斑褐渍。

她的一只手里拿着一只大水杯，里面装的像是纯酒精之类的东西，反正不可能是水。她的眼神缓慢地聚焦在我身上。"你想干啥？"她用含混不清的方言问道。

我问了自己同样的问题，一时不知道该如何作答。"我不知道你是否还记得我。"

她端详着我，并没有露出认出我来的神色。"从哪儿来的？"

"几年前我去过你家。我是社会服务署的。"

刹那间，整个房间的氛围变了。就连音乐都暂停了，片刻后唱针才继续粗糙刺耳地走了下去。那些咕咕哝哝的对话消失了。房间里那艘丹麦渡轮仿佛来了个急转弯，每个人的注意力都被吸引了过来。"社会服务署！他是社会服务署来的！"我听见人们在交头接耳。其中一个男人站起身来，卷着衣袖。另一个人把他拉住了。"住手。我们之后再对付他……"

梅特·奥尔森看着我，眼珠子打着转。她的嘴唇颤抖着。

"社会服务署来的？这里可没有未成年人。"她开始浑身战栗。"你都看到了……"

我承受着从四面八方投射来的带有敌意的眼神。

"是……是跟你的儿子有关。"

"小强尼？"

"是的。"

"他怎么了？"忽然之间，她的脸上浮现出惧色。"他不会是……"

"不。不。我们能找一个地方谈谈吗？就我们俩。"

她眨巴着眼睛，试图集中注意力。"我不知道。"她缓慢地摇着头。"也许那里吧。"她看着一扇半开的门。

一个男人喊道："是啊，带他去卧室，梅特，不久之后社会服务署就要多照顾几个小孩啦！"

房间里响起了粗粝的笑声。

梅特·奥尔森站起来，蹒跚着走过桌子。"不要听他们胡说。跟我来。"

她一把抓起我的小臂，带着一副庄重的神色，让我搀扶着她进了卧室。床没有铺，地上随意散落着衣物，这幅凌乱的景象令人终生难忘。我没有关上门，以免再引起一些令人不快的议论。在我们身后，人们谈话的音量又大了起来，还有人放上了一张新的唱片，不过也有可能只是重新播放了之前的那张。

进了卧室，她放开了我的胳膊，跌坐在床沿。她脸上的表情有点复杂，介于恐惧和厌恶之间。"小强尼怎么了？"

我做出一副严肃的表情。"你上次见他是什么时候，梅特？"

泪水在她的眼眶里打转。她的脖子上浮现出大块的红晕。"你问我上次见他是什么时候？就是你把他从我身边带走的！从此以后我再也没有见过他——自从你来我家的那天开始……"

"完全没见过？"

"没有！"

"但是你知道他后来找到了一个领养家庭。"

她闭上了眼睛，像是在思考。她的脸庞在微微颤抖。"我知道，是的。一对傲慢自大的生不出小孩的蠢货。领养家庭！是的。他们从我这儿偷走了！这就是他们干的好事。偷走了他！泰耶说我应该告他们，但这也没用，延斯建议我不要这么做。他说这会毁了我自己。如果我还剩下点什么可以毁掉的话……"

"延斯？"

"延斯·朗厄兰！一个家庭律师。之前我请过他……"

"朗厄兰？"

"是的。是第一次我被起诉……但那是很久以前的事了。那时候我假装自己是个嬉皮士，跟一些坏男人在一起。当时他还很年轻，刚毕业。只是个毛头小伙子。呃……"她又开始眨巴眼睛。

"所以说你从一九七〇年开始就没有跟扬或是领养家庭联系过？"

"那是……我应该有探视权的。按理说我可以在每周末去看他，如果我康复了，还可以带他回家。但他已经被领养这么长时间了……呃……我还没有康复。一切只是变得越来越糟！我太糟糕了，连去看他都不行。他们说，这对他没好处。延斯帮我进了——进了戒毒所。但那又有什么用？在那里也有人偷运毒品进去。毒贩子从窗外的树林子里把绳子扔上来。我们把绳子系在窗钩上，然后把货拽上来。我们只需要跟他们保证……那个，你知道的，当我们出去的时候……不然的话，就会被人打。不得不说，他们把一笔笔账记得都很清楚。在里面六个月，我除了一点点零花钱以外，身无分文。出来以后我不得不一直干活赚钱，让自己活下去。告诉你，我甚至都没有时间去想他……想小强尼。"

从隔壁房间传来熟悉的呼唤。"梅——特——"不过这次不是帮我开门的男人。是泰耶·哈默斯坦。

"她在房间里。"一个声音说。

"他们正搞着呢！"其中一个女人说，然后爆发出一阵歇斯底里的狂笑。

"什么？！我要操……"

卧室门砰地一声打开了。哈默斯坦站在走廊里，看起来并不愉快。他准备好大打出手了，而我也确信自己有麻烦了，并且无路可逃。

9

你在社会服务署学到的第一课，就是如何在最复杂的情况下也可以信口开河地帮自己解围。处理个案的时候通常都有孩子在场，因此最好不要让父母或是其他成年人在他们面前动用武力。

但这次现场可没有小孩，而泰耶在向我冲过来之前也没容我说话。

"想动我的女人，是吧？"他举着一只拳头，全速向我扑来。我往后跳开，绕着床铺一边躲一边说话。但他并没有听进去。他跳上了床，床架子应声而响，梅特尖叫着向前扑倒。他朝我踉跄着走过来，越来越近。第一拳落在我的肩膀上，我觉得自己像是被一柄大锤击中了；当我看到他的左拳也向我挥来时，我一按墙壁，向另一个方向弹了出去。

"哈默斯坦！"我大喊道，"你正在妨碍一个公务员执行公务！"

他被镇住了几秒钟。他像一个重量级拳击手，挥舞着拳头，弹跳着步伐。"你认识我？"

"我认识你，我们之前见过。我是社会服务署的，如果你再打我一下，就会被报告上去，然后再被关进号子里。如果你现在住手，我会忘记……"

他打量着我，有点不可置信。"你就不会打报告？"

"不。我可以向你保证。"

"我可以用这双拳头打烂你。你知道的，对吧？"

"别太看得起自己。如果有必要的话，我可以让你受到一系列的惩处。"

他瞪着我。我的双手放在身体两侧，做好了反击的准备。但是我似乎让他的怒气消退了下去。

他看着梅特，她正坐在窗边的地板上，抬着头茫然地看着我们俩。"你说呢，梅特？他有没有碰你？"

她缓缓摇了摇头。"我们只是在——说话。他带来了一些消息，关于小强尼的。"

"一些消息？什么消息？"

"我们还没谈到那里。"

"没有什么消息，"我说，"我只是想知道你们最近有没有见过他。"

"这就是你要问她的？要我说，这是骚扰！"

怒气再次浮现在他脸上。"就是你把小孩从她身边带走的。"

"你觉得这里的环境，能让他好好长大吗？"

"你……！"他逼上前两步，再次举起了双拳。

我掌心向外，举起了双手。

"哈默斯坦！记住我们之前的约定！"

"泰耶！不要……"梅特在他身后呜咽道，"我受不了了。我永远失去了他。我知道我失去了……"她的泪水不断滑落。

哈默斯坦又走近了一步。"你知道我要做什么吗？明天我要带她去找她的家庭律师，朗厄兰。如果你知道家庭律师是什么的话。我要让他去地方议会投诉你，不管你他妈是谁，又他妈的叫什么名字！"

"我姓韦于姆，而且我还能给你省点事。我想，我要自己去跟朗厄兰谈谈。"

"谈什么？"

"这不关你……这就跟你们没关系了。"

他怒视着我，似乎在做着激烈的心理斗争。一时间他像是要把我打死，下一刻他又开始惶恐不安，抖得像片树叶。

"韦于姆……"梅特念叨着我的名字。

"怎么了？"我们同时转向她。

"你见到扬的时候，能不能帮我向他问好，然后……"她又开始啜泣，"我依然爱他！我非常想念他！哦，扬，我的孩子……我的扬……强尼……"她的话语淹没在了抽泣声里。

"我向你保证，梅特。我会帮你向他问好。"

泰耶·哈默斯坦轻蔑地看了我一眼。我迈开步子，走出了这个悲惨的房间，离开了这两个行为失控的人。

起居室里几乎没人注意到我离开了。

门外的楼梯间里，邻居已经离开了。我很满意。在回办公室的路上，我打给了保罗·芬克尔，他是个记者，也是我在诺德勒斯读书时的老同学。

"嗨，保罗……一个叫泰耶·哈默斯坦的家伙。你对这个名字有印象吗？"

"老熟人了！他们又把他放跑了吗？"

"他为什么被抓？"

"重伤罪。如果我是你的话，我会尽量离他远远的。"

"谢谢你的建议。还有更多的信息吗？"

"得用一杯啤酒交换。"

"如果不贵的话。"

"我说的是一杯。我想我得给你带一点复印件，有助于你搞清楚你在对付什么人。"

"他很危险吗？"

"远不止用危险来形容。"

"但他没有杀过人吧？"

"至少，官方说法是没有。"

"官方说法……这是什么意思？"

"我们可以边喝啤酒边说。"

"老地方？"

"老地方。"

10

一天之中，博尔斯咖啡馆的客群随着时段的不同发生着变化。早晨，客人大多是上了年纪的酒鬼、离家在外的海员和拿退休金的码头工人。而在晚上，你可能遇见任何人，从小毛贼到想来做一番田野调查的商学院学生。保罗和我是午餐时间去那里碰面的，大多数客人是单身汉，也许他们觉得博尔斯的食物比他们自己的手艺要好一些。去那里的女人一直不多。偶尔有几个女人来，立刻会成为全场注意的焦点。当我和保罗举起一杯泡沫丰盛的啤酒时，没有引起任何人的注意。

保罗探究地看着我。"发生了什么，瓦格？你这是开始做侦探了吗？"

"不，不。只是我们手头的一个个案。我们不得不照顾一个小男孩。他妈妈算是跟泰耶·哈默斯坦住在一起，所以我对他的背景有点兴趣。"

"我的天。住一起？可怜的女人。"

"这是什么意思？"

"如果非要形容那个家伙的话，只能说他打起人来像铁锤，心肠坚硬像岩石。"

"我也是这么觉得的。三四年前我们就跟他们打过交道了，当时他正在以重伤罪被起诉。"

"没错。我说过，他的性格很危险。"

"但是你又暗示……"

"什么？"

"你在电话里说的。只是私下说说。"

"是啊，我们做新闻的总是要应付这类传言。我们自己也不知道有几分可信。那是一年前发生在孙尤菲尔地区的一桩酒精走私大案。我想那应该是一九七三年初。海关官员登上了一艘停泊在一个小湾里的船。船上装满了外国货，准备好了要运送到全国各地。几天以后，一个帮派成员被人用棒球棍或者其他什么硬物打死了。传言说就是他告的密，而哈默斯坦则因此从卑尔根被传唤了去。"

"为什么那些幕后的人不自己动手呢？"

"我想是因为他们已经被关进监狱了吧，他们中的大多数。消息可能是从监狱里通过某些渠道传出来的。肯定是非常清晰的指令，血债血偿之类的。但奇怪的是……"

"什么？"

"呃，被杀死的那个人……"保罗把笔记本扔在桌上，翻了开来。"一个叫安斯加·特维腾的……是他的小舅子。"

"哈默斯坦的小舅子？"

"没错。他跟他姐姐特露德结婚了。"

"啊哈。那他说了些什么吗？"

他咧开嘴笑了。"报道里没有写。但他也从来没有因此被捕。"

"下次我遇见他时,要亲口问问他。"

"你要是这么做,我当场就去给你买葬礼上的花。"

"这个哈默斯坦,还属于城里哪个帮派吗?"

保罗快速扫视了一下周围。"你看到角落里的那些家伙了吗?半团伙作案的小偷。算是博格·比耶兰的人。他从斯塔万格来的,是这里新的老大。传言说他已经组建了一个庞大的组织,我猜哈默斯坦就是其中的一员。"

"博格·比耶兰?"

"是的。不知道在本地他的势力如何,但在斯塔万格他可是做了好几桩大事,我在那里的同事告诉我的,用了假的公司和假的账户,如果你知道我在说什么的话。"

"不是很明白。但是我懂你的意思了。哈默斯坦在帮派中担任什么样的角色呢?"

"说好听点,就是跑腿的吧。把泰耶·哈默斯坦送去债主家里,他们就会求你让他们付钱,越快越好。"

"我希望他永远别来我家。"

"让我们为你的命运祝福吧,瓦格。"

我们举起玻璃杯,喝光了最后的啤酒。之后,我应该去朗厄兰那儿了。

11

延斯·朗厄兰的办公室跟法院只有一街之隔。他大可以在敲第一遍法槌之后看看手表，从容地下楼，穿过广场，赶在法官宣布开庭之前在第一排落座。

当我走进二楼的接待室时，已经快到下班时间了，秘书小姐正准备出门。她打扮得像是要包机去蒙古东部旅行，在一件镶皮毛边厚外套兜帽的掩映下，我只能看出她是个金发女郎。

"朗厄兰先生在吗？"我问道。

"我们已经下班了。"她直截了当地说。

"哦，但是我觉得他还是跟我聊聊比较好。"

她怀疑地审视着我。"他正在跟客户谈事情。"

"帮我跟他说一声，就说我有话跟他说，这不会太麻烦吧？这很简单。是关于小强尼的。"

"好吧……"她不情愿地回到办公桌前，在电话上拨了几个号码。"这里有个男人想跟你谈谈。关于什么小强尼的事情……好的……不知道……我会问问他。"她看了看我。"你叫什么？"

"韦于姆。社会服务署的。"

她把话传了过去，静静地听朗厄兰说了些什么，然后再次把眼神落在我身上。"他这就出来了。"

"非常感谢。"

她冷漠地看了我一眼。"不用谢。"

一间办公室的门开了。延斯·朗厄兰走了出来，关上了身后的房门。他穿着一件手肘处镶有皮革的深色粗花呢夹克和一条深棕色长裤。

秘书小姐似乎有点急不可待了。"我能走了吗？我想赶上四点半的那班公交车。"

"当然，布里吉特。祝你晚上过得愉快。明天见。"

她冲我点点头，离开了。

"找我什么事？"朗厄兰问道，"应该有人告诉你，我这里有个客户，正忙着。"

"是的，我……不是梅特·奥尔森干的，我可以确定。"

"梅特·奥尔森！你为什么会想起她？"

"呃，她的伴侣——一个叫泰耶·哈默斯坦的——说他会联系你。"

"这个，他们两人都没有联系我。"

"我是为小强尼来的。"

"我也是这么认为的。"

"你昨天没有提到你也是他妈妈的家庭律师。我指的是亲生母亲。"

"没有，我为什么要告诉你？这两者之间有什么关系吗？别告诉我，你们社会服务署现在也做罪案调查了！让我提醒你，你的职责范围是有限的。社会服务，这才是你的职责。"

"你和豪克达伦儿童中心联系过了吗？"

"是的，我和汉斯聊过，"他说，并不打算透露更多口风，"你的同事——某个姓斯特兰德的——在那里盯着他，但他说到现在还没什么进展。我想你会尽快把他送去专业人士手里吧？"

"我们这里有一个心理治疗师。斯托维特博士。"

"知道了。不过我秘书告诉我，你来这里是想跟我谈谈的。"

"是的。关于梅特·奥尔森。"

"啊哈？"

"她说之前她想争取扬的监护权，是你建议她放弃了。"

他的眼睛看向了远处。"嗯……这么说倒也没错。不过我无权跟人谈论客户的案件，韦于姆。我相信你能理解。"

"为什么放弃？"

"为什么我建议她放弃？"

"是的。"

"能争取到的概率太小了。我只能这么说。我也要考虑孩子的处境。他在领养家庭更好。"

"她说，你之前做过她的律师。"

"是的，没错，但只是作为律师的书记员。是在六十年代中期的一个案子里。"

"她说你当时从学校刚毕业。"

"呃，学校……她当时也跟后来完全不同。年轻，甜美，生活突然变得一团糟。"

"发生了什么？"

"他们在弗莱斯兰机场被捕，她和另一个人。他们被控走私了一大堆毒品。但我们想办法让她脱罪了。"

"嗯？"

"但你也发现了，事情还没完。她染上了瘾，出了扬的那件事之后她又找上了我们。这次是我独立接手案件了。但事情很棘手，而且就像我之前说的，我必须优先考虑孩子的利益，尽管我是他妈妈的律师。"

"与此同时你还担任斯韦恩和韦贝卡·斯卡内斯的律师。"

"不，不，不！不是这样的。我后来才当他们的律师。"

"啊哈？"

"纯属巧合。我在大学里就认识斯韦恩和韦贝卡了。斯韦恩联系上了我们——确切地说，联系上了律所合伙人——是关于一桩索赔案的，这个案子被分配给了我。"

"他做的是什么生意？"

"复印机。不是什么大牌子，但是在本地市场很有竞争力，主要在卑尔根和挪威西南部。"

"但是你之前做过梅特·奥尔森的律师，怎么还能有资格做斯卡内斯家的律师？"

"不，为什么没有资格？这只是个商业案件。而且现在……现在情况变了。现在我又得首先考虑扬的权益了。但我现在没时间，韦于姆。我得回去……"他转向了办公室的门。

"韦贝卡·斯卡内斯联系过你吗?"

他的眼神发生了变化,闪过一丝慌乱,但很快又变得冷若冰霜。"我不能理解这和你有什么关系,韦于姆。"

"这跟我没关系,但警察可能很想找你谈谈她的事情。"

"如果他们真来找我的话,我会说的——等到那时再说。"

"等到那时再说。所以她联系过你?"

"韦于姆!恐怕我不得不请你出去了。我下班了。"

他用力抓住我的肩膀,坚决地把我往门口推去。

"最后一件事。"我奋力抵抗着。

"不,韦于姆,不行。"他坚定地摇了摇头,把我推到了走廊里。在把门锁上之前,他说:"管好你自己的事情,韦于姆。"

我听到了他说的话,但不知道为什么,那天我产生了某种逆反心理。我往克里斯蒂安·米切尔森大街走去,决定再当一个小时的侦探。我来到一间房子的门口,站在那儿等着。

我没有等太久。不到半小时之后,延斯·朗厄兰就出来了。跟他一起出来的还有一个女人,我意识到那个秘书说他正和一个客户谈话是真的。她穿着一件浅褐色的羊皮外套,头发都藏在一顶大羊毛帽下面。即使是这样,我在看过韦贝卡·斯卡内斯挂在走廊里的照片后,一眼就认出了她。

12

我看着延斯·朗厄兰和韦贝卡·斯卡内斯穿过广场，行走在斯库拉[1]和卡律布狄斯[2]之间：一边是法院，另一边是国有酒精饮料经销商"酒业大亨"。一旦你遭受诱惑或是摊上什么事情，前者能生吃了你，而后者则在不知不觉间将你送进深渊。

他们二人看上去是奇怪的一对。他看起来像是一只行进中的大鸟，而她娇小柔弱，步伐却格外坚定。你绝对想不到，她正在躲避警方的搜捕。

我跟了他们有一段路，然后看见他们进了一辆停在路边的车。我立刻认出了那辆车。那是朗厄兰的橙色宝马。她坐进车里的时候，他为她扶住了车门。然后绕到车的另一边，四处观察。

他坐进车之前似乎有些犹豫。有那么一瞬间，我简直觉得他要发现我了。我竖起衣领，朝反方向走去，虽然我也不知道要走向哪里。回头再看时，车已经开了。

我找到距离我最近的一个电话亭，翻开地址簿。延斯·朗厄兰在福耶尔斯登似乎有一个舒服的住处。奥利·伊尔根斯是卑尔根的第一任市长，曾当过木材与种植公司的骨干人物，还参与建造了福耶尔斯登。为了纪念他，福耶尔斯登旁边那段弯曲的道路就以他来命名，就在这段路上，朗厄兰置了一处产业。

我乘坐弗洛恩缆车上到半山，从那里开始步行。走到奥利·伊尔根斯路后，我一边研究街边的门牌号，一路往山上走。那辆橙色的车可不会被认错。它就停在一幢棕色纸盒般带着一层白色地下室的房子前面，地址恰好与地址簿上写的吻合。

这幢房子里有六间公寓。根据门铃旁的标牌，朗厄兰住在一楼右手边。我往里瞧去。窗帘拉上了一半，灯也暗着。但是旁边那个房间里却亮着灯，刺眼的灯光映照在冬季傍晚昏暗的花园里。我猜他们在厨房里；希望他们是站在料理台边，而不是躺在料理台上。

我走进大门，拾级而上，沿着主路绕到建筑背面的入口。前门开着。我走进去，进了一楼。我在朗厄兰家的门口犹豫了一会儿。我站在门前侧耳聆听，没有听到什么声音。于是我按响了门铃。

这是几个小时内的第二次，我与延斯·朗厄兰又面对面站着。在家里再次看到我，他看起来一点都不高兴。他的脸上写满了厌恶，以及明显的紧张情绪。"韦于姆……"

"我想跟斯卡内斯太太谈谈。"

他似乎被哽住了。"你怎么找到这里的？"

"少给我找点麻烦吧，朗厄兰！我在你办公室附近看见你了。我知

---

1 希腊神话中吞吃水手的女海妖。
2 希腊神话中海王波塞冬与大地女神该亚之女，是坐落在女海妖斯库拉隔壁的大漩涡怪，会吞噬所有经过的船只。

道她在里面。"我把脑袋伸进公寓里。

"这就对了。"他还是那副紧紧抿着嘴的表情。"我这里确实有一位客户。但我好像没有义务向你透露此人的身份。"

"当然没有。但是考虑到这个客户现在的状态,我想你可能有必要向警察表明此人的身份。"

"现在的状态?"

"是的,她目击了一起可疑的死亡事件,不是吗?"

"可疑!韦于姆,你在说什么啊?那只是一个意外。他摔下了那个该死的台阶!"

我笑出了声。"你承认就是这个案子了?"

他没有回答。

"所以你家里的是韦贝卡·斯卡内斯?"

他沉默地看着我。

"但是你……如果你不让我进去,那我就只好报警了。现在,就是现在。我是用你家里的电话,还是跟你邻居借?"

他沉重地叹了一口气。然后挥了挥胳膊,闪到了一边。"你最好进来。我不知你到底在查什么,但是……我们先去厨房吧。"

门廊长而狭窄。看起来像是刚刚重新装饰过。整个公寓散发着一种刚刚搬进来的气息。我往起居室里扫了一眼,家具不多,墙上还没来得及挂装饰画,书也成摞地靠墙堆在地板上。

厨房明亮而时髦。红色的炉子上正坐着一只锅子。韦贝卡·斯卡内斯站在料理台前面,手里拿着一把锋利的菜刀,处理切菜板上的葱、胡萝卜和芹菜。她身上那件蓝白条纹的衬衫，像是从医院里带出来的。一条黑色短裙衬得她一双腿又细又长。

"你好啊。"我说，走向那个炸着些什么的锅子。"引人深思的食物啊……"

她点点头，睁大眼睛盯着我。

我冲她鼓励地笑了笑，开始彬彬有礼地自我介绍。

然后我说："我可以向你保证，扬正在一个最好的地方。"

"最好？"她似乎没明白我在说什么。

"是的。但是如果你能告诉我们到底发生了什么，那对我们就太有帮助了……"

她看起来还是有点迷惑。"发生了什么？"

"是的，你看到的事情。我的意思是……"

延斯·朗厄兰从我身后走过去，站在她身边。"我的案主没有任何理由需要跟你交代任何事情，韦于姆。"

"有，他有理由。因为我想告诉他！"她突然说道，"我——必须……"

朗厄兰叹了一口气，脸上的表情似乎在说，如果她跟我坦白了，那他也就不会替她收拾烂摊子了。她放下刀，在一张餐椅上坐下。我还是站着。我从她身后看见自己在厨房窗子上的倒影。

朗厄兰转过身。他麻利地把切好的蔬菜都放进一只碗里，打开锅盖，又小心翼翼地把蔬菜都放进去。小豌豆汤的香气飘过，我这才意识到自己有多饿。

"当时……扬连续好几天发脾气。他不肯出门。而我手头有好几件事情要做，除此之外还要去看医生，所以斯韦恩……"她的声音哽咽了，泪水涌进了她的眼眶。

朗厄兰打断了她。"不要把你自己绕进去，韦贝卡！他没有权利这样质询你。我是你的律师。让我……"

"你知道你自己的另一张脸孔是什么样的，朗厄兰。他们可不一定这么了解你。"我转向韦贝卡·斯卡内斯。"我很感谢你能说出这些，我知道对你来说很不容易……"

她点点头。"是的，那真是……太可怕了！他还那么小……就成了那样一个摧毁别人家庭幸福的凶手……"

朗厄兰再次暗示她住口。我什么也没说。

短暂地沉默了一会儿，她继续说道："斯韦恩本来打算一直陪他在家里，直到我回去。我比原计划回去的还要早！但是当我……我知道他们肯定都在家，所以就按了门铃。但是没有人开门，我就自己打开了门锁，然后……"

她抬起头，看向远处，眼中浮现出一种茫然的神色。"我首先看见的是扬。他站在客厅里，就在……"她深吸了一口气。"地下室的楼梯前面。我不知道，我无法理解……他太奇怪了。就站在那里，盯着我，好像认不出我似的。可以说是……漠然。我就问他：小强尼，怎么了？爸爸在哪儿？但是他没有回答，我从他身边走过，看见地下室的门被打开了。我往下走了几级就……就看见了他。他躺在最后一级台阶上，脖子……折断了。"她的脖子也下意识地动了一下。她又用一种被强迫的语气继续说下去，好像是在逼自己下一个最终的结论。"他……我看到他躺在那里的样子，就知道……他死了。我跑下去，弯下腰，想要抬起他，紧紧抱住他。但是我知道，他死了，死了，死了……"

她又哭了出来。朗厄兰怒视着我，以示谴责，然后俯下身去搂住了她。她转过身，从椅子上半站起来，紧紧靠在他怀里抽泣着。他轻轻拍着她的背，安慰着她。"没事的，没事的，韦贝卡……没事的，没事的……"

似乎暂时没我什么事了。我走向炉子上的那口锅，掀起锅盖，假装在确认食物没有烧糊。一切看起来都很好。当我转向朗厄兰和韦贝卡的时候，她已经离开了他的怀抱。她半躺半坐在餐桌边，用一块手帕按着脸，眼睛盯着桌面。

朗厄兰开口了："我想你该走了，韦于姆。"

我点点头。"也许我们可以下次再谈，斯卡内斯太太。"我对她说。

她微微地点点头。

朗厄兰跟着我走到门口。我悄悄跟他说："那么……警察?"

"我自己会联系他们，韦于姆。你不用操心。我只想让她先平静下来。你自己也看见了，她现在有多悲痛。"

"恐怕我得说，还不够悲痛。"

他盯着我。

"昨天我们带走扬之前……在我们上车的时候……他说了迄今为止唯一一句话……"

"是什么?"

"他说：'是妈妈干的。'"

他越过我的肩膀往房里看去，确定她没有听见我们的对话，然后压低了声音。"什么？"

"他也不认识另外一个妈妈了，是吧？"

"据我所知，不认识。除非韦贝卡……"

"我们应该回去问问她吗？"

"不！不是现在……我宁可……如果她跟我说了什么，我会打给你的。我保证。"

"以你律师的操守起誓？"

"以我……是的。"

我犹豫了一会儿。"我还想知道一件事。我不知道你是否也注意到了。"

"注意到什么？"

"她没有问扬怎么样了。一句都没有。"

他默默点点头，开始沉思。然后他耸耸肩，走向了公寓门口，打开门让我走出去。我在院子里深深吸了一口气，思考接下来该怎么做。首先，我无论如何得吃点东西。

我找到一个电话亭，打给了西西莉。但是她不在家。然后我又打给了豪克达伦儿童中心。汉斯·哈维克接了电话。她还在儿童中心。他们还在试图让扬开口说点什么。

"过来吧，瓦格，"汉斯说，并且不失时机地补上一句，"我们可以给你吃点剩饭。"

我没有拒绝。我径直走向斯坎森公园，钻进车里，开车上路。

13

我停好车，往豪克达伦儿童中心的入口走去，眼前的一排排窗户正透出温暖的灯光。天又下起了雪，雪片比之前更大了一些，带给人们一些虚假的希望，以为冬天还将停留几天，小镇外的滑雪道还能再多用几天。不过事实却是，温度明显升高了几度，而这雪也将很快转为雨。汉斯·哈维克在门厅里迎接了我。他看起来有些担心。

"没什么可以告诉你的，瓦格。恐怕我们得让他入院治疗了。"

我点点头。"西西莉还在这里吗？"

他指了指餐厅。"他们坐在那儿。"

几个年轻人在一位男性护工的陪同下从我们身边经过。他们向我投来怀疑的眼神，然后消失在休息室的深处。我跟着汉斯走进了餐厅。餐厅里的灯光明亮而刺眼。西西莉和扬坐在昨晚同一张桌子旁边。在他们面前的桌上，餐盘里盛着晚饭：煮土豆，蔬菜色拉，半棵花椰菜，肉汁肉丸。还有一大罐可以拿来润润喉咙的水。西西莉正在吃饭。扬顺从地坐在椅子上，他的手搁在膝盖上，一动也不动。我向他们走去。"你好呀，小强尼。感觉怎么样？"他的眼睛亮了亮，脑袋微微动了一下。但他还是没动，只是向我的方向看过来。他的眼皮在微微颤抖，似乎在用一种隐秘的方式向外界传达悲伤的信号：救命！我被当作囚犯关起来了！我想出去……

我看了看他一口没动的餐盘。"你必须吃东西，你知道的！外面在下雪，如果你乖乖吃东西的话，我们可以出去——然后打一场雪仗什么的。"

他无声地嚅动着嘴唇，像是一条落在地上的鱼。我艰难地咽了咽口水。在那一刻，我为这个小家伙感到难过，他的人生打从一开始就走上了岔道。

我在为我准备的座位上坐下。"其实，我饿得就跟一条狼似的！"我开始大嚼盘子里的食物。西西莉和汉斯在一旁看着，像两个在监控我饮食的公务员。"我要把这些都狼吞虎咽地吃掉。我的名字，瓦格，就是狼的意思，你知道吧。瓦格要把这些狼吞虎咽地吃掉，对吗？"

我成功吸引了他的注意力。他朝我靠近了一些。

"你呢……你要把这些'扬'吞虎咽地吃掉。肯定会的。像瓦格一样饿，像扬一样饿——都差不多饿。你觉得呢？"

他点点头。

西西莉的脸上掠过一丝笑容，汉斯则会心地对我点点头。

"我想我该给你重新上点吃的了。瞧着……盘子里正好可以放一颗肉丸。好了。再来点辣酱。现在我们舀一勺土豆放在上面。对饿肚子的小瓦格们来说，没什么比肉汁和土豆更好的了，对吧？你已经是个大男孩啦。你用刀叉肯定没问题的，是吧。等你再长大点，你还会开汽车。

想要开汽车，你就得先搞定更简单的事情，像是用自己的刀叉吃饭……"

他小心翼翼地先抓起刀，然后抓起叉子。先是用叉子从肉汁里挑起一点土豆，又像是厨师试菜一样，把叉子举到口边，张开嘴尝了第一小口。

在一片沉默中，他继续吃着。他把炸肉丸切成小块，就这么吃掉了第一颗，我又在他盘子上放了一颗。"扬——饿肚子的小男孩都要吃两颗肉丸，"我说，"至少两颗。"

我自己都几乎要饿昏过去了，趁他在吃东西，我也吞了两三颗肉丸。

汉斯现在高兴起来了，他在隔壁桌子坐下，从壶里给自己倒了杯咖啡。

在桌子的另一侧，西西莉含笑看着我。"现在我们挺像一家人的，瓦格。"

"是啊，挺像的。"

她说的没错。如果有人从窗外经过，就会看见这其乐融融的一家，妈妈，爸爸和小男孩——还有汉斯叔叔也加入了进来——在夜晚来临时围坐在餐桌前。没有人说话，但我想大多数家庭餐桌都是这样的。

当贝亚特、托马斯和我生活在一起的时候，气氛也不怎么活跃。食物非常美味，我们吃完以后剩下的，还足够另外一个人再吃一顿。

最后，他终于吃饱了。他往椅背上一靠，脸上浮现出满足的光彩。

"来点甜点？"汉斯问道。

"做了什么甜点？"

"加了牛奶和糖的糖渍水果。"

"要我说，听上去很不错。你觉得呢，强尼？"

他点点头，紧抿着的薄嘴唇上浮现出一丝笑意。

"你听到小强尼怎么说了，"我说，"我们想吃糖渍水果。"

糖渍水果被端上餐桌，每个人都吃了起来。就连坐在隔壁桌的汉斯都拿了一盘。他问也没问，就给我和西西莉又续上了咖啡。这幅合家欢的场景未免有点过于完美了，根据统计学的推算，一场灾难就近在眉睫。

扬吃完面前一整盘糖渍水果的时候，我们三个大人正在说悄悄话。这时候，我问："接下来你想做点什么，小强尼？"

这次他转过了头。他直视着我的眼睛，提醒我忘记的事情。"你说……打雪仗。"

"我是这么说的！你是想玩这个吗？"

他点点头。

"汉斯和西西莉也能一起加入吗？"

他的目光从一个人身上转到另一个人身上，最后还是点点头。

他们都微笑了起来，为自己没有从这个游戏中被排挤出去感到高兴。

我们出了门。雪已经停了，幸运的是，地上的积雪足够我们捏几个雪球的。虽然只能捏几个小的，扔出去的时候还会散开。

即便如此，我们还是随着扬的心意，在外面待了很久，他对打雪仗充满了热情。他首先击中的是我，一颗雪球砸在我的鼻子上，散落满地的雪粉。他大笑了起来。我们也向他砸雪球，但故意没有砸中。他快乐地咧开了嘴。

最后，这场比赛尽兴而散。走回屋里时，我搂着他的肩膀说："这很好玩，不是吗。"

"嗯。"他点点头。

"你现在还想做点什么？"

他抬起头看着我。"想回家。"

门在我们身后关上了，汉斯和西西莉都屏住了呼吸。

我说："我在想，汉斯今天是不是给我们准备了一些热巧克力，强尼……"

汉斯肯定地点点头。

"我们可以边喝边讨论。好吗？"

他狐疑地看着我，然后不情愿地点点头。

我们回到餐厅，汉斯则溜进了厨房。西西莉和我陪扬坐到之前那张桌前。

我轻轻拍着他的手，说："你知道你为什么跟我们在一起吗，强尼？"

他把脑袋从一边摇到另一边。

"你是昨天来这里的，是吧……"他没有反应，我又说，"我们是坐着我的车来的。你肯定记得的，对吧？"

他点点头。

"但是你还记不记得发生了什么……在来这里之前？"

他用一双大而明亮的眼睛看着我。

"你不记得了？"

他又摇了摇头，但这次有点犹豫。

"你不记得……你当时在家里……跟爸爸一起？你爸爸？"

又一次，他的眼皮似乎又传达出什么信号。但他还是一言不发，只是眨了眨眼睛。

"你不记得……那个意外？"

他动了动嘴唇。"意……"

"是吗？"

他坚决地摇摇头。"不。"他说。

汉斯拿着给我们所有人的热巧克力从厨房里出来了。

西西莉往扬面前推去一杯，扬立刻抓住一杯往嘴里倒。

"当心！"她说，"很烫的。"

他喝了一大口，没有理会西西莉，只是全身打了个颤，然后立刻放下了杯子。

"但你记得你妈妈回家了？"我继续说。

"你昨天是这么跟我说的。"

看起来，他的神情又变得拒人于千里之外。"不。"他重复道，向下看去。

西西莉向我投来责备的一瞥。

"那么，既然这样……我们就不要再讨论这个了，"我轻轻说，"巧克力好喝吗？饿肚子的小男孩觉得怎么样？"

他眯起了眼睛。从他的神情来看，他似乎在审慎地评估着。这种神情很快消失了，他默默点点头，把杯子举到口边，又喝了一大口，这次比较小心，但还是什么都没说。

"那么……"我冲汉斯打了个手势，我们走进门厅，留西西莉陪着扬。

"我听见朗厄兰，那个律师，给你打了个电话。"

"是的，他……我们以前上的是同一所大学。温和的反政府主义者，我们俩都是。"他咧嘴一笑。

"他跟你什么都说了？"

"是的，我知道了一切。但是我不知道韦贝卡和斯韦恩是他的养父母。我认识他们的时候，她还姓斯托塞特。"

"你和她也是同学吧？"

"是的，她和延斯当时有一段时间，我觉得，几乎是……连体婴似的。"

"他们曾是一对？"

"是的，但在一起没多久。后来我们就失去了联系，我们所有人。"

"但她和朗厄兰可没有失去联系。他是她家的家庭律师，他是这么说的。"

"是的，我也这么认为。"

"但是你跟他们却没有联系？"

"跟韦贝卡和斯韦恩没有。我和延斯时不时会一起喝一两杯啤酒，但也仅限于此了。时间过去这么久，我们都变了……变得很不一样。他成了一个守法公民，而我……"

"成了不法分子？"

他又咧嘴笑了。"不，不。但你知道我是怎么回事，瓦格。你和我，并不总是和法律在同一个波段上的，不是吗。"

"在这一点上，你说的没错。他有没有跟你多说一点……韦贝卡的事情？"

"不，他没说。他最关心的是扬。还有他的情绪状况。"

"好吧。你有什么想法？他的态度有点软化了，不是吗。"

"你做得很好，瓦格。但我还是觉得我们应该考虑入院治疗。"

"再给他一个晚上吧，好吗？"

"那好。交给我吧。"

我们走向西西莉和扬。"很快就要上床睡觉啦，是吗？"我说，"这儿有什么精彩的书可以读吗？"

西西莉点点头。"我们昨天开始读的那本就不错。是维尼熊。"

"我跟你们一起去。"

在上楼梯时我对她说："我来陪夜吧？"

"你想陪吗？"

"我们俩肯定有一个得留在这里。既然你昨晚在这里过的夜……"

她点点头。"能回家换换衣服总是好的。"

但她还是留下来帮扬换上睡衣、洗脸刷牙。当他终于躺进了被窝，她在他身边的椅子上坐下来，问道："也许瓦格可以帮你读睡前故事？"

他看着我。

"我是一头很想读书的狼。"我说。

他生硬地低下了头。西西莉和我交换了位置。

"从这里开始。"她说。我开始读书。"小猪皮杰住在一棵山毛榉树里的一间非常大的房子里，那棵山毛榉树长在树林的中间，小猪皮杰则住在那间大房子的中间。靠近他房子的地方，立着一块破旧的木牌，木牌上面写着'入侵者'几个字。克里斯朵夫·罗宾曾经问过小猪皮杰，那几个字到底是什么意思。小猪皮杰说，那是他祖父的名字。这个名字在他们家里已经使用了很长时间了。"

西西莉坐在另一张椅子上，等待着扬的眼皮开始耷拉下来。他看上去像是睡着了，我们冲彼此打了个手势，蹑手蹑脚地走进了走廊。

我们站在楼梯的顶端。房子里其他部分的声音从远处飘来：底楼的电视机，排水管的嘶嘶声，还有一个房间里传来激动的假音歌声。

她说："从某种意义上来说，这也可以被称为不错的一天。"

我点点头，微笑着。

她走过来，双手搂住我的脖子，给了我一个拥抱。她温暖、轻盈的身体贴着我。就在这时，我们身后的房门"嘭"地打开了。我们像一对受惊的恋人，迅速弹开，转身看去。

扬打开了门，低着头，看也不看我们一眼，向我们冲过来。"不要！"他尖叫着，然后像一只攻城槌般撞上了我的肚子。我摇晃了一两秒钟。然后我失去了平衡，四脚朝天滚下了楼梯。

14

这样一来，西西莉还是得留下来陪夜了。而汉斯开着车、载我往诊所驶去，他花了好大力气才挤进我的迷你小车。他们确诊我的右胳膊肌肉拉伤，而值班医生简洁地补充："如果你没有抓住扶手栏杆，那情况有可能要比现在严重得多。"

"这他妈到底是怎么回事？"汉斯在去医院的路上问我。

"别问我！不过这件事又让我产生了一些新的灵感……"

我一次次地回想起那个诡异的瞬间：我失去平衡，滚下楼梯，在一片慌乱中伸出右手，抓住楼梯扶手，然后脱手，又抓住一根扶手，我这死死的一抓止住了滚落的势头，但手臂的肌肉也拉伤了。现在这块肌肉像是从原本的位置掉了出来，再也回不去了。

有那么一两秒钟，我像是昏过去了。然后我听见上方传来西西莉的声音："瓦格！你还好吗？"——然后汉斯从门厅冲了过来："该死的发生了什么？"

我翻过身，爬跪起来，然后慢慢地站起身。我往楼梯上看去。西西莉和扬站在一起。她紧紧牵着他的胳膊。他们二人俯视着我，神情好像是见了鬼。

我看着扬的眼睛。漆黑而暴怒。

"可是，强尼，我以为我们是朋友。"

"我恨你！我恨你！"他尖叫着，脸涨得通红。

"好了，好了……别这样说话。"西西莉用一种安抚的语气说，但这对于她安抚的对象似乎根本没用。"来吧……"

她把扬带回房间，汉斯则把我扶出房子，又扶进车里。等医生差不多看完了伤，他对我说："我可以开车送你回家，瓦格。我住的不远。"

"那么，我就不拒绝了。我不是很确定我现在还能换个轮胎什么的。"

那天晚上我睡得更差了。开头的几个小时，我躺在床上睡不着，等我好不容易睡着了，又开始做噩梦。在梦里，我又一次把扬和托马斯搞混了，醒来之前，我一直在思考到底是他们两人中的谁一次次把我从陡峭的楼梯上推下去。更糟糕的是，站在楼梯顶端的人从西西莉变成了贝亚特，她的脸上浮现出一种心满意足的神情：我说过什么来着？这还算便宜你了！

最后，等我醒来的时候，我浑身上下都疼痛难忍，脑门深处也传来一阵阵剧痛。我给办公室打了个电话，解释了一下情况。他们祝我身体早日康复，然后告诉我，我不用太担心扬。他们已经跟西西莉聊过了，接手的工作人员也已经在路上了。"而且那里也有汉斯·哈维克手下的工作人员，所以一切都没问题的，瓦格。"他们宽慰道。

过了一会儿，西西莉打过来，也说了差不多的话。

"那你怎么样了？你在做什么？"我问。

"熬了两个晚上，我必须请一天假了，待在家里。"她说。"你也放松点。"她补充道。她的语气让我想起那个过去几年里与我生活在一起的女人，那种暗含着不信任和怀疑的语气。

"还有扬，他说了什么吗——在那之后？"

"没有。他昏了过去。汉斯让玛丽安今早过去帮忙，然后一切就交给了她处理。恐怕会要入院治疗。但是你……"

"怎么了？"我的脑海冒出了另一个声音。

"我和汉斯都没有汇报这件事给——警察。但也许你应该自己联系他们呢。我的意思是……毕竟他周二跟你说了句话。"

"好……我会看着办的。"

有那么一瞬间，我的眼前闪过他们所有人。韦贝卡·斯卡内斯和延斯·朗厄兰。梅特·奥尔森和泰耶·哈默斯坦。汉斯·哈维克和西西莉。扬像一枚鱼雷般冲向我：我恨你！我恨你！还有他周二跟我说的话：是妈妈做的。

我在脑海里比对着这一切：在天平的一端是梅特·奥尔森，连带着泰耶·哈默斯坦，或者把他拿掉；另一端是韦贝卡·斯卡内斯。

对于斯韦恩·斯卡内斯，我只从黑白的家庭照片里获得了一个模糊的印象。在强迫自己吃下一顿少得可怜的早餐后，我决定做点什么。

15

斯卡内斯进口公司原来是一家很小的公司。他们的办公室位于欧拉夫·凯瑞斯大街，在一幢没有被一九一六年那场大火烧毁的楼里。接待我的那个秘书眼睛发红，不停擤着鼻子，在我们对话的过程中，一直拿着一块极小的蕾丝手帕擦鼻涕。但这块手帕看起来不比一枚邮票更能吸水。

她自我介绍说叫兰迪·博奇。当我说明来意时，她号啕大哭了起来。根据我的观察，她大约四十来岁。她有一头精心修剪过的深金色头发，身穿一条黑色紧身连衣裙，周身洋溢着一种葬礼的气息。

她非常友善地向我介绍说，公司里除了斯韦恩·斯卡内斯和她，还有一个叫哈拉尔德·戴尔的技术员，当天正好出去维修了。

"没别人了吗？你们进口的可是重型机械啊，不是吗？"

"没错。复印机和邮资盖印机。如果需要运送和安装大型机器，我们会雇佣一些帮工。"

"那斯韦恩·斯卡内斯负责什么工作？"

"这……"她怒气冲冲地看着我。"太明显了！这是他的公司。他白手起家，建立了公司。之前他给——一家大企业工作。后来他注意到如果自己单干能赚更多钱。于是就自己干了。所有的合同，所有的销售，所有的客户合作……都是他负责。他经常出差。我们在挪威北部和西南部都有客户。"

"明白了。我不是那个意思。那现在你们打算怎么办，在他不再……"

她的眼睛睁大了，好像看到了未来会发生的种种可怕的事情。

"在你看来，他的妻子会不会接管这家公司？"

"韦贝卡！"她大声地说，语气中满含轻蔑。"完全无法想象。"

"不会吗？"

"不，她就是没有——这种能力。所以除非哈拉尔德能接管……"她再次流下眼泪。"那，我就不知道了。我想，我得去就业中心了……"

我斜靠在前台桌子上。她抬头看我。她的短裙下是一双线条优美的腿，我不得不承认她给人留下的印象是如此诱人，完美到几乎令人痛苦。唯一美中不足的是她脸上泫然欲泣的表情以及泛红的眼眶；不过这也赋予了她更多的真实感和亲切感，让人忍不住更关注她。

"告诉我，博奇夫人……"

"我还没结婚。"

"是吗？"

她看我盯着她，脸红了。"你打算——说什么？"

"哦对，我是想说……在这么小的一家公司里，而且，如果我理解得没错的话，大多数时间里你都和斯卡内斯单独待在办公室里……"

她的眼睛亮闪闪的，两颊因为激动的情绪又添了一层嫣红。"你这是什么意思？"

"不，不。我无意冒犯，真的。我只是在想……人们会说闲话。你们可能会一起吃午饭。你们之间也比大公司里的上下级更加了解对方，我想。"

"是这样的。然后呢？"

"我们社会服务署最关心的是扬。关于他今后该怎么办。所以我想……也许我们可以拼凑出一幅图像，来描绘他和家里的关系。他和他的养父母。"

"你怎么不去问韦贝卡？"

"是的，是可以问她。但你也知道，通常来说一个外人的视角也很必要。当局者迷嘛。"

"不过，我没怎么见过她，以及那个男孩。他们很少来办公室。这也是为什么再不会有……在斯韦恩……"

她的声音再次颤抖起来。她的神情看起来很遥远。让我震惊的是，她和韦贝卡竟有几分相似。或者说她像是年长了差不多十岁的韦贝卡。她们有很多相似的特征，同样精心修剪过的头发，同样骄傲地微微抬着头。我在想，配偶和秘书的这类长相，是不是能反映出斯卡内斯对于女人的审美。反正这审美不坏，只是可能有点传统……

"他是什么样的人，斯韦恩·斯卡内斯？"我试探性地问道。

"我……"她在搜索合适的词汇，当她终于找到之后，开口说话的声音里又重新充满了暖意。"他是个好人。对别人很友好。一个好上司，从来不会让对最大化利益的追寻来掌控整个公司。我们有很多小客户——那种偏远地区的小公司，他坚持要给他们最好的价格，提供优质的售后服务。实际上，哈拉尔德经常说如果我们再这么做下去，就得再多雇至少一个技术员负责那些偏远地区。我想……很多问题都可以在电话里解决，但如果问题比较严重，还是得派哈拉尔德出马。"

"那么，在私人层面呢？你认识他多久了？"

"一开始就认识了。"

"是什么的开始……？"

她转了转眼珠。"公司刚成立的时候，五年前。去年秋天我们刚庆祝了公司成立五周年。在弗尔德的孙菲尤尔酒店办了个周年晚宴。"

"弗尔德？为什么去那儿？"

"这个……是因为正好在那里参加一个销售会议。我和哈拉尔德都去了，然后斯韦恩说：我想，今天我们应该来一场高级的周年晚宴犒劳下自己。"

"啊哈。那韦贝卡，斯卡内斯太太，有没有参加？"

"不，她显然没有！她为什么要来？她几乎从没来过公司，我说过了，除非她需要复印点东西。"

"那扬也没有来过，我理解的对吗？"

"没有。我只看过他几次。那个男孩是斯韦恩最头疼的事情，我可以这么跟你说。"

"什么意思？"

"听着，先生……韦于姆先生，对吧？"

"是的。"

"我自己没有任何……孩子。但是我很能理解那种……对于拥有一个孩子的渴望。我知道斯韦恩很介意，他和韦贝卡没办法有……自己的孩子。于是当机会来临时，他做了这个迅速的决定。先是同意做寄养父母，然后就领养了那个孩子。"

"整个过程是什么样的？"

"刚开始一切都很顺利。但是后来那个小男孩……就像一个随时会爆炸的定时炸弹。他有很多奇怪的行为，现在回想斯韦恩跟我说过的很多小巧合……有一次——没有必要再掩饰什么——几个月以前，他一早来到办公室，我看得出他正为什么而心烦。最后，我无法再若无其事。我走进他的办公室——就是那里……"

她冲着身后一扇打开的门点了点头。透过打开的门，我看见一张大书桌和一把空椅子。"他告诉我前一天晚上小强尼咬了他的手！我的意思就是真正的咬。你应该看看那个伤口！所以周三早上我知道了那些事情……你可以想象我会产生怎样的联想，是不是。"

"可以想象。"

她看着我，眼神坚定。"这次，有没有可能发生了同样的事情？"

我看着她。她的蓝眼睛里闪烁着绿色的光影，像是冰川上的冰墙。"坦白说，博奇小姐，我不知道。但是，没错，这也是一种可能。"

她微微点点头，好像证实了自己最可怕的担忧。

"但是告诉我……他从没有提起过任何……在你印象中，他和韦贝卡的关系怎么样？"

她的脸色似乎在职业表现和个人感情之间变换。最终，那张完美的面具裂开了，她内心里的少女走了出来。"我觉得，不太好。"她又开始轻轻抽泣。

"你是怎么判断的？"

"我刚才说到的，在弗尔德的那个晚上。"

"周年晚宴？"

"是的。我们坐在酒吧里聊天，我们之间前所未有的亲密……斯韦恩和我。"

"嗯？"

"哈拉尔德跟一个，呃，……酒吧里认识的女人一起消失了。所以我们就……哈拉尔德和一个非常可爱的女孩子生活在一起，所以斯韦恩和我开始谈论……这种事情。为什么有些人从来不会控制自己，以及……那个在一切结束之后被撇下的人，或者是那个怀疑一切都开始失控的人……该有多难受……"

我尽量放低声线。"所以斯韦恩和韦贝卡之间的情况也是这样的？"

"是的。而且……这对他的伤害很大。"她的眼睛里立刻又充满了泪，好像受伤的人是她。

"那他自己是清清白白的？"

她怒视着我。"你是什么意思？当然是这样的！"她的脸颊又红了。

"是的，当然是这样，只是……他经常出差。你自己这么说的。每个地方的酒吧里都有女人，不只是在弗尔德，对吧。"

"是的，没错。但是他给我的感觉……那时候，哦……真的非常沮

91

丧，韦于姆。他不是那种人。斯韦恩不是那种人，我……是这么觉得的。"她的眼睛里再次出现那种遥远的神情，她的脖子有些几不可察的僵直，好像她是在对着一面其他人都看不见的镜子观察着自己的脸庞。

"所以说她有别人了？这是他试图表达的意思吗？"

"试图！他……实际上……"突然之间，她那职业化的超我又掌控了一切。"我觉得这和社会服务署没有任何关系！他们对扬有着共同的责任，这种责任把他们紧密地联系在一起，这可能就是最让他烦恼的事情，扬该怎么办，如果韦贝卡……离开他。"

"话说回来，他是一个正当盛年的男人。也许会有其他人来帮一把？"

镜子里的女人消失了。有那么几秒钟，她闭着眼睛坐着，好像是为了抵抗这个世界的残忍。再次睁开眼睛的时候，她又百分百地回到了现实。"还有什么我可以帮你的吗，韦于姆先生？"

"没有了，我想。现在没有了。"

其实还有一个问题在我的舌尖上打滚，但我终究没有问出口。我没有权利问这个问题。去年秋天在弗尔德的那个周年晚宴之夜，她的安慰到底进行到了哪一步……

16

最后的时刻终于来了。无论是给我自己还是给别人，我再找不到别的理由可以推脱。我唯一能做的就是让步，打给在狮子巢穴里——也就是建于一九六五年的卑尔根警局总署——咆哮的米斯探长。

在警局外面的电话亭里，我给汉斯·哈维克打了个电话，得到的消息正如我所料。他和玛丽安·斯托维特都认为入院治疗是唯一的解决方案，玛丽安和治疗中心的一个助手已经把扬送去了海于克兰的儿童精神病中心。

"你那边怎么样，瓦格？摔的那一跤还疼吗？"

"没错，还疼着，不过……我没事。只是有点淤青。"

"那就好，希望你早点好起来。"

我感谢了他之后就挂断了电话。

值班警察告诉我米斯探长到了，于是我进了电梯。他的办公室在三楼，窗外除了大教堂之外几乎别无他物。米斯的身躯耸立在办公桌后面，威严之态如同传教会年会上的主持人。当我把脸探进门缝里的时候，他似乎难以置信我真的出现了。"怎么？"他粗声大气地问。

"你来干什么？"

我有些讨好地冲他笑了笑。"我要来忏悔。"

"你也是来忏悔的？"

"是吗？还有谁？"

他没有接茬。"有话快说！"

"前天，在我们送扬去豪克达伦的路上，他跟我们说了一些话。"

"他开口说话了？"

"他说：'是妈妈做的。'"

他的眼皮动都没动。"知道了。然后呢？"

"呃……我以为你想知道这个。"

"然后你想了四十八小时才告诉我？"

"当时这里没人值班，我只能这么说。"我试图给自己找个理由，但显然没有奏效。

"那你现在又是为什么来找我们？"

"嗯……她还在逃，对不对？"

"你知道她可能在哪里？"

有一瞬间，我的眼睛几乎就要在他的逼视之下泄露真相了。"不知道，那个……"

"你可能没有跟上事态的发展，韦于姆。"他得意洋洋地看了我一眼。

"真的？发生了什么？"

"她来自首了。"

"自首？斯卡内斯太太？"

"没错。"

"什么时候的事情？"

"今天早些时候，她的家庭律师陪着，朗厄兰先生。"

"是了，我猜就是这样。"我喃喃自语道。

"里恩莫探长正在审问她。"

"审问？所以你……"

"不，我们还没定案，韦于姆。而你，并没有给这个案子带来任何有用的新信息。实际上，她什么都坦白了。"

我有点无法理解他在说什么。"坦白？"

他的声音提高了一个八度。"是的，她坦白了。你的耳朵有什么问题吗？她承认那天他们夫妻吵架了，然后她把丈夫推下了地下室楼梯。当然，辩护律师替她申辩为出于正当防卫的过失杀人。但我们还不能下定论。我们会做进一步的调查，不过这个案子差不多已经弄清楚了。鉴于你给我们带来的这条信息，我不知道这个结果是不是让你也感到意外。是妈妈做的。事实不就是这样吗？"

"是的，事实……如果她真的坦白了，那……我想这件事跟我就没有什么关系了。"

他讥讽地抬了抬眉毛，这几乎是我到这里以后他做出最明确的表情了。"是啊，我也这么觉得，严格地说，确实没什么关系了。"

"不过你也注意到了，他还有另一个妈妈，对吧？他是被领养的。"

他毫无兴趣地看着我。"另一个妈妈……"

"梅特·奥尔森。跟你的一个老熟人生活在一起。泰耶·哈默斯坦。"

"哈默斯坦？但是——"

"如果我是你的话，我会……"

他的声音骤然提高了。"我想说的是，韦于姆，在你惹毛我之前……这个妈妈，她也坦白了吗？"

"不，当然没有。"

"那就对了。"他从办公桌后面站起来。"你知道你让我想到了什么吗？你让我想到了美国电影里那些该死的，自以为比警察还能干的私家侦探。"

"啊？"

"是的。那么现在，你能大发善心，放过这件事吗？我们手头还有很多事情要忙，可能比跟社会服务署的代表交换意见来得更重要。"

"也许社会服务署也有更重要的事情要做。"

"毫无疑问。祝你万事如意，韦于姆。希望再也不用见到你了。"

很遗憾，他错了。这对我们俩来说都很遗憾。在此之后，我常常在想自己是不是就在那时候冒出了这样的念头：如果其他方法都没用……那我就自己上吧。但我从没跟他提及这一点。如果这样说的话，玩笑就开得过头了。

那天晚上九点，我的门铃响了。我起身去开门。

西西莉站在门外，穿着一件我从没见过的黑色修身外套。她递给我一个网兜。"我买了几瓶红酒。我能进来吗？"

17

二十一年后，她在松恩山路的长椅上微微红着脸问我："你还记得吗，我们那时候——放纵了一次，瓦格？"

我苦笑了一下："是吗？"

是的，我记得我们就像她说的那样，放纵了一次。我记得一九七四年那个周四的夜晚，我们手头的案子完结了，扬得到了专业的看护，她带来的那瓶红酒散发出铁锈的气息；我记得她的嘴唇尝起来也是同样的味道，紧实纤细的身体动个不停，无论在我身上还是在我身下，一刻不停地扭动着，纠缠着，充满了勃勃生机；而我则像一个头一次出任务的水管工，笨拙地在她的身体里滑进滑出。她吻了我，激烈而结实的吻，赤裸裸地向我索取她想要的。事后，我们一致同意把这个理解为对结案的庆祝。在此之后，我们又在不同的场合如此这般庆祝了两三次。不过出于某种我说不清楚的原因，这种庆祝自然而然地结束了，成了一段短暂的回忆；此后每次我品尝到类似风味的红酒，都会勾起这段回忆。

是的，我记得。我没有忘记。但是那一年发生了太多事情，太多令人痛苦的事情。

韦贝卡·斯卡内斯被判处过失杀人罪后，调查就终止了。这个案子上了法庭，延斯·朗厄兰使出浑身解数为她辩护。

有几次，我也出席了庭审，朗厄兰的表现给我留下了非常深刻的印象。他把韦贝卡·斯卡内斯的供词利用到了极致，而在法庭上，斯韦恩·斯卡内斯被赋予了一种非常负面的形象，远比我从兰迪·博奇那里听到的要负面。在朗厄兰的辩护中，斯卡内斯一家的状况十分糟糕，收养的孩子需要大量的关注。而韦贝卡·斯卡内斯则声称她的丈夫一直毫无理由地指责她对他不忠，并对她施以暴力，这一次导致了最后在地下室台阶上致命的一摔。当时她只是想推开丈夫，以免自己遭致殴打。由此朗厄兰总结道，他的当事人只是出于自卫。她同时也声称，斯卡内斯多次对家中的养子施加毫无必要的暴力。

毫无疑问，这些申诉都被对方驳回了。我还记得有一天，接二连三的证人出来证明斯韦恩·斯卡内斯是个多么体面的好人，他们从来没看出他身上有一丝一毫虐待妻子的迹象和动机。兰迪·博奇也出庭作证了，她穿得比那天我在办公室里见到她时还要迷人；在她的描述中，斯卡内斯的形象无比光辉。这些证词非常具有说服力，延斯·朗厄兰不得不在辩词中含沙射影地夹进一些对这位伟大的老板和秘书之间保持有特殊关系的猜想。他的发言很快就被打断了，但我能看出陪审团明白了他的意思。

不过，法院根本不接受楼梯上的这一摔单纯是争执中发生的一场意外。尽管满足了种种减轻罪行的条件，韦贝卡·斯卡内斯还是以过失杀人罪被判处两年半的有期徒刑；随后高级法院也维持了原判。最后宣判的时候我也出庭了，离开审判室的时候草草地向韦贝卡·斯卡内斯点头示意，同时心中感到一阵悲伤。

在临时入住豪克达伦之后，扬接受了玛丽安·斯托维特口中的反应性依恋障碍的治疗，并被安置在豪克达伦。一九七四年的秋天，他被送往一个位于孙菲尤尔的领养家庭；那里的小型社区和充实的农场生活，也许可以帮助他回到正轨，成长为对社会有用的人。

在他接受治疗的六个月时间里，西西莉和我都尽可能跟他保持联系。我们会带他一起去亚瑟恩地区和卑尔根周边其他的山里散步。我们和一些很懂船舶的社工一起去了峡湾地区，在那里教会他钓鱼。一九七四年六月的一天，我们去湖边游泳，我还记得——是的，我还记得西西莉身穿一条非常小的比基尼。是白色底，带绿色圆点，她的乳头在潜进冷水后立了起来。那天我们又一次来了一场私密的派对，作为这一天圆满的结束。但总体而言，那是一个灰暗的、阴雨连绵的夏天，类似的游泳之旅并没有发生过几次。

我们就像一个小家庭，但就像所有生了这么一个孩子的家庭一样，有那么一点混乱和失调。我还记得同年九月的那个下午，我们刚带着扬去卑尔根的厄勒海峡水族馆玩了一圈，汉斯把我们叫去了他的办公室。他告诉我们在孙菲尤尔给扬找到了一个领养家庭，第二天就要带他过去了。

我几乎无法直视西西莉。从某种意义上来说，这就像是我们自己的孩子要从我们身边被带走。也许这就是我们之间的关系仅限于两三次"庆祝"的原因：那年九月，扬离开了我们，前往孙菲尤尔。

我还记得在那六个月里他身上发生的变化。从最开始我们看到的那个冷漠的小男孩，变成了一个活跃的生机勃勃的男孩——有时候可能过于活跃了。他好像不知道分寸，有时候会故意制造点麻烦，破坏气氛，激怒我们。"早期受到情感创伤的孩子典型的症状。"玛丽安在一次谈话中这么跟我们说。"那我们应该做些什么？"我问道。她带着温柔的笑容看着我们："希望治疗能起到作用，也希望能从成年人的世界得到更多积极的反馈。希望有人能帮他的生活建立起新的规则，取代现在他从这一系列灾难中习得的生存守则。"我们附和地点点头，但离开时，我们跟来的时候一样沮丧无措。

"他要去的那户人家是什么样的？"那个九月的午后，我曾问过汉斯。"体面的庄稼人。我认识他们。克劳斯和卡丽·里贝克。克劳斯是我的表弟。他们在弗尔德东北的安格达伦经营一家农场。"

"他们那里有人帮忙吗？"

"当然。孙菲尤尔的社会服务署会派一个过去……"他翻动着几张纸。"格蕾特·米林根。你认识这个名字吗？"

"不。"我说，而西西莉也悲伤地摇着头。

在回城的车里我们二人一言不发。我们都沉浸在自己的世界里；在我们分别时，没有人想到要"庆祝"一下。

那可以称得上是悲惨的一年。经历了这次分别之后，我和贝亚特的离婚手续也不可避免地真正开始执行了。我们之前就探访托马斯签订了一份协议，不久之后我就听说她找到了一个新朋友，一个叫做维克的老师，托马斯称他为雷斯。在我的社会服务工作中，我时不时地感到沮丧，许许多多的事情证明，我也许并不适合继续这份工作，面对这些挑战。这林林总总的事情让我感到巨大的压力，于是在那年底，我被要求去另找一份工作；这一切总算都结束了。

当时的我陷入了深深的沮丧，我感觉自己的生命就在我自己的眼皮子底下，我房间的窗外，不可避免地流逝着。那年八月，我把米斯的噩梦变成了现实——我开了一家小型的私家侦探公司，就在港口前面的那条街上，距离玛丽安·斯托维特只有一个街区。

九年后，我接到了一通来自弗尔德的电话。

18

私家侦探的办公室算得上是一个令人沮丧的地方。当雨点敲打在窗玻璃上，屋外开始发起了大水，而你又没拿到登上诺亚方舟的门票时，事情就更糟了。

来自弗尔德的电话也没有让我的心情好一点。相反，这通电话给了我重重一击。

她的嗓音略带沙哑却不失愉悦，充满了诱惑。"韦于姆？瓦格·韦于姆？"

"我是。"

"我是格蕾特·米林根。社会服务署的。我在弗尔德地区工作。"

我的腹部有种不舒服的感觉。"是吧！有什么需要帮忙的吗？"

"是我们的一个案主。这里有一位扬·埃吉尔·斯卡内斯，十七岁。"

"是的，我认识你说的这个人。但是……"

"太可怕了。我不知道你有没有听到两点钟的新闻，你听说了吗？"

"不，我还没有……"

"这里发生了一场双重谋杀。在安格达伦。死的是扬·埃吉尔的养父母。"

"你说什么?"吊灯的灯光变得更加耀眼,我的脑海中只剩下一片强光,如同我潜意识里亮起了一盏无情的审讯灯。

"是这样的……恐怕最大的嫌疑人就是扬,他在附近的一座山谷里被围捕了,他拒绝跟任何人说话,除了——你。"

"我?但我很久没跟他联系了,自从……"

"而且他不是一个人。他旁边还有另一个人。附近农场的一个女孩。"

"是作为人质还是什么?"

"我们还不知道。只知道他们俩差不多大。警方试图用扩音器跟他沟通,他说他不会跟任何人说话,除了……你。"

"我很惊讶,他还记得我!"

"我被派到那里去和他谈判,但是……我只跟瓦格说话!他对我们叫道。瓦格?谁是瓦格?我们问。瓦格,他重复道。我联系了汉斯·哈维克,看他知不知道他说的人,然后他就把你介绍给了我。"

我吞了口口水。"那么……"

"问题在于……你最快什么时候能来弗尔德,瓦格?"我看了看手表。"下午的那班船还有几个小时才出发。我也不知道坐飞机怎么去。不过……如果我现在去拿车,开车的时候不管限速,并且赶得上渡船的话,我应该会在五个小时到五个半小时的时间内到达。"

"你做得到吗?"

"不得不试试了,不是吗!我要去哪里找你?"

"我们可以在……你知道孙菲尤尔酒店吗？"

"知道。"

"你就去那里，我们在大堂见。"

"好的，就这么定了吧。但是我大概要半个小时后才能出发。我的车停在了……"

"好的，好的。尽快赶到就行。我们就靠你了……"

俗话说，管闲事，落遭殃。但我没这么跟她说。我关上灯，锁上办公室的门，一路小跑去斯坎森拿车。半个小时不到，我已经上路了。

我到达斯坎森的时候将近晚上九点钟，天已经开始黑下来了，这一路开得并不轻松。马斯峡湾的大雨，让路上的视线更加昏暗。

我只在布雷克等渡船时短暂地停留了一会儿，在其他时候，我大概打破了峡湾一带所有的限速。我暗中祈祷，所有的警务人员在这个黑暗的十月黄昏都去了弗尔德和安格达伦，去增援本地历史上本年度最重大的头条新闻：安格达伦的双重谋杀案！

关于弗尔德的典故很多，但大多数都已经广为人知。总之它算是西挪威地区的中心，由一个巨大的十字路口和一些规整的建筑组成。我驾车经过约尔斯特拉（Jølstra）河上的大桥，转向西开往孙菲尤尔酒店。滂沱大雨倾泻在车顶上，我拉上冲锋衣的帽子，弯着腰一路从车里冲向酒店大堂。

格蕾特·米林根认出我来，她从椅子上站起身，向我走来。"瓦格？"

我点点头，跟她握了握手。

"我是格蕾特。跟我来！"

她看上去比我年长两三岁，满头光滑的金黄色发丝如同潮湿的树丛般从她匀称的脸庞两边倾泻而下。她穿着一身雨天的装束，从长披帽雨衣到高筒雨靴都是墨绿色的。"我们时间紧迫。"当我们小跑出酒店、拉开两边车门时，她特意叮嘱道。

"那边。"她指着西边中央医院的方向。"沿着大街开就行，快到的时候你会看见灯光的。我们得步行去特洛达伦。"

"特洛达伦？"

"是的，你听说过这个地方吗？"

"记不太清了。"

"特洛达伦的疯子——想起来了吗？"

"是一桩旧案子，对吗？"

"是的，我可以跟你介绍一下——等到晚些时候。"

"我想，那桩案子跟我们现在这桩没关系吧？"

"不，当然没关系。"

"能不能跟我说说——小强尼怎么样了？"

"扬？你叫他小强尼？"

"我们以前这么叫他——十年前。"

通往安格达伦的路突然间成了上坡，远处的山谷像是田野里的一个巨大空洞。我从没去过那里。

"嗯，我该怎么说呢？他可不是个好相处的，但……我们认为事情应该会有转机。无论如何，这件事让我们都很意外。晴天霹雳。"

"他做了什么？"

"现在我们还不是很确定是不是他干的……"

"是吗？"

"嗯，不过看起来是这样的。他的养父母叫做卡丽和克劳斯·里贝克。是他们的邻居报的警。他觉得事情不太对劲，因为从周日开始已经连续好几天没见到卡丽和克劳斯了，而唯一进入过他们家的人就是扬·埃吉尔。他假装说想拜访一下里贝克夫妇，问候一下克劳斯，但扬·埃吉尔的举止太奇怪了，他说养父母都出门了，不知道什么时候回来。于是那个邻居，被称为'山上的卡尔'的，就报告了当地的警长，警长又派去了一个警员。然后我们就发现了这件事。"

"什么事？"

"扬·埃吉尔肯定是看见那个警员过来了，因为他在敲门时看见扬和希耶跑到了农场后面的山上，往特洛达伦方向跑掉了。"

"那个希耶是……"

"希耶·特维腾，是隔壁农场的。还有更糟糕的事……"

"嗯？"

"那个警员想要跟上他们，扬·埃吉尔冲他开了一枪。来复枪。"

"啊，该死的……"

"他就放弃了。当他回到农场时，看到了一幕可怕的景象。一开始那里看起来空无一人，但他走到一楼的卧室……克劳斯躺在床上，胸部中了一枪。卡丽肯定曾经试图逃走，因为她趴在窗子下面，背部中枪。那里到处都是血！"

"但……就没有人听见枪声吗？"

"现在是狩猎季，瓦格。到处都是枪声。"

"所以现在他们初步判断是扬开的枪？"

"屋子里没有破门而入的迹象，所以目前他们没有别的依据了，我想。"

"谋杀发生在什么时候？"

"我不知道。但是一切的迹象表明，尸体躺在那里好几天了。"

"天哪！"

"是的，简直让人无话可说！现在他就藏在特洛达斯瓦腾湖东边的岩屑堆里，离斯特兰德不远。"

"斯特兰德？"

"没错，或者说，特洛达斯特兰德。一八三九年发生谋杀案的地方。"

我们穿过田野，开始减速。又拐了一个弯，我们的前方出现了明亮的灯光：刹车灯，车厢灯，前灯，还有手电筒。车辆排出的废气如同一片片飘扬的烟雾，笼罩在主路北边这条狭窄的砾石小径上空。几辆车排成一列停在路边，最前面是一辆巡逻车，封住了所有车辆的去路。路边还停着一辆车门大敞的救护车，司机正和一名警察说着些什么。巡逻车边是另一个警察，双手抱在胸前，严肃地向前望去。

"停在这里。"格蕾特指了指一辆大型梅赛德斯和一辆四驱三菱帕杰罗之间的窄缝。我把迷你车停上了半坡，然后从后备厢里拿出防水长裤——带上它可以说是很有先见之明了。我总是在后备厢里放上一双胶靴，万一去钓鱼时可以用。

我们艰难地向巡逻车和救护车走去。似乎所有人都围在这两辆车旁边：披着大雨披的摄影师，把相机保护在胸前；提着便携式录音机的广播评论员，上面还连着麦克风；还有浑身湿透的资深记者，嘴里叼着烟卷，头上戴着雨帽。

格蕾特从成群的媒体中劈开一条路往前走，但她突然被警察粗暴地拦下了。"禁止通过！"

她气喘吁吁地说："但我们要去——谈判。这是韦于姆，卑尔根来的社工，扬·埃吉尔要求跟他对话。"

穿着制服的警察怀疑地看了我一眼，然后走向警车。车里还坐着两个警察。他示意其中一个摇下车窗。

"社会服务署来的家伙。他们可以通过的，啊？"他粗声大气地说。

"是的，但斯坦道尔说所有人都要被护送陪同。"警官下了车。他伸出手来，自我介绍道："雷达尔·鲁塞特。"他的脸庞瘦削而苍白，手掌潮湿而冰冷。"另外，他们还要穿防弹背心。"他探身进车里，拿出两件硬邦邦的灰黑色背心。

我们略有些困难地把背心套在雨衣外面。至少，它还能保暖。

雷达尔·鲁塞特指了指树木掩映下黑漆漆的山坡。

"就在那边山上。"

我们开始步行。前方是一个谷仓。

当我们路过谷仓时，格蕾特说："这就是他死前住的地方。"

"谁？"我问道。

"特洛达伦的疯子。"

我们没有再说话。在一片暴雨中，只有雷达尔·鲁塞特的头灯照明，我们只顾得上思考在哪里落脚。我们沿着一座石墙向上攀爬着小径。之后我们进入了森林，地面上是一层层的陈年落叶，周围是一丛丛深色的云杉。我们一行人还是一言不发。而我的脑海中则思绪纷飞，完全不受控制。

一九七四年的回忆……被一个电话叫到维格兰萨森的事发现场，发现了那起罪案，扬和我们为他所做的一切，寻找韦贝卡·斯卡内斯，她的认罪，审判，还有在此之后、在他被送来这里之前，和扬共度的六个月。这一切都与我见到格蕾特·米林根之后混乱的几个小时里发生的一切交织在一起：一起潜在的双重谋杀案，扬是最大的嫌疑人，这个男孩和一个同龄的女孩逃走了，而这个男孩在十年前曾一怒之下把我推下楼梯……

我们一路蹚着水，走过枯萎的蕨类，光秃秃的蓝莓灌木丛，以及茂密的矮树丛下变成一条涓涓急流的小径。时不时的，我们会路过一小块光秃秃的岩地。如果回头张望，我们能看见远处安格达伦山谷里农田上的灯光，那里已经变得非常遥远了。在足足半小时后，我们终于来到斜坡的顶部。我们继续在森林里跋涉，直到看见黑沉沉的湖面。湖的两边，都是陡峭的山壁。即使是在白天，特洛达伦都是一个相当阴暗的地方。而现在，在黑暗的雨夜，它看起来简直是黑夜中的一座深渊，一座随时可能爆发的活火山。

雷达尔·鲁塞特指向湖水的东岸。探照灯强烈的灯光照亮了那里的地貌，粗糙的岩层加上扭曲的老树桩，在山腰上组成了一幅巨怪般狰狞的剪影。在探照灯的旁边，还有一些不那么刺眼的灯光。"就在那。"

我们跟着他从湖边爬上山坡，开始时脚步还挺快，但很快变得步履维艰。就在我们快到达目的地时，有事发生了。

黑暗中，响起了来复枪的枪声，如同一记脆鞭。紧接着什么东西爆裂了。是探照灯的玻璃罩子。尖叫声，然后是更多的尖叫声。远处摇曳的一簇簇灯光，忽然从探照灯曾经照亮的地方往各个方向散开了。之后一切都陷入了黑暗。绝对的黑暗。

在这片黑暗中，一串尖锐的笑声从高处的岩屑堆里传来。那笑声是如此的怪异，几乎不像是人类的声音。

雷达尔·鲁塞特关上了头灯，咬牙切齿地用本地土话咕哝着："呀，这可不是他们常说的吗？那里闹鬼啊……"

"那是因为他们一直没有找到尸体。"格蕾特嘟囔道，甩甩头，抖掉了雨衣帽檐上的积水。

19

雷达尔·鲁塞特示意我们继续前进。没了他的头灯照明，我们更不知道该在何处下脚。地形比之前更加复杂，小径上长满了杂草，在一些地方甚至堵住了前路。浓重的黑暗包围着我们，雨水似乎渗透了我们身上衣服的每一根纤维。格蕾特紧紧抓着我的手。我则尽量靠近雷达尔·鲁塞特，否则的话一下子就会跟丢了。

我们听见前方某个地方传来说话声：是一阵低低的、热烈的讨论。

"嗨！"鲁塞特低声说。

"雷达尔？"有人回答他。

"我把那个卑尔根的家伙带来了。"

有什么东西撞击着桦树丛，穿越夜色从我们的前方走来，把前进的道路堵得水泄不通。那是一个身着警服、身材高大的男人，他的鼻子让人想起一个畸形的土豆。雷达尔·鲁塞特从灌木丛里走了出去，以免挡住他的视线，然后稍稍转向我。

"斯坦道尔中士。"新来的人一边说，一边伸出一只湿漉漉的巨大的手掌。

"韦于姆。"我说道，也向他伸出自己的手。

"很好，你来就有戏了。我想，格蕾特跟你介绍过情况了吧。"

"简单地说了一遍。"

"目前的情况，估计是劫持了人质。在逃的杀人犯抓住隔壁农场的一个女孩，现在藏身在那边的岩屑堆里。你听见枪声了，是吧?"

"是的。"

"他把我们该死的探照灯打碎了！但你认识那个男孩的，是吧?"

"也不能这么说。我曾参与了……十年前在卑尔根跟他打过交道。从那以后就跟他没有联系了。"

他在黑暗中又逼近了一些。"你现在是一个私家侦探。他们跟我说的。"

"是的，我——"

"做这行，在卑尔根能养活自己吗?"

"反正我活着呢。"

"好啊，好啊。人各有志嘛。总之，那个男孩跟我们说，他不跟任何人说话，除了你。"

"我听说了。"

"实际上……他说的是瓦格，然后我们做了一点侦查的工作——我们国家的警察也能做到这些，你知道的——然后确定就是你。"

"要我说，跟我重名的人并不多。"

"是啊，没那么多。我的名字是个常见的教名，跟你的情况恰恰相反。"

格蕾特在我们身后不耐烦地清了清嗓子。"我们可以马上跟他沟通一下还是怎么样？"

"没错，没错，没错，当然。我们光顾着闲聊了。"中士说道，好像他很想继续闲聊下去。他歪了歪脑袋，接着说："我们在那里放了个扩音器。"

我们继续在黑暗里蹒跚前行。在一丛树后面，半遮半掩地站着几个警察。他们手里武器的金属闪着寒光，有几个还配有夜间瞄准具。

他们低声跟我们打了招呼。其中一个手里拿着个巨大的扩音器。

"给我，弗莱克。"中士说。

在黑暗中很难看清一个人，但弗莱克显然是一个比较年轻的警官。他把扩音器递给了斯坦道尔，斯坦道尔又一挥胳膊把它递给了我。

我接过扩音器。斯坦道尔冲着高处的一片黑暗指了指。"他在那上面。你得试试看能不能联系得上他，但……要走动几步。不要在同一个地方停留太久。"

我知道他这么说是什么意思，脊柱底部立刻升起了一股寒意。看来我的地位有所上升，不是升上了天堂，而是上升为一个移动的靶子。

我浑身上下唯一干燥的地方可能就是嘴了。"有人有什么可以喝的吗？"

"只有水。"黑暗中的某处传来一声轻笑。

"还有咖啡，滚烫的咖啡。"

"我要的就是这个。也许可以再来点水？"

黑暗中出现了一瓶矿泉水。已经被人喝过了，但我相信卑尔根的微生物跟这里本地产的应该也差不多，于是咕嘟喝下了一大口。在吞下去之前还好好地漱了漱口。

然后我清清嗓子，把扩音器举到嘴边，喊道："扬·埃吉尔！你在那里吗？"

我的声音含混而微弱。年轻的弗莱克探过身来。"你得先打开这个。"

"你能帮我打开吗？"

他轻轻地一按。一盏绿灯亮了起来。然后我再次举起扩音器。这次我的声音回荡在山壁之间："扬·埃吉尔！小强尼！我是瓦格！"

一片寂静。无论是我身边还是远处的黑夜。在我们耳边的只有自然界自己的声音：雨点打在树冠上，树叶飘落，还有我们脚下涓涓细流的流水声。

"你能听见我吗？"

没有人回答。

"你应该记得我！卑尔根的瓦格！你让我来跟你说话！"

突然之间，高处传来一声大叫："没什么好说的！"

"但是你让我来的！我从卑尔根开车过来，就是为了见见你！"

又一次，一片寂静。他似乎在思考。

"能见到你真好！你已经离开十年了，不是吗！你已经长大了！"

高处又传来一声意义不明的叫喊。

"他说什么？我没听见！"

"该死！"

我放下扩音器，思索了一会儿。然后我再次举起它。"西西莉跟你问好。你记得她的，对吧？"

没人应答。

"小强尼！我可以上来找你吗？"

斯坦道尔摇摇头，平举起一只手掌，表示他不同意我这么做。

"你这么急着找死吗？"

"不！只是像这样呼来喝去实在是太累了！我可以上去找他，同时保持距离。至少我们可以看见对方！"

一阵沉默之后，远处飘来了回答。"只有你！"语调是冰冷的。听起来更像是在引诱我上岸，然后再把我狠狠丢进深渊。

"我不知道我该不该同意你去，韦于姆。"斯坦道尔威严地说。

"这就是我被叫来的原因啊，不是吗。"

"但你听见他怎么说的了。"

"他只是嘴硬。相信我。我在社会服务署工作过，我了解这种人。他就算是冲自己开枪也不会冲我开枪的。"

"没错，但我们可不想他冲任何人开枪！我们已经有一桩谋杀案要解决了。"

我等了一会儿。然后开口说道："你知道他在哪里吗？大致的方位？"

"知道，我们之前到这里的时候天还亮着。沿着小径走四五十米，然后会看见一棵被连根拔起的树。再往前笔直走。他就藏在一堆大石头后面。"

"他们手头有吃的吗？或者喝的？"

"什么都没有。"

我再次举起了扩音器。"小强尼!"

"不要再这样喊我!"

"扬·埃吉尔!"

没人回答。

"你那里有吃的吗? 有喝的吗?"

"有! 足够过日子了!"

短暂地停顿了一会儿。我不是很确定,但我似乎听见一个更尖锐的声音。

那声音说:"你可以带一点来!"

我冲着斯坦道尔满意地点点头。"这就行了……他在拿到食物之前是不会冲我开枪的。你这里有什么?"

"有一些野战口粮。"

"野战什么?"

"一些能量棒之类的东西。富有能量的风干食物。那边可能还有点可乐。有没有啊,小伙子们?"

"如果你说的是可口可乐,那么……"

周围爆发出一阵笑声。

"当心点,瓦格!"格蕾特抓住我的胳膊。

我心情沉重地点点头。"这样的话,至少事情会有一点进展。我能想出无数种方式可以度过这个夜晚,哪样都比眼下有意思。"

"哦,是吗?"她低声说,眼中闪烁着某种光芒。

"嗯。"我回答，向中士转过身去。

中士不知从哪里找来一个塑料袋。他在里面放了些野战口粮和一大瓶可乐。"我还不知道该不该这么做，韦于姆。你自己决定吧。"

黑暗中又传来一个声音："也许他应该带上一把手枪？"

斯坦道尔死死盯着我。"你接受过任何武器训练吗？"

"不，但我也不打算带任何东西。你没法像这样用枪解决冲突。"

"我希望也用不到。"

我放下扩音器，把它递给弗莱克。但在关上这个机器前，我又最后喊了一句话："我出发了，扬·埃吉尔！你要是看见了我，就冲我喊一声。上面黑得跟地狱一样！"

他没回答。我耸耸肩，递过扩音器。格蕾特飞快地拥抱了我一下，然后在我耳边低语："当心……"

当我走过时，斯坦道尔和其他警官冲我点头示意。我开始缓慢地攀爬那条狭窄的小径。前方一米的距离几乎都没法看清，而我也不知道等待着我的是什么。在我的胸中有一个巨大的空洞，像是挖好了一个坑，等着什么人被埋进来。

我的脊椎底部又一次升腾起一阵寒意。在我等到想要的答案之前，我的大脑就开始全方位释放危险的信号了。

20

我现在孤身一人置身于黑暗之中。耳边只能听见嘀嗒的雨点和汩汩的溪流。

我抓住小径上方沉甸甸的树枝来支撑自己，一步步小心翼翼地往前走。我的眼睛逐渐开始适应了黑暗。远处田野的轮廓渐渐浮现，就在离我大概扔几次石子儿的地方，是特洛达斯瓦腾湖黑沉沉的水面。

我往上瞧去。还是没看到那棵被连根拔起的大树。

我前方的灌木丛里突然传出一阵响动。我吓了一跳，但是几秒钟后就听见一只大鸟扇动翅膀的声音，是我这个闯入者打扰到了它。

我呼出一口气，继续往上走。湿漉漉的树枝抽打着我的脸，我时不时地需要绕个弯或者走点回头路，才能继续向前。不久后我来到一片林中空地。左边是一条小溪，灰白的溪水在靠岸的地方翻腾着泡沫。而我的前方似乎就是那棵被连根拔起的树；斜坡对面的石头突然多了起来，似乎是之前某次山崩留下的杰作。我又向上看去，只能模模糊糊看见一片黑灰色的空白。没有任何动静，看不出他们躲藏在哪里。

我站在原地犹豫了几秒钟，然后朝着林中空地迈出第一步。我自我安慰道：如果我看不见他，那他也很难看见我。我迅速穿过了空地，然后又跌跌撞撞地穿梭于倒伏的树木之间。我尽量伏低身体，寻找着可能的掩护所。

然后我扬起头，冲着岩屑堆大喊："扬·埃吉尔！我的方向对吗？"

过了一秒钟。他回话了。"上来吧！放慢脚步！双手举起来！"

"我包里只有食物——和喝的！"

"上来！"

我绕着树走了一圈，往声音传来的方向看过去。还是看不到任何东西。

我举起双手，开始往上爬。有好几次，我不得不挥动着双臂，在湿滑的石头上保持平衡，我还摔倒了一次，只能双膝跪地，用手摸索着路。他也没有对此作出反应。

由于我一直奋力想看清楚上面的状况，眼部肌肉很快开始酸痛起来。现在我可以分辨出一块凸出的悬崖，岩屑堆那里有两三块巨大的石头，形成了一个天然的掩体。就在其中一块石头上方，我看到了第一丝生命的迹象：一颗脑袋，一对肩膀，以及一抹反光——很可能是武器。

"扬·埃吉尔？"我用正常说话的音量问道。

"慢慢往前走！"他回答说，"我能看见你。"

这让我吓了一跳。但这也不是我第一次受到惊吓了。

成为私家侦探九年来，我至少有两次陷入了同样的困境：处在被枪指着的那一端。但每次我都毫发无伤地脱险了。但是另一方面……在我们驱车来到这里的路上，格雷特告诉我的那个可怕的故事还在我脑海里盘旋不息，我忍不住去想象他的养父母被枪击和谋杀，死在自己卧室里的画面。万一……万一真的是他干的呢？他还会做出什么事来？

我又一次感到口干舌燥，忍不住浑身战栗。"不要做傻事，扬·埃吉尔。我是来帮你的。"

"照我说的做！"

"没问题。"我还看不见他的脸，但他的身高对于十七岁少年来说似乎是太高了。那个应该跟他在一起的女孩却不见踪影。

"慢慢向前走，直到我让你停下！"

在我艰难跋涉着走过最后一小段路的时候，大自然似乎开始屏息静气。雨下得没有那么大了。不知道为什么，我却感到更加寒冷，此前大量的降水让气温大幅度地下降。

我不错眼珠地盯着高处的那个人影。他逐渐从黑暗中显出身形来，不过他把滑雪衫的帽子一直拉到额头下面，直到我走到很近的距离，也只能看见一只宽宽的鼻子，一张紧抿住的嘴，和他上唇挂着的几滴雨水。从这个角度看过去，很难分辨出曾经的那个小强尼。

我还看见了武器。那是一支很大的来复枪。枪口不再指向我，而是垂在他身边，就像在暗示我如果不轻举妄动，就不会受到伤害。

现在我能看见她了：一个小小的、瑟缩的生物，头上同样也戴着防水的兜帽；她张着一张圆圆的嘴，像是水缸里的一条金鱼，无法越过玻璃，逃离囚禁的命运。

我把塑料袋递过去。"这是食物。"

他用来复枪枪筒指了指。"扔在这里！"

"里面还有一瓶可乐。"

"那就拿过来。"他不耐烦地命令道。

我走近了点。现在我能看清他嘴边的皮肤凹凸不平、疙疙瘩瘩。等我又走了几步，他说："停下！"

我顺从地停下。然后递过那个袋子。

他那只按在扳机上的手动了动。在他伸出手的时候，我们的眼神第一次交汇，瞬间我就认出了他。在那张长满疙瘩的青春期的长脸背后，是小强尼那张受伤的、冷漠的面容。在韦贝卡·斯卡内斯被逮捕后的那六个月里，我们照顾着他，而他这副表情也让我们铭记在心。小男孩那张圆圆的脸上，还没有定型的脸部特征都消失了，取而代之的是棱角分明的轮廓。但他的表情，他最具有代表性的嘴部动作还是别无二致。

他一把抓住袋子，往里面扫了一眼。然后他把袋子丢给那个女孩，女孩贪婪地一把接住，打开那瓶可乐，灌了一大口，然后又粗野地扯开能量棒的纸包装。等她把能量棒都拆出来以后，递了一根给扬。扬吃了起来，边吃边注意着我的举动。然后他又伸手去拿可乐瓶，举到嘴边深长地喝了一大口。

我可以现在偷袭他。我可以撞向他，抓住来复枪，试着把枪从他手里夺过来。但我没有。我太害怕事情会失控了。

我能感受到山下树林里有警察，他们正密切关注着这里。他们手里端着来复枪，枪上配有夜视镜。我不能让他们有任何理由采取行动。

我倒是奇怪地镇静下来了。眼前那两个狼吞虎咽的年轻人，让我想到了饥饿的小兽。似乎这就是他们躲藏起来的真正理由：在不得不再次面对现实之前，再吃最后一顿饱饭。

在他们吃东西时，我注意到扬·埃吉尔放在武器上的注意力越来越少。枪不再冲着我的方向；而是用一根迷彩色的肩带背在一边肩膀上，松松地荡在他的胳膊下面。不过要举起枪，只需要不到一秒钟。

"你还记得我们在卑尔根玩得很开心吗……扬？"

"我叫扬·埃吉尔。"

"扬·埃吉尔，"我改口，"我们一起去钓鱼，和西西莉一起在山里散步，还有……"

"不记得了。"他恼怒地说。

"但是你大老远地叫我过来，一定有原因的。"

他不由自主地摇了一下脑袋，目光凝视着我；他的眼睛闪闪发光，充满了泪水。他吞了口口水，点点头。过了一会儿，他用一种哽咽的声音说："你是个好心人。"

我点点头。"我们喜欢你，你知道的。"他没有回答，我继续说："你经历过很多糟糕的事情，我们希望你能过得好。所以汉斯帮你找到了这个家。每个人都希望你能过上最好的生活。"

他的嘴唇在颤抖，我看到他正努力抿住嘴唇。

我小心翼翼地选择措辞。"但是……这里也发生了一些事情，我能理解。"

他轻轻地点了点头。他的一只眼睛流下一滴泪水，沿着他鼻子的一侧流下来，最后积聚成一颗泪滴落在酒窝里。

"但是无论发生了什么……躲在这里都没有意义……你女朋友叫

什么?"

我看见他挣扎着开口说话。我转向她。"你……你能回答我吗? 你叫什么?"

"希耶。"微弱的回答。

"你想回家,对吗?"

她没有回答,我又跟扬·埃吉尔说:"今天的天气太可怕了,这将会是漫长而寒冷的一晚。你不会真的打算整晚都待在这里吧?"

他也没有回答。我接着说:"我能保证你一件事,扬·埃吉尔。你百分之百会被公正对待。"

他轻蔑地哼了一声。

"你会的! 我保证。也许你不知道,但是自从我十年前认识了你之后不久,我就不再为社会服务署工作了。现在我是一个私家侦探。一个侦探。我保证如果在这个案子里有什么可疑的地方,我……我不会放过任何一个疑点,直到把一切查个水落石出。我们可以一起查清楚到底发生了什么,你也会获得你需要的所有帮助。这不需要你花一分钱!"

我意识到这番话让他听进去了。侦探,这是引起他注意的关键词。就像大多数听到这个词的人一样,他有点被唬住了:"侦……侦探?"

"是的,"我微笑着,"瓦格·韦于姆,私家侦探,在卑尔根有一间办公室,就在水产市场旁边。下次你去卑尔根时可以来玩。"

"但是警察……"

"警察要完成自己的职责。但现在你已经十七岁了,社会服务署管不到你。但你可以找一个律师帮忙。你可以尽管放心。下面那些人里没有人故意跟你作对，扬·埃吉尔！每个人都想帮你。"

雨差不多停了。我拉下防水兜帽作为庆祝，而他也可以看清楚我的脸。"你怎么想的？"我小心翼翼地伸出手。"把来复枪给我，扬·埃吉尔。然后一切就都结束了。我们可以下山回村子里去，找个地方躲躲雨，穿上干衣服，吃点热乎的。怎么样？听起来不错吧？"

我看不清他的情绪如何。但是我知道已经打动他了。比起整晚待在山谷里，浑身湿透、冰冷、饥肠辘辘，我给他的承诺——干衣服，遮雨的屋檐，热的食物——实在是很难抗拒。

他低头看着希耶。她热切地点点头。

然后他也伸出了手，递过那支来复枪。

我牢牢地抓住枪筒，把枪接过来。然后我迅速检查了一遍保险栓，有点意外地发现保险栓还上着。我走开了几步，以免他改变主意。然后我半转过身，朝着山下的树林，双手罩在嘴边大喊道："我是韦于姆！一切都很好。我们现在下来！"

过了一阵子，才有人回答。我听见了中士的声音，通过那个扩音器传了过来。"太好了！我们在这里等着！"

"我会要戴上……手铐吗？"扬·埃吉尔在我身后问道。

我转过身去。"不，不用。这没有必要。"

"不用，"希耶说，"因为是我做的。"

21

"什……"我说。

"闭嘴，希耶！"扬·埃吉尔吼道。

"但是我……"

"我说了，闭嘴！"

我走开了几步。"我想现在我们应该按照我刚才说的做，好吗？我们下去到村庄里，穿上干衣服，然后找一个比这里更舒服的地方好好谈谈这件事，好吗？"

"我想说的就是这个。"她在抽泣。

"闭嘴！"

"好了，好了，"我说，"先冷静一下，好吗？"

他们俩看着我。在这一刻，他们似乎联合起来对抗着我，一个严格的父亲，愤怒的老师，或是古板的神父。我很庆幸自己已经从他们手里拿过了来复枪。

我伸出手，微笑着指了指山谷底部。"让我们出发吧。我都快被冻尿了！"

他们没有笑，连微笑都没有，但还是点了点头。很快我们就出发往山下走了。我让到路边，让他们先走。"我来殿后。"我说，没有解释原因。他们也并没有反对。

我们像是一支安静、阴郁的队伍，艰难地走下岩屑堆，走向被连根拔起的树，从那里走进森林。在我们向大部队靠拢的同时，我再次叫道："我们下来了！希耶和扬在前面，我走在最后！"

"好的，韦于姆！"斯坦道尔回答，这次他没有用扩音器。

他们就在前面了。我听见前面传来一阵扭打的声音，希耶被推到了一边，而扬·埃吉尔则被三四个警察制服，然后是一声手铐的咔哒声。

"瓦——格！"扬绝望地嚎叫着，在黑暗中胡乱踢打。"你说过我不会被铐上！"

我冲出了灌木丛。"你也不应该被铐！来复枪在我这里！"

"这里是你负责还是警察负责，韦于姆？"中士厉声说，"我们要保证他不会再次试图逃跑。"

"但是上帝啊！他只是个孩子！"

"他十七岁了，应该为自己的行为负责。"

"但我跟他保证过！"

"所以是谁给你权利做出什么保证的？"

"该死的傻瓜！"

他的脸忽然出现在我旁边。"现在，小心脚下，韦于姆——不然我们会把你也铐上。"

我向四周张望。我们在树林里紧密地围绕在一起。希耶在格雷特的臂弯里寻求到了一方庇护，我的眼神越过希耶的肩膀与她对视上。她警告地瞪了我一眼，摇了摇头，暗示我不要再激怒别人了。

我们周围站满了又累又暴躁的警察。扬·埃吉尔放弃了抵抗。他几乎可以说是挂在两个警官的胳膊上，他的手被铐在其中一个警官身上。

希耶突然转过头。"但那是我干的！"

每个人的目光都转向她。斯坦道尔咆哮道："什么！你说什么？"

"是我做的！"

"做了什么？"

"冲他们开枪！"

"你说什么？你说的是真话吗？你是这个意思吗？"

"你觉得我在撒谎？"她的脸因为压抑着怒火而泛红。"对这么严重的事情撒谎？"

"不，不——我真心希望你没有。"斯坦道尔嘟囔道，他看起来又意外又困惑。

"他是一只猪猡！"

斯坦道尔严峻地看着她。

"你说的是……"

"克劳斯舅舅！"

"希耶！"格蕾特责备地喊道。

周围的警官开始兴奋地交头接耳起来。

"这就是动机！"我听见他们中的一个说，边说边得意洋洋地四处张望。

"那不就是我……"

斯坦道尔似乎词穷了。他只能盯着这个年轻的女孩，脸上浮现出不满的表情。

"现在听我说，"我说，"我们不能整夜都站在这里，对吧？看在老天的分上，让我们回归文明社会吧，找片瓦遮遮头，换上点干爽的衣服，然后再来搞清楚这档子事情。"

斯坦道尔回过神来。"当然。你是对的，韦于姆。"他费了点劲，再次拿回指挥权。"好了，伙计们！"他指着两个人。"你们俩先走。然后是你……"他指着铐着扬·埃吉尔的那个人，"然后是他。你跟上，雷达尔。然后是你……"他指着其他警官。"然后是你们三个……"也就是格蕾特、希耶和我。

"我们殿后。"他最后说道。殿后的除了他，还有那个拿着扩音器的年轻警官，弗莱克。"然后……奥尔森！等我们到了安格达伦……确保车子开上来接应我们，让那些该死的媒体离我们至少一百米远！"

然后他又稍显马后炮地补充说："等你们能连上对讲机，跟他们说救护车可以走了。我们不需要了。这是件好事。"

他转向我，然后伸手要拿来复枪。"韦于姆……我来拿吧。"我把那支沉重的毛瑟枪递过去，他招来一个警官，让他拿来一个巨大的黑色垃圾袋，把来复枪装了进去。

在做出最后一些指令之后，我们再次踏上了下山的路。

没有人说话。光是找个合适的落脚处，还要留神别撞上前面的人，就够我们忙的了。我看见希耶和格蕾特的脑袋在前面起起伏伏。在我后面则可以听见斯坦道尔冲着我的脖子喘着粗气。我们这群人中弥漫着奇怪的气氛。每个人都迷失在自己的思绪之中。很明显，人们为事情到此结束而感到解脱，但同时我们还知道又有新的问题等着我们解决。是我做的，希耶说。但是在我的脑海里又回荡着十年前扬的那句话：是妈妈做的……

这其中有任何相似之处吗？在这两起戏剧化的意外事件之间有任何内在的联系吗？

我曾向他承诺，我不会放过任何一个疑点，直到把一切查个水落石出。但现在我们讨论的不是一两颗石头，整件事情都太复杂了，简直是一场泥石流。

等我回到弗尔德，第一件事情就是要弄清楚这十年来扬的生活轨迹。从我们在卑尔根分别开始，一直到发生这起暴行的原因。

我们即将走到山坡的尽头。小径的坡度变缓了，我们又来到了广阔的田野。我们在一座旧谷仓边停下脚步，开路的两位警官先走一步，确保斯坦道尔的命令都被执行到位了。远远看去，那群媒体人员正在被驱赶下山；他们的抗议声远远传来，像是一群正在狂吠的猎犬。

"我车停在下面了。"我说。

"你可以明天去取，韦于姆。现在你跟我们来。"斯坦道尔说。

等下面清场完毕，我们继续下山。扬·埃吉尔坐进了第一辆车；希耶、格蕾特和我坐在第二辆车的后排，前面坐着中士和一名开车的警官。直到这时候我才有空看一下手表。差五分钟到一点。

那群媒体等了很久，却一无所获。我猜，在接下来的几天里，报纸上不会给弗尔德的这位中士留几分情面。当我们开车经过他们时，周围一片闪光灯的咔嚓声，但想必从照片上很难看出车里坐了什么人，而且扬和希耶的头上都罩着夹克衫、弯着腰坐在座位上。

等我们拐上了大路，我往后瞧了一眼。他们还排成一队跟在我们后面。像是一场没有奖杯的游行，或是一场没有棺材的出殡，我这么跟自己说。然后我闭上眼睛，向后靠在了座位上。但我没有打瞌睡。实际上，那天晚上我一秒钟都没有睡着。到了第二天清晨，我爬下床，就像一个上了年纪的老师在暑假前的最后一个上学日去学校时那样"精神抖擞"。

22

我跌跌撞撞地走进浴室，有气无力地小便，然后走进淋浴房，把脑袋抵在冰冷的墙壁上。一两分钟后，我才提得起精神打开水龙头，然后站在那里，任凭水流冲刷在我身上。在这个黑暗、悲惨的世界里，在这个令人绝望的清晨，没有别的事情可以做了。

最终，我拆开一小块肥皂，把自己搓洗干净，关上水龙头，又磕磕绊绊地回到镜子前。从年龄上看，我正处于一个男人的第二春，刚刚年满四十二岁，但看起来却远比实际年龄苍老。我的头发直戳戳地立着，像是刚被吓了一大跳，我的皮肤灰白而没有血色，就连胡茬都苍白得没有色彩，就好像我身上的所有颜色都在特洛达伦那个潮湿而漫长的夜晚离我而去了。这可真算不上一个愉悦的清晨。

我从盥洗袋里掏出剃须用品，试着改善一下自己的外貌。我在脸上涂满了厚厚一层白色的剃须泡沫，几乎都看不清五官了，然后报复性地开始动手刮胡子，结果在脸颊和脖子上留下了数不清的小伤口。现在我的脸看起来坑坑洼洼，活像个麻风病人，足以把路人吓倒。我停了手，冲洗掉脸上的血迹和残余的泡沫，在脸上敷上一条冰冷的湿毛巾，僵直着腿脚走出了浴室。

我走到床边，往外瞧去。窗外也没什么看起来赏心悦目的东西。

弗尔德这个地方，最大的特点就是没有半点大都市的活力和生命力。河的对岸偶尔会有重型卡车经过，有些开往约尔斯特，另一些则开往卑尔根。今天，山间的云层低垂，在山脉间穿行的车辆隐没在一片浓重的灰色之中。某一瞬间，你看见了它们的后车灯光，下一瞬间，它们又消失了。这让我开始幻想它们是一些造访弗尔德的不明飞行物，发现这里根本不值得停留之后，就紧赶慢赶，想要回到来处。

我穿戴整齐，下楼去餐厅。早餐时段已经结束了，员工正忙着收拾。但也没人阻止我在他们收拾完之前，给自己拿一点剩下来的食物。也就是说，我可以喝掉所有剩下的咖啡。我尽量喝了很多，但还是剩下了一些。在喝下第四杯或者第五杯的时候，我快速回想了一遍前一天晚上的最后一段故事。

车里的气氛可以说是相当的压抑。希耶坐在我们之间默默抽泣，格蕾特用一只胳膊紧紧搂着她。"奥斯陆的一名家庭律师打电话来说他明早会过来。"开车的警官告诉斯坦道尔。

"那位天才叫什么？"我们的这位警官问道。

"朗厄兰。"他答道，我闻声竖起了耳朵。

"朗厄兰！但他是一位顶级的律师！他是见了鬼了才要来这里？"警官问道。

"也许是为了延续自己曾经的辉煌。"我咕哝道。

斯坦道尔转向了我："你这话是什么意思？"

"没什么，只不过如果我们说的那位律师是延斯·朗厄兰的话，那上一次扬·埃吉尔被卷入类似的事情时，就是他接手的案子。"

"在奥斯陆?"

"不，当时他还在卑尔根。"

"他官司打得好吗?"

我嘲讽地笑着："恐怕比你希望看到的还要好。"

"好吧，再说吧。我只是奇怪，谁他妈的给他报的信。"

"这个嘛，反正不是我。"

斯坦道尔冲我露出一个不甚友好的表情："你明早也需要到警察局总部录口供，韦于姆。我们肯定还需要更多关于扬·埃吉尔的资料……"

我们回到弗尔德的时候已经凌晨一点半了。车停在了酒店门口，我先下了车。格蕾特跟着大部队回了警察局，以便照顾希耶和扬·埃吉尔。在我下车之前，她迅速拥抱了我一下。她看起来同样忧心忡忡。但是另一方面……她身处这里是职责所在，而我则只是业余人士而已。"明天见，瓦格。"

"明天见……"

因此现在我坐在这里，几乎累到无法动弹。

我走过去，从咖啡机里倒了第五杯，或者第六杯咖啡。再回座位的路上，我看见一个矮墩墩的年轻人，满头红发，戴着一副圆形眼镜，正神采奕奕地大步向我走来。

"你是叫韦于姆吗?"他问道。

"你是?"

他伸出一只手。"赫尔基·豪根。《菲尔达时报》的记者。我希望可以跟你稍微聊两句。"

"我没什么可说的。"

"没什么可说？他们都这么说，但是……我可以跟你坐在一起吗？"

我太累了，根本没有精力拒绝。"那就来吧。你要不要坐下来歇歇，年轻人。你看起来需要坐一坐。"

他拉过一张椅子，舒服地坐下来，露出一个满足的微笑。"有人跟我说，你是一名私家侦探。"

"没错。"

"那是谁雇你来的？"

"不，不，不，不是那样的。"我注视着他。他看上去还不到三十岁，在桌子的另一边散发出无穷的活力，眼里闪烁着热切的光芒，一看就是个正处于事业上升期的明星记者。"完全不是这样的。我曾经在卑尔根的社会服务署工作，这次这个男孩曾经是我的案主。他要求跟我通话，于是我就被召来这里了。"

"为什么会要跟你通话？"

"这个，我也不知道怎么回答。他们就是这么跟我说的。"

"那……他的出身背景是什么样的？"

"你听说过案主守密原则吗？"

他笑了。"我当然听说过。但我想，当奥斯陆的一家报纸跟你开价时，这一条还能不能继续生效。"

"那么，《菲尔达时报》的开价有多少？"

"你想要多少？"

我缓缓地摇着头。"嗯……实际上我是认真的。除了那些我已经说过的，我不会再说什么了。"

他赞同地点点头，然后接着问。

"关于特洛达伦那场谋杀你知道多少，韦于姆？"

"这是个好问题。除了在昨天来这里的路上他们跟我说的，我一无所知。一场谋杀——那是一八三九年，对吗？"

"是的，要不要听我跟你说说？"

"听听也无妨。就算没什么用处，至少也会很有意思。"

赫尔基·豪根靠在椅背上，十指交叉搁在肚子上，这副样子让我不由觉得更像是一位老爷爷，而不是年轻的王牌记者。他开始了自己的讲述，很明显，他陶醉于自己的声线之中；而他现在跟我所说的一切，估计很快会在《菲尔达时报》上付诸铅字。

"那是一八三九年六月一个炎热的大晴天。横亘在奈于斯特达尔和安格达伦之间狭窄的特洛达伦山谷里，依然堆积着皑皑的白雪。一个住在奈于斯特达尔的人带着一头牛来到了特洛达斯特兰德（Trodalsstrand）的一个小农场，他准备把牛卖给松恩地区艾于兰镇一个叫做奥利·奥尔森·奥图尼斯的贩子。他们约好了要在安格达伦的英德列博农场见面交易，但是当奈于斯特达尔来的那个人到了那里，却没有等到奥利·奥尔森。英德列博农场的工人很惊讶，因为大家都知道那个贩子几天前就到安格达伦了。据说他准备长途跋涉几天去特洛登（Trodden），想在那里卖点东西。六月十九日，他在附近的农场里留下几件衣服，说自己很快

135

会回来。但他再也没有回到这里。"

"真的吗？"

"英德列博的农场工人开始担心奥利·奥尔森。也许是在上山或者下山的路上出了什么事。他们从特洛达伦出发去找他。最后他来到了山谷里唯一的农场，特洛达斯特兰德。农场主和他的妻子都不在家，农场里只有一个年老的用人。她讲了一个故事……那是六月二十四日，那个用人说，五天前奥尔森确实来过这个农场，但没有卖掉任何东西。因此他打算回安格达伦，跟他一起动身的是农场主的儿子马兹·安德森[1]。马兹在那天晚些时候就回来了，但第二天女佣却惊讶地看见他在湖上划船，因为农场主明确规定在他回来之前船只不能下水。"

"他爸爸去哪了？"

"他去了卑尔根，他的妻子陪同他一直到了奈于斯特达尔。她直到六月二十四日晚间才回来。"

"那这时候她在哪里？"

"跟马兹一起下地了。他们去晒干草。"

他停顿了一下，看我还有没有问题。我没有再问，他就接着说了下去。"嗯，那个男人就到草场上去问马兹。不，奥利·奥尔森是独自离开农场的，他回答说。不是这样的，男人说，他们都说你是和他一起走的。嗯，也就只走了一段路，他说。那你是在哪里跟他分开的？他们问。但马兹的回答非常含糊。在山腰上，他一边说，一边挥舞着胳膊。人们

---

1 马兹（Mads）也有"疯子"的意思，因此马兹·安德森又被称为特洛达伦的疯子。

追问得他更紧了，而他的母亲则站在一旁听着，一言不发。关于在这桩案件中这位母亲扮演的到底是什么样的角色，人们持不同的看法。有些人说，是她去当地警局告发了自己的儿子，因为她从奈于斯特达尔回家后第一时间就开始怀疑他了。还有人认为她在六月二十四日与英德列博来的男人们的对话中就给出了明显的暗示，而其他人则认为她从来没有对她儿子产生过怀疑。总之，那天的晚些时候，马兹从安格达伦来的一个人手里买了一块毛皮，付的钞票上有一些红色污渍。钞票上有血！英德列博来的人喊道。是的，马兹回答，不久之后他就坦白了自己的罪行。"

"就这么简单？"

"据说他有点头脑简单，因此当地人背地里都叫他'特洛达伦的疯子'。另一些人坚称他是一名惯犯，以前偷过东西，还说如果这次能逃过一劫，以后还会再杀人。"

"那他活下来了吗？"

"从某种意义上来说，是的。他死的时候已经八十多岁了，但他在克里斯蒂安尼亚——也就是现在的奥斯陆——的监狱里过了好多年。开始他被判处死刑，要用车轮轧断他的背。但后来又减刑为监禁。他在阿克什胡斯坐了整整四十二年牢。之所以刑期这么长，是因为他号称出狱后要杀死自己的父母。但就算是他父母都死了，他还在坐牢。直到一八八一年，他才被放出来。当然，他没有回特洛达伦。他一直住在安格达伦，靠着从山谷农场里收牛角做成勺子来维生。年轻人都害怕他，但老年人认为他在牢里服了这么多年的苦役之后，肯定已经变得人畜无害了。"

"他认罪了吗？"

"哦，是的。我曾亲眼看到过当时的法庭记录。他当晚就跟英德列博来的人坦白了，然后又跟警察说了一遍，最后又在公开法庭上认罪。他陪同奥利·奥尔森上路是为了抢劫他。等走到了一个合适的地方，他就拿一块石头把他敲晕了，然后又继续把他砸死在乱石堆里。"

"在乱石堆里？"

"是的，大概就在湖的一端。然后他拿走了所有的钱和值钱的东西，把尸体从小路上拖走，藏在一些石头里面。第二天早上，他又回到了那里，把尸体搬到湖边，又拖到船上，然后扔进了湖中央。"

"昨天我听说尸体一直没有被找到？"

"没错。在谋杀发生的地方，也没有找到血迹……"

"也就是说……"

"那么，"赫尔基·豪根端详着我，眼中闪烁着讥诮的光芒，"也许该私家侦探出场了？据说特洛达斯瓦腾湖底的地形十分复杂。以前发生山崩时有很多大石头滚到了湖里，把湖底都遮了个严实，也许尸体很容易就被挂在了哪里。无论如何，还是有点奇怪。按理说，当尸体里产生了足够多气体的时候，应该会浮上来……当然，湖底也可能有一些饥肠辘辘的狗鱼……"

"但是如果我没有理解错的话，那个人被判刑了。"

"那都是陈年往事了。没人能改变历史。我想，等到调查完毕，扬·埃吉尔·里贝克很快也会成为历史的一部分。"

"里贝克？他用的是这个姓氏？"

"据我所知，正是这样。不过，我也不是百分百确定。只是因为他的养父母姓这个吧，我想。"

我心烦意乱地点点头："你对这对夫妻了解多少？"

"克劳斯和卡丽？没什么特别的吧。我在跟这个案子，如果我可以这么说的话。因此我来找你。"

"是啊……在昨天以前，我几乎都没有听到过他们的名字。"

"所以呢？"

"没什么。"我冲他笑笑，以示友好。"如果你希望用'特洛达伦的疯子'这个故事跟我交换什么的话，那恐怕你是在浪费自己的时间了。"

他猛地向前探过身来。"我们可以做个交易，韦于姆。"

"嗯？"

"我们可以互通消息。如果我挖出什么有意思的事情跟……安格达伦那边有关，我会跟你分享。当然，反过来也一样。你不会后悔的。我有很多线人，在各行各业都有。"

我缓缓点点头。"好的，那就这么说定了，但我可不会为我说的话负责。如果我发现了什么有意思的事情，我会告诉你……反过来也是。我该怎么联系你？"

他递给我一张名片。"这上面有我的电话号码，家里的和办公室的。不过弗尔德也不是什么大地方。我想在这件事结束前，我们俩肯定还会碰上几次面的。你打算从哪里开始查？"

"开始查？现在的状况是，警长召唤我去他的办公室，要跟我谈谈昨天发生的事情。"

"不坏的开始，韦于姆。"他站起来。"那我们就一言为定了？"

"算是吧。"

他看起来挺满意的，兴高采烈地说了一声再见，就离开了餐厅。我咽下最后一口冷掉的咖啡，然后站起身来，也走了出去。

23

位于红十字大楼的警察总署里，气氛阴沉沉的，还带着那么一丝控制感。警察的办公室在二楼，窗外就是酒店后面的那片湿地风光。前台挤着一大群记者。不耐烦的摄影师们肩膀上挂着相机，准备着有什么事情发生时随时开始抓拍。

我到的时候，正好遇到一名身穿制服的警察向人群宣布要在十一点召开一场新闻发布会，等到下午国家刑事调查局派来代表，对这桩案件进行初步的调查后，还会再召开一次。记者们无精打采地记下了笔记。有些人留在房间里，另一些则晃悠着朝附近的咖啡馆去了。

我在从酒店来这里的路上买了几份报纸。没有一份奥斯陆的报纸派人去过弗尔德，但《菲尔达时报》、《卑尔根时报》和《卑尔根报》都在头版用大篇幅报道了这起"安格达伦双重谋杀"。报道中还有里贝克农场的巨幅照片，农场中除了一辆停着的车以外一片荒芜。还有几张较小的、略有些模糊的照片，拍的是警车带走希耶、扬·埃吉尔和我们其他人时，从特洛达伦下来穿过媒体区的场景。在新闻报道中，这场耸人听闻的谋杀被事无巨细地描述了一遍，至于消息来源，显然不是警察局的官方口径。扬·埃吉尔被描述成"家庭的一员"，在特洛达伦的一场"人质事件"后把自己交给了警察，目前正在弗尔德当地警局被"询问"。卡丽和克劳斯·里贝克则被形容为"体面的农场主"，没人能说出关于他们的坏话，报道中还提到，这起悲剧在安格达伦这块小小的乡间地方带来了"不安和恐惧"。在《菲尔达时报》上，赫尔基·豪根集中描述了特洛达伦的谋杀，我也从他的报道中辨认出了差不多一个小时前他跟我提到过的几个语句。在《卑尔根时报》上，他们还附带了一篇关于"峡湾地区谋杀案"的补充报道，总结了特洛达伦的疯子、一九七三年的"走私谋杀案"等几桩案子。《卑尔根报》的报道则比较有趣，他们在当地并没有派驻记者，只能根据挪威通讯社那些极其客观的统发稿来写新闻。

我一路挤过媒体人群，来到前台登记处，向接待的人介绍了自己，说是那个警官召我来这里。

"真的吗？"前台的警察有些困惑地看着我。

"他肯定想听我说说对于这个案子的看法。"

"那我想，就算是一个目击者吧。"警察嘴里嘟囔着。他的头发稀薄，肌肤苍白，讲起话来一丝半点的热情都没有。但至少他打开了门让我进去，指给我看远处办公区域一间像是等候室的房间。"我会跟中士说你到了。你叫韦于姆，对吗？"

"是的。"

我在等候大厅找了个座位，翻看起随身携带的一份报纸。我怀疑自己并不是排队的头一个人，我猜对了。我一直没见到中士的人影，直到他走过我的身边，旁边还跟着其他几个警官，估计是赶去十一点的新闻发布会。他看见我似乎吃了一惊，但还是冲我点点头，示意我等他回来再说。

尽管如此，我还是跟着其他人一起去参加了那个简短的、甚至有点临时的新闻发布会。在听众席里，我看见了赫尔基·豪根，还有其他几个卑尔根来的熟面孔。

会上没宣布什么新闻，说的都是报纸已经写过的事。卡丽和克劳斯·里贝克夫妇被发现在家中遭枪击身亡。没有破门而入的迹象。他们的一位近亲现在正在审讯室，两位刑事调查局的警官目前应该正在从奥斯陆赶来的早班机上，他们将协助当地警队进行调查。

"审讯室里的那个人会被起诉吗？"一个媒体人员想知道。

"不。"中士说，然后几乎是不情愿地又加上一句，"现在不会。"

"那他以后会被起诉吗？"

"目前为止我无可奉告。"

"据说他从附近的农场带走了一个女孩作为人质，这是真的吗？"

"对此我也无可奉告。"

他们没法从他口中得到什么。会议结束时，斯坦道尔中士说希望大家能再出席晚点的新闻发布会，在下午四点或是八点。一旦确定了时间，就会公开更多细节。

到这里，这场新闻发布会就结束了。一些记者想用几个追加的问题给当地警官下套，都无功而返。唯一让他开口说了几个字的是几个电台记者，他们问了刚才发布会上同样的问题，而中士也给了同样的回答。

安全地回来后，斯坦道尔示意我跟上他。"跟我来，韦于姆。来我的办公室。"

中士的办公室窗外正对着湿地，以及更远处船坞里的吊车和窄窄的跑道。斯坦道尔指了指一把椅子，然后自己率先在写字台后面坐下了，他那双淡蓝色的眼睛斜斜地看着我。"现在，告诉我你知道的关于扬·埃吉尔·斯卡内斯的一切吧，据说他的真名叫这个。你之前就认识他了，对吧？"

"实际上，几乎不怎么认识。"我简略地向他介绍了一遍扬·埃吉尔那段不愉快的生活，从我一九七〇年的夏天第一次在罗瑟根小区见到他，那时候他的中间名还叫埃尔维斯；然后是一九七四年的那场悲剧。

中士的上身前倾，急切地想要知道这些。"所以说当时他也被卷入了一起可疑的死亡案件？"

"卷入？他才六岁半。然后他的养母很快就承认是她导致了那起意外。"

"明白了。"他早就记下了韦贝卡和斯韦恩的名字。"还有什么吗？"

"没，没有了……在后来的六个月里，我们在社会服务署又继续跟进他的个案。之后他被转介来了这里的一个领养家庭，也就是卡丽和克劳斯·里贝克家。在昨天我被要求尽快赶来这里之前，我知道的就是这么多了。"

"那你对于他在安格达伦的生活一无所知了？"

"嗯。我想你也许可以帮我补上这一段。"

他茫然地看着我。"为什么？"

"这个，难道你没有找到关于他的什么记录吗？他之前就没有被警

144

察局关注过?"

"根本没有。就跟你一样……确切地说,在昨天之前我从来没有听说过他。"

"但你知道里贝克夫妇。"

他继续说。"我知道克劳斯。这不是一个大地方。"

有那么一瞬间,他的思绪好像飘到了远方。"但跟这个案子没什么大关系。"

我向前倾了倾。"这么说,他从来没有卷入过任何不正当的案件?"

他的嘴唇抿紧了。"不正当的案件?"

"是的,我们都听到昨晚她是怎么说的了。希耶。他是一头老猪猡,她说。她还称他为克劳斯舅舅。他是她的舅舅吗?"

他缓缓地点了点头。"她来自山谷远处的一个农场。阿姆利德。她妈妈是克劳斯的妹妹。"

"她也被问过话了吗?"

"还没有。"

"那她现在在哪里?"

"她被准许回家了。"

"什么?!"

"她父母来接她了。"

"但是……她认罪了!"

他看起来像是嗫了嗫嘴唇,喇叭似的嘴唇似乎在传达某种怀疑的信号。"我不是很相信那个说法,韦于姆。"

"为什么？"

"这个嘛……"他在我们二人之间伸出一只手，开始掰着手指头陈述他的理由。"首先，警察一开始在上山的路上发现他们时，是扬·埃吉尔拿着武器。其次，杀人的手段非常残忍，你很难相信是一个十六岁的少女干的。第三，跟警察谈判的全过程中，都是扬·埃吉尔在说话，如果我们还能把那个称为谈判的话。第四，在此之前，都没有任何证据证明是其他人干的，直到她喊出了，呃，那个罪供。要我说的话，她那时有点歇斯底里。"

"在那之前，我们在岩石堆里谈判时，她就跟我说过同样的话。"

"无论如何。这听起来都太不可信了。"

"就算是我们可以推定克劳斯舅舅在虐待她？"

"我们对此一无所知，韦于姆。而且为什么她也杀了卡丽呢？"

我舒展开了胳膊。"她当时处于暴怒之中。如果你射杀了一个人……我想你还没有正式释放她吧？"

他傲慢地看了看我，又看了看手表。"她正在办理手续。我们要跟她好好谈谈，韦于姆。然后她要接受医生的检查。"

"她找好律师了吗？"

"在当地找了一个。另外，社会服务署的梅林根女士一整晚都跟她待在同一个屋子里。"

有人敲了敲门，是雷达尔·鲁塞特。他冲我点点头，然后转向斯坦道尔。"律师说扬·埃吉尔准备好了。"

中士点点头。"很好，让我们开始吧。"

"我该做些什么?"我说。

他不是很确定地看了看我。"我不认为现在我们很需要你的服务,韦于姆。但是如果你不忙的话,能在弗尔德多留几天就再好不过了。"

"没问题。"

"你可以做点什么事情消磨时间。"

我慢慢点点头。这对我来说没什么问题。但是我不太确定他会喜欢我消磨时间的方式。

"现在,我得去取我的车。我能把出租车的账单给你吗?"

"可以啊,只要你别坐出租车观光游览。没问题。"

五分钟后,我就坐在一辆出租车的后座上路过了弗尔德文化宫,前往安格达伦。一瞬间,我透过车窗看见了格蕾特的眼睛。一切都太快了,我们几乎都没来得及向对方微笑一下。

24

我付了出租车费，走向自己的车。现在的情形跟前一天晚上截然相反。现在我那辆被遗弃的迷你车是这里仅存的一辆车了，就像一艘撞上了礁石后没人来搭救的船只。我鼓励地拍了拍车顶，告诉它不用再等了，很快我们就要重新上路了。

尽管依然有灰白的云层低垂在山间，沐浴在天光下的安格达伦依然展现出了截然不同的另一面。根据我放在车上的那张地图，狭长的山谷在远端变得开阔。而近处的山脉之间确是狭长的沟壑丛生。在那里，今年的第一场雪留下了白色的痕迹，当然也有可能是去年的雪还没有融化。

山谷下，农场星罗棋布，一直延伸到远处。我根据报纸上的照片认出了里贝克农场，农场前面停着几辆车，其中有一辆警用巡逻车，我还看见两个穿着白色连体服的法庭工作人员从农舍里把一只硬纸箱搬上了车。

整个山谷里的气氛平静得出奇，仿佛一切如常，没有任何戏剧化的事情发生过。尽管如此，我还是察觉到一丝紧张的气氛，就好像大自然正屏息凝神，等待下一次大爆发。我想，我并不是唯一一个密切盯着里贝克农场边上那辆警车的人；我敢肯定，在安格达伦的每一座房子里都有一个人定期来到窗口，去看看警车是不是还在那里。

但今天我在这里没什么可做的，除非去打翻装苹果的推车。因此我坐进车里，倒下斜坡，掉头开回了通往弗尔德的大路。

我找了一个电话亭，打给人在卑尔根的西西莉。今天早上她在读完报纸上的整版报道之后就已经有一种很不好的预感了，但当她的预感被证实，她还是大吃了一惊。"无论如何，谢谢你打给我，告诉我这些，瓦格。"

"不过……我还是在想，你是不是能帮我查一件事。"

"嗯？"

"你能帮我查查扬的妈妈现在在哪里，过得怎么样吗？我想总该有人拿出勇气告诉她。"

她犹豫了几秒钟。"你说的是梅特·奥尔森吗？"

"是的。"

"我试试吧。"

"还有一件事。你手边有汉斯·哈维克的号码吗？"

"稍等。"我听见她在翻阅一本电话号码簿，然后报出了一串号码，我记在了笔记本上。

"多谢了。过一个小时左右我会再打给你，看看你有没有联系上她。"

我们结束了对话，我又翻出几枚硬币来给汉斯·哈维克打了个电话。他还在奥森的儿童中心工作，但我打过去的时候他没法接电话。"他在弗尔德，"他的一位同事告诉我，"他一接到消息就离开了。"

"什么消息？"

"我不确定我能不能说。"

"没关系的。我知道是什么事。我自己现在就在弗尔德。你知道他在哪里落脚吗？"

"肯定是在那里的哪家酒店里。"

"好的。我会去找他。再见。"

我走出了电话亭。低垂的云层似乎压得更低了。还只是中午时分，天色就已经半暗了。看起来等不了多久，这里就会又下起雨来。

我回到了警察局，问他们格蕾特·梅林根在不在那里。接待处的警官说她在，然后又是一番关于我从哪来、我要到哪去的对话，之后我被放了进去。

格蕾特从一张椅子上站起身来，露出了一个微笑。"瓦格……"她走向我，然后用一只胳膊绕着我的脖子。"看见你真好。"

"看见你也是。怎么样了？"

她站得离我很近，近到我的眼睛都没法聚焦。"她正在被问询，有律师陪着。"

"是啊，我听说有人被指派给她了。她现在还坚持之前的供认吗？"

"我想应该是。"

"那她的父母呢？"

"他们在另一间办公室里接受问话。"

"看起来，一切正常啊。告诉我……昨晚怎么样。"

"你指的是，你走了以后的那一小段时间？"

她的脸上浮现出一个讽刺的笑容。她的脸色憔悴而苍白。她没有化妆，眉毛看起来是淡淡的金色。她的嘴唇干燥，有一些细纹。她的头发依然因为被雨打湿而凌乱不堪。

"嗯，我在阿姆利德农场得到了一张沙发和一个靠垫。中士坚持让我陪着她，以防有任何紧急事件。但是什么也没有发生。我大概打了半小时的盹儿，至少感觉上过了那么久。但把希耶叫醒花了不少力气。她拒绝起床。这就是为什么我们这么晚才到这里。"

"那她的父母呢？他们怎么说？"

"他们还处于震惊之中。你可以想象这一点。听说克劳斯·里贝克和他的妻子被残忍地谋杀就已经够糟糕的了，然后他们又听说了希耶说的话……他们好像不能接受现实，一直在否认。"

"但是……"

"还有一件事你应该知道的，瓦格。"

"嗯？"

"希耶不是他们的亲生女儿。她也是领养的。"

"什么！"

"是的。"她点了几下头，似乎在强调她刚才说的话。

"那么……在这方面，她和扬·埃吉尔还真是同命相怜啊。"

"不仅在这一方面，我想。"

我凝视着她，等着。"那还在哪方面？"

"她的亲生父亲是被人杀死的……算起来应该是在十年或者十一年以前。一场某种违禁品引起的争斗。酒精。"

我的脑海中隐约浮现出一段记忆。"那他的名字是什么?"

"安斯加·特维腾。"

25

她看见我的眼神。"这个名字让你想起了什么吗？"

"恐怕是的。这又让事情变得更复杂了。"

"你记得是什么事情吗？"

"其实，这件事是别人告诉我的，大概是十年前，就说了个大概。"

"大概是什么事情？"

"你能相信吗，还是跟扬·埃吉尔有关。"

现在轮到她吃惊得下巴都要掉下来了。"什么！快跟我说说……"

我不得不在回忆中细细搜寻。"如果我记的没错的话，安斯加·特维腾就是在这附近被杀的，应该是跟这个有关。"

她点点头。"是在比格斯塔附近，达尔斯峡湾的尽头。人们在水边发现他的尸体，半截身子被拖到了一艘旧船屋下面。"

"我记得，那应该是一九七三年。"

"很可能是。但这桩案子一直没破。很明显，人们很快就把它归类为当地犯罪团伙之间的一起内讧。"

"没错。然而这其中最大的嫌疑人，是一个来自卑尔根的刺头。一个叫泰耶·哈默斯坦的。你听说过这个名字吗？"

"没有。"

"他是特维腾的小舅子。"

"真的吗？"

"特维腾娶了他的姐姐。我不记得她叫什么了，但应该能查出来。"

"特露德，"她说，"希耶的妈妈。"

"我的天哪！整件事情真是错综复杂！这个特露德现在在哪里？"

"我想她现在应该住在代尔。我上次听说她的消息时她就住在那里。他们说，她应该已经康复了，但她再也没有说起过……要来这里看希耶。"

"是吗？"

"是的。她根本没有这个打算吧。我想说的是……她丈夫被杀时，希耶才五岁，当时特露德完全不适合再照顾她了。"

"真是个奇怪的巧合。"

"你现在又想到了什么？"

"听着。这个泰耶·哈默斯坦，在一九七〇年和一九七四年的时候都跟扬·埃吉尔的妈妈住在一起。他的亲生母亲。不仅如此，他还是希耶的舅舅，杀死她父亲的嫌疑人。"

"是的，这又能说明什么？"

"一九七四年，扬·埃吉尔的养母，韦贝卡·斯卡内斯把她的丈夫推下一层台阶，并因此坐了两年半的牢。她现在已经出来有几年了。"

"但泰耶·哈默斯坦跟这件事有什么关系吗？"

"据我所知，没什么关系。"

她绝望地看着我。"你现在把我彻底绕迷糊了，瓦格！"

"是啊，但我要告诉你，我也跟你一样迷糊。我想说……这两个孩子，他们的命运就像是两根平行线，最后在安格达伦农场交汇了……而今天，在弗尔德的这个警察局，扬·埃吉尔被控谋杀……"

"那么……你的意思是不是说，在比格斯塔、卑尔根和安格达伦发生的这几件事情之间有所关联？"

"目前为止我还没想清楚。但这里面的巧合未免太多了，其中最大的巧合就是泰耶·哈默斯坦。"

"没错……"她伸长了胳膊。"我觉得你应该把这个告诉警长。"

"我也是这么想的，等我再想清楚一点。"

我们在一片沉默中坐了一会儿。然后我转换了话题。"但说起你……我记得警长把你称为什么太太……"

她又歪嘴一笑。"是啊，我想他是这么称呼我的，"她顿了一下，接着说，"但我不再是什么太太了，尽管我保留了夫姓。"

我点点头。"那我们的情况也算是差不多。除非你遭遇了什么比离婚更戏剧性的事情。"

"没那回事！我的农庄里可发生过凶杀，瓦格。"

她没再说话，我也没再追问。接待处传来一个我熟悉的声音。很快，汉斯·哈维克就加入了我们的谈话。

我已经好几年没有见到他了，他看起来明显又重了一些。除此之外，他还跟以前一样，只不过现在情绪难免有点激动。"嗨，瓦格……格蕾特……"他跟我握握手，又给了格蕾特一个拥抱。然后他看向我。"眼下这种情况可真是比地狱还糟，不是吗？你搞清楚发生什么了吗？"

我摇摇头。"除了那些所有人都能看见的事实，我也一无所知。"

"那他们是……"

"嗯，我知道的跟报纸上写出来的差不多。但我跟他们一起去抓捕了小强尼——扬·埃吉尔——昨天晚上我也去了山上。不知道为什么，他指明让我去跟他对话。"

他做了个怪相，点点头。"他一定还记得上次跟你在一起时的美好回忆。昨天格蕾特联系了我，我就尽快赶来了。但你知道最糟糕的是什么吗？"

"不知道。"

"我上周末也在那里，去拜访了他们。我他妈差点就成为这桩案子的目击证人了。"

"你去拜访他们？"

"是的。我不知道你是不是还记得，克劳斯其实是我的表弟。我跟他们一直有联系。我每年都会去回访扬·埃吉尔，观察他的行为举止，这对我来说是一桩开心的事情。"

我在空中挥舞着胳膊。"这正好！我……我还在想，我得在这一带到处转悠，找人来问询，但最重要的人证竟然就在我们之中。来吧！"

"唉，我该说什么呢？当时那里一点也没有要出事的迹象。你也知道，是我建议克劳斯和卡丽收养他，你能想象我现在的感受。"

"没错，但也没人能预料到会发生这样的事情。"

"是啊，他很快就适应了这里的生活。你肯定也记得。我亲自把他带来这里，就是那年的十一月。之后，我至少每半年就来看看他怎么样了，开始的几年来得还要更频繁一点。一切看起来都很不错。当然，这里可能有点太偏僻了，特别是在冬天，也没有几个同龄的孩子。但不久之后附近的农场里出现了一个女孩，当然他在开始上学之后又认识了更多的孩子。但……我也得实话实说，他让他们很头疼。我说的是克劳斯和卡丽。他是个不安分的家伙。按现在的说法，就是多动症，还有很严重的情绪问题。当然，这也没什么奇怪的，毕竟他在之前的两个家庭遭遇到了很大的创伤，如果我们可以用创伤来形容的话。但他慢慢好转了，现在已经开始读高中，一年以后可以选择一份职业了。如果我没搞错的话，他会选电子工程。"

"所以那个周末你也是来拜访他们的吗？"

"是的，周五下班后我开车过来，周日夜里回去。这是复活节之后我第一次来，我好不容易抽出时间，然后……"他张开了手掌。"我现在很高兴我这么做了。那是我见到他们的最后一面。卡丽和克劳斯。"

"你没注意到任何令人不安的事情或者氛围吗？"

"没有，什么都没有。"

"你在那里过夜了吗？"

"是的，我总是在那里过夜。我只能说……扬·埃吉尔几乎一直没露面。他在周五晚上回家，一吃完饭就回了自己房间，然后一直待在里面。说是他忙着做什么事情。星期六那天他出去参加一个派对，直到很晚才回家。我听见他上楼梯的声音。"

"派对？"

"是的。在青年俱乐部。我想，也没别的什么了。"

"那星期天呢？"

"他睡到很晚。大概睡到十二点。吃完饭，他又走了。说是要去希耶家。"

"周日下午？"

"是的，然后我就没再看到过他。我是大概八点的时候走的，免得到家太晚。我走的时候他还没有回来。你可以想象，星期二那天格蕾特给我打电话的时候我有多震惊……"

"是啊，我也很震惊。但……那个周末你看到希耶了吗？"

"完全没看到。"

"她和扬·埃吉尔之间有什么关系吗？他们是小情侣吗？"

他把头仰起来，耸耸肩。"有可能。他们从很小的时候就开始一起玩耍，然后又一起上学。这你得问……"他止住了话头，我知道他想说什么。我们现在再也不能问克劳斯和卡丽什么了。

"你知不知道她……"我也停住了。汉斯·哈维克之前说，他几乎差一点就要成为这桩谋杀案的目击证人了。在这种情况下，我不太适合说太多。我尽可能中立客观地继续说："你的这位表弟……他是个什么样的人？"

"嗯，我该怎么说呢？他们都是非常普通的人，卡丽和克劳斯都是。他们经营自己的农场，卡丽还是个注册护士，晚上在弗尔德中央医院值夜班。"

"值夜班？"

"这样才能兼顾农场的工作。"

"那是个什么样的农场？"

"他们养羊、奶牛、小牛犊，种了一些果树和莓果。不用说，奶制品也占大头。就这样，他们能养活一家人。我们说这些干什么？"

"这么说来，克劳斯和扬·埃吉尔经常单独相处啰？我是说，在晚上。"

他用一种在这种场合中很经典的眼神看了看我。"我希望你暗示的不是我正在想的那种事情，瓦格？"

"我没有暗示任何事情。但根据我的经验，那种没有任何动机的谋杀案是非常少见的，而且……"

他打断了我。"哦，是啊！你不需要再解释了。我懂你的意思。但这能解释为什么他把卡丽也杀了吗？"

"不能。这很难解释。几乎无法理解。但唯一可以肯定的是……在表面现象下一定藏着非常强烈的情绪动机。"

他重重地叹了一口气，绝望地四处扫视着。"这样的话，我就不知道了，"他看着格蕾特，"你有什么想法吗？"

她摇摇头。"没有，汉斯。完全没有。"

我们沉默地坐着。我看了看手表，站起身来。"容我失陪一下。我得看看能不能打个电话。"

我走进接待处，那名警官极不情愿地让我借用了电话。"长话短说——你这里有什么发现吗？"

"你绝对想不到，瓦格。"

我感到自己的腹部周围像是被刀扎了一样疼痛。"说来听听。"

"两年前，梅特·奥尔森从卑尔根搬去了孙菲尤尔。"

"搬去孙菲尤尔！"

那名警官向我投来盛气凌人的一瞥，像是要提醒我身在何处。

"显然，是搬去了她家族里一处废弃的庄园。"

"是啊，每个人在孙菲尤尔一带都肯定有一个兄弟或者姐妹，我们都知道啦。然后呢？"

"是在约尔斯特。我这里有一份详细的描述。这个农场叫做莱特，坐落在孔斯尼斯（Kjøsnes）峡湾。在一个叫桑代的地方拐下主路就到了。"

"我知道那里。"

"那么，你在那里就能找到她。"

"距离过去十年里她儿子生活的地方，直线距离只有十几二十公里……好了，非常感谢。你还查出了别的什么吗？"

"你问巧了，我还查出了泰耶·哈默斯坦。"

"怎么了？"

"他还生活在卑尔根。"

"好的。再次感谢你。你真是好心！"

我们挂上电话，接待处后面的警官转过椅子来面对着我。"我忍不住听了两耳朵你们的对话。你得告诉他……那里。"他用脑袋指了指里面的办公室。"告诉斯坦道尔。"

"当然。克里波[1]的警官来了吗？"

他点点头。"是的，但他们先去了犯罪现场。"

"知道了。帮我告诉斯坦道尔，他一有空了就可以随时来找我谈谈。"

我缓步走回了其他人之中。又来一个值得深究的疑点……但我还没来得及说话，身后的一扇门打开了，他们排成一列走了出来。那是希耶，她的父母，还有一个估计是她律师的女人，一个女警官，雷达尔·鲁塞特，斯坦道尔中士，其他两个警官，以及跟在最后面的，延斯·朗厄兰。

斯坦道尔的眼神落在了我身上，他说："他想要跟你谈话，韦于姆。单独谈话。"

---

1 KRIPOS：挪威刑事调查局（The National Criminal Investigation Service）。

26

延斯·朗厄兰走过来，跟我握了握手。"韦于姆……好久不见。但我听说了你昨天的英雄事迹。听起来，你化解了一场灾难啊。"

"嗯。他这么信任我，肯定是有原因的。"

"按照惯例，我们不能让你单独进去跟他见面，"斯坦道尔插入了对话，"但既然他这么强烈地要求，再考虑到昨天发生的事情，我们想冒这个险。"

"我会去看看他想说些什么。我可以先跟朗厄兰私下聊两句吗？"

斯坦道尔狐疑地看了看我，我又补充道："毕竟，他是当事人的律师，不是吗。"

"行，行……"

"我进去之前需要一点背景信息。"

斯坦道尔点点头，朗厄兰和我走出了人群。

他还保留着鹳鸟般的体貌特征：高，瘦，略有些佝偻。他那只鼻子的弧度令人瞩目。头发变得稀薄，发际线严重后移，耳朵附近的一圈头发开始发灰。

我远远地跟着他。至今为止，他的事业不可谓不辉煌。在为韦贝卡·斯卡内斯辩护的一案中我曾亲眼目睹的那种才华，现今已经发挥得淋漓尽致。特别是一九七八年，他更是达到了事业的巅峰。一个男人承认自己谋杀了邻居，并因此被起诉。他指认了抛尸到海里的地方，但尸体一直没有被找到。尽管他对罪行供认不讳，但在朗厄兰的帮助下，他最终被判无罪。朗厄兰在这个案子里的辩护充分利用了轻罪与和解这两个关键，强调要避免"歪曲司法"的重要性。他的这番总结陈词堪称惊世骇俗，足以载入法律的史册。这一案之后，朗厄兰获得了一大票律师的追捧，他作为辩护律师的职业生涯正式开始飞黄腾达。现在他已经属于全国最顶尖的辩护律师，每当各地有重大案件难以论断时，他都会被征召过去。因此他也就顺理成章地参与了安格达伦的这桩双重谋杀案，更何况他还有另外一个小小的参与理由：十年前他就在另一桩谋杀案中担任过扬·埃吉尔当时养母的辩护律师。

　　"我得问问你，朗厄兰。韦贝卡·斯卡内斯……她最近怎么样？"

　　"我不怎么了解她的近况，韦于姆。今天早上我试着联系她，想要在她从报纸上看到新闻之前告诉她发生了什么。"

　　"你见到她了？"

　　"没有，我在电话上跟她说的。她住在斯基，就在奥斯陆市区外面。"

　　"她出狱多久了？"

　　"她坐了一年半的牢，之后就被放出来了，据我所知，这之后她就再也不需要什么法律援助了。"

"那这个案子不是她雇你来帮忙的?"

"不是,完全不是。我是,按理说,从那个案子开始就算是扬·埃吉尔的律师了。我跟你说,从纯法律的角度来看,那个案件相当复杂。被定罪之后,韦贝卡·斯卡内斯依然负有养母的监护责任。不过,她选择放弃监护权,主要是为了扬·埃吉尔考虑。她觉得让扬·埃吉尔在寄养家庭度过过渡期,等她出狱后再回到她身边,他可能会受不了。因此她让我来接管这个案子,不管是作为律师还是作为别的什么。其实当初在这个领养家庭通过审核之前,我自己也来弗尔德对他们做过评估。"

"这么说,你见过那两位——死者?"

"见过,但只见过一次,一九七四年九月。在那之后,无论是这对夫妻还是扬·埃吉尔都不再需要我的服务,直到……现在。社会服务署登记了我的名字,所以昨天夜里他们通知了我,告诉我发生了什么。"

"这是不是意味着,你被正式委派去代表扬·埃吉尔了?"

他的脸上迅速绽放出一个笑容。"我当然要接手这个案子,韦于姆。只要是这个男孩的事情,我都要竭尽全力去帮忙。"

"好的。那我们就算是一个团队的了。如果你需要我帮忙……"

他点点头,目光炯炯地看着我。"先别忙着排除别的可能性。我们先大致了解一下情况,然后就尽快开始调查。"

"那现在扬·埃吉尔的监护权算是谁的?"

"正式地说,还是韦贝卡·斯卡内斯。"

"但她……"

"怎么了?"

"我还在想一九七四年她承认杀了自己丈夫的时候，到底发生了什么……"

"不，不是。她一直坚称那是出于自卫，那只是一个意外……"

"好的，当然，但事发时唯一在场的就是——小强尼——扬·埃吉尔，现在他又是谋杀时唯一在房子里的……"

"关于这个巧合，我们还需要更多的信息，韦于姆。他本人说的完全是另一个故事。"

"他说了什么？"

"我想，如果他要求跟你对话的话，你会听到这个故事的。另外，这里还有另一个人承认了罪行。"

"我知道，这也是我要跟你讨论的事情：有没有可能，一九七四年也发生了同样的事情？"

"我没听懂你的意思。"

"有没有可能那位母亲也是为了儿子——或者说养子——而认罪，为了让他不用遭受精神伤害，就像这个女孩现在也为了他而认罪一样？"

"不，不。这顶多只能算是一种猜测，韦于姆。我想，你之前说过我们是一个团队的？"

"最后一个问题，朗厄兰。扬·埃吉尔知不知道韦贝卡·斯卡内斯不是他的亲生母亲？"

"据我所知，他还不知道。只有他自己能回答这个问题。不过，现在讨论这件事恐怕有点不合时宜。"

"好吧，不过……我们晚点再聊吧，朗厄兰。"

"就这么说定了。"

我点点头，转身走开了。希耶和她的父母走进了另一间办公室，后面还跟着格蕾特、那个我认为是她律师的女人，还有那个女警官。斯坦道尔和鲁塞特站在房间外面，等我们谈完话。

"好了，韦于姆，"斯坦道尔说，"你准备好进去了吗？"

"好了。"

"昨天晚上在那里，你干得不错！所以我同意你跟他单独谈话。但我也指望你能给我些回报。"

"嗯？"

"他的认罪，韦于姆。如果你能做到，那就最好了。"

延斯·朗厄兰在我们身后含有警告意味地咳嗽了一声。"呃，我认为你不应该这样引导韦于姆，斯坦道尔。"

斯坦道尔怒气冲冲地瞪着这位全国知名的律师。他心里清楚，要是上了法庭，等着他的会是什么。"当然不会，朗厄兰律师先生。我们会注意的。"

接着他展现了他的权威，把我领进了隔门里。然后，他又一言不发地把我送到了扬·埃吉尔面前。

27

我们进门时，一名没穿制服的警察在一旁立正致意。斯坦道尔冲他点点头。"让他去吧，拉森。让韦于姆自己跟目击者谈谈。但我希望你可以站在外面。韦于姆，如果你需要帮助，跟他说一声就行了。"

我点点头。两个警察离开了房间，关上了门。现在，只剩下我和扬·埃吉尔单独相处了。

这时我才有机会好好看看他。前一天晚上在特洛达伦山上，他裹着滑雪衫和兜帽，等下山回到安格达伦之后，他又坐进了警车。现在，我眼前是一个发育良好的十七岁少年，如果在街头遇见，我肯定认不出来。就算是坐在那里，支棱着两条长得不成比例的胳膊，也能看出他长得比我还高了。他的嘴边和脖子上有不少红色的伤痕和斑点，脸上的毛发金黄而柔软，让他看起来更像是一个暴躁的小崽子了。只有他嘴边那一缕紧张和委屈的神情，看起来有些似曾相识；而当我们的眼神相遇，我从他的眼睛里看到了当年那个沉默的、充满了攻击性的扬。他阴沉着脸，目光直视下方。他弓着腰，手掌撑在桌面上，一副随时可能拍案而起、冲出门外的样子。直到斯坦道尔和另一个警察关上了门，他的身体才稍稍松弛下来。他抬起头，打量着我的脸，似乎要从记忆中再次认出我的脸，就像我之前试图认出他一样。

我们在的这间房间有点像是审讯室，仅在墙壁的高处才有一个小窗户。透过这扇窗户，只能看到一方狭小的天空。淅淅沥沥的雨点敲击着窗玻璃，像是一行行泪水，把我们与外面的世界隔开。时不时能听见有车驶过的声音，还有孩子们偶尔发出的一两声叫喊；总之，都是一些遥远的日常的声响。

我走到桌边，伸出手："又见面了，扬·埃吉尔。"

他有些吃惊地看着我的手，但完全没有要握手的意思。

我耸耸肩，微笑着，表示我并不介意，然后拉出一张靠背椅，在他对面坐下来。

我们的眼神再一次交汇。他的眼中闪烁着一种几乎称得上是狡狯的神情，像是在说让我们等着瞧，又像是做好了准备迎接一切未知。

"他们说，你想跟我谈谈。"

他缓缓地抬起头，把目光移向别处，然后又移回我的脸上，僵硬地点了点头。

"那你想说些什么，扬·埃吉尔？"

我注视着他下颌处的肌肉。他太阳穴边的血管凸了出来，脸也变红了。"没什么。"他咕哝道，毫无说服力。

"好吧，那么，我觉得你如果再想想，肯定会想起些什么。"我决定给他一些空间，但他还是毫无反应。我只能自己接着说下去。

"昨天你说你只想跟我谈话。我一路从卑尔根赶来这里帮助你，如果有需要的话，我以后还会再来。朗厄兰，你的律师，也从奥斯陆赶过来。还有社会服务署的格蕾特，还有汉斯·哈维克。我们都在这里帮你。这一点你可以放心。我们都不相信警察说的是真的。我们想听你自己跟我们说说发生了什么。"顿了顿，我又说，"到底发生了什么。"

他还是一言不发。我说："希耶跟我们说了她那个版本的故事。跟昨天晚上在特洛达伦山上说的一样。"

他的嘴角在抽动，但依然一言不发。

"你肯定听说过特洛达伦的疯子的故事？"

他僵硬地点点头。"在学校里听到过。"

"如果放在今天，他肯定不会被判刑。我想说的是，现在就算是一个二流的律师都能为他成功脱罪，因为那个小贩的尸体一直没有被发现。谁知道背后的真相是什么样的。没人知道。也许那也是一次对司法的歪曲。过去的几个世纪，对司法的歪曲还少吗？"他点点头，我接着说，"我想说的是……这个案子的真相，有可能并不是我们第一眼看上去的那样。所以从所有相关人士那里了解他们各自版本的故事就非常重要了。"

"相关……"

"是的，所有牵涉进这个案子的人，不管是以何种形式牵涉其中。"

他重重地点头。我想我第一次从他眼睛里看见了理解的光芒。

"那你现在可以告诉我……你还记得，对不对……上次你看见我，大概是十年前，在一九七四年你搬来这里之前。搬来安格达伦的卡丽和克劳斯家。那时候你被照顾得很好，不是吗？"

他又用他独特的方式甩了甩头。"他们还不错。"

"是吧？你在他们家被照顾得不错吧？"

"他们还不错。"他重复道，好像我上一次没听清一样。

"很好。然后你去了学校。他们说，你现在已经读到最后一年了。电子工程，对吧？"

他点点头。"……子工程。"

"好的，一切都还不错，对吧？"

"是的。"

"然后你又认识了希耶。"

他没有回答。

"你认识她多久了？"

"从……小学开始。"

"她也是被领养的，对不对……"

他点头。

"这么说，你们算是同命相怜了。"

他看着我，晃了晃脑袋。"嗯。"

"她有没有当过……你的女朋友？"

他的脸又红了。他的嘴角抽动着，但这次抽动应该是为了掩盖一个微笑。"她现在还是。"

"那她昨天是自愿跟你上特洛达伦，而不是因为你强迫她？"

他的眉毛拧在了一起。"不！那是骗人的，是那个中士编出来的。"扬说起话来带有本地土话的腔调。

"好的，好的。我也不相信是你强迫她的。我一看到你就意识到了。

不管怎么看，她都不像是人质。"

"不！她不是。"

"好的。"我等了一会儿，直到他平静下来。"但她当时说的话……"

他的眼神又游移到了别处。

"你也听见了，对吧。是我做的，她说。关于这个，你有什么想说的吗？"

他噘起了嘴唇，跟十年前那个六岁半的扬一模一样。

"她控诉了……克劳斯。"我低声说。

他没有回答。

"她这么说，是有什么原因吗？"

他的脸色看起来极其阴郁，我能看出他正在竭力挣扎着要说出些什么。一时之间，我生怕他要攻击我，不由自主地调动起浑身肌肉，随时准备要站起来。

但他内心的怒火似乎熄灭了，整个人瘫塌了下去。他垂下头，盯着桌面。"不晓得。"他咕哝道。

我叹了口气。"也许我们应该从事情的开头开始说，扬·埃吉尔。你能告诉我前天，也就是星期一，到底发生了什么吗？"

他立刻回答我。"我不在家！"

"那……当时你在哪？"

"在希耶家。"

"晚上也在？"

"是的！"他带有挑衅意味地看着我。"我们够大了！"

"好的，好的……但是……？"

突然之间，他看上去几乎是一副心满意足的样子。"她的父母……克拉拉和拉尔斯。他们什么都没听到。但我们确实睡在了一起，一整晚都睡在一起。"

我同情地笑了笑。"一直到周二？"

"一直到周一。"

"一直到……好吧。但你周一就得上学了吧？"

"是的。我回了一趟家拿书包。回了一趟里贝克。"

"那……那时候发生了什么？"

他看着我。"什么都没发生。"

"那……你跟他们说话了吗？"

"你只是……"

"我只是喊了两声。但没人回答我，我就想他们可能是在牛棚。我给自己做了一份午饭，然后去赶校车。直到我下午回家，才——找到他们。"

"你找到了他们！在哪里？"

"在他们的房间。克劳斯在床上，卡丽在床边。他们两人都被射中了。"

他的口吻冷静得出奇，好像是我们俩只是坐在椅子上读报纸一样。

"那武器呢？"

"掉在地板上，就在门里面。那是克劳斯的来复枪，他平时用来猎鹿的。"

我细细端详着他。他的表情很难破译。介于面无表情和局促不安之间，就像我记忆中一九七四年那样。

"这么说，那是周一的下午……？"

他沉默着点点头。

"但你没有报警？"

"没有，我知道报警了会怎么样。我知道受到怀疑的会是谁……当然，现在事情真的变成了这样。"

"但你当时是怎么打算的？就让他们躺在那里？"

他没有回答，只是紧抿着嘴，用他特有的方式摇晃着脑袋。

"那希耶呢？你有没有告诉她？"

他摇摇头。

"你那天有没有跟她说话？"

"没有，放学后就没说过话。"

"跟我说说……你说你们整个晚上都睡在一起。有没有可能，她趁你睡着了之后溜出去，去了里贝克？"

他的脸色又变了。"不是希耶！"

"那会是谁？"

"我怎么知道！可能是有人想抢劫。"

"那么……我们就得等法医检验的结果了。那之后呢？告诉我周二发生了什么。"

"那天我没去学校。"

"那你去做什么了？"

"周一晚和周二早上，我都在牛棚里。总得有人照看牲畜。"

我点点头。"那你自己挤了牛奶？"

"我们有专门的机器。"

"好的。那你干完活之后干什么了？"

"我就坐着，坐在起居室里，等着有什么事情发生。"

"啊？克劳斯和卡丽的尸体还躺在楼上呢。"

"然后希耶来了。因为我没去坐校车。"

我等着。

"然后我就告诉了她。"

"那她是什么反应？"

"她吓坏了，当然了。"

"那么，她也没说——"

"我要跟你说多少次？不是她干的！"

"不，当然不是。但她有没有说你应该报警？"

"是，她是这么说的。"

"然后？"

"然后他们就来了！我慌了。我不知道他们会怎么想，我猜对了！我抓起来复枪，带上希耶就跑了，从房子后面跑上了山，一直到特洛达伦。"

"但那个中士说你朝他开枪了？"

"是的，我开枪了，他喊我停下来！我不想停下来。我知道他们会怎么说，然后现在……现在我就坐在这里了，就像我之前害怕的那样，被指控做了一些我没做过的事情！"

"但那把来复枪……你说你拿了枪。卧室是在二楼，对吗？"

他点点头。

"而你之前说，你是坐在一楼等人来的，不是吗？"

"是的。"

"你把枪拿下楼了？"

"万一他们回来，我得有武器自卫！"

"万一他们回来！谁会回来？"

"强盗！"

"但来的却是警察……"

"是的！之后的事情你都知道了。我和希耶一起躲在了特洛达伦。我不应该投降的。我应该还坐在那里……然后他们就会朝我开枪了，如果他们想开枪的话。"

一阵可怕的寂静笼罩了我们。这事几乎有了一些超现实的意味。我发现很难想象当时的画面：克劳斯在床上，卡丽在床边，两具尸体都躺在血泊之中。还有那个行凶者……我试着想象希耶的样子，但太难了。这么年轻的女孩……我又想象了一下扬·埃吉尔，他是否有足够的动机这么做。但也可能是另外某个人做的，或者某几个人。强盗，就像他说的那样。但是没有报告说有任何东西失窃，也没有破门而入的迹象。那杀人的动机到底会是什么？

行凶者站在床边时，面前是两具尸体，或是两个垂死的人。他会想些什么？或者说，她会想些什么？他们做了什么？徒步跑掉？开车跑掉？那天晚上会有任何目击者看见车辆离开农场吗？就在他们进入或者离开山谷的时候？如果真的是希耶或者扬·埃吉尔，她或者他会不会直接跑回阿姆利德农场，躲进卧室里，投入另一个人的怀抱，却不被发觉？

或者说，有没有可能是他们一起干的？

万一希耶说的是真的——那就是真实的动机吗？如果是这样的话，也许是她告诉了那个住在施虐者家里，却已经变成她男朋友的男孩。虽然这个男孩和他养父的暴行并没有关系。整件事情是他们二人的共谋，还是说他自愿成为她的复仇者，因为她自己没有办法报仇？如果是这样的话，克劳斯就是复仇对象，而卡丽只是在复仇计划实施的过程中，不幸地身处同一个房间；也就是说，她并不知道到底发生了什么，只是被两个年轻人当成了从犯而已。

当他们投降之后，希耶为了保护他，自己担下了罪名……

是啊，我得承认。在获得证据之前，想证明这个版本的真相还很难。

我清了清嗓子，让他的注意力再次回到我身上。他从桌子上抬起了目光。

"听着，扬·埃吉尔。昨天晚上希耶说的，就是她把克劳斯称为老猪猡的时候，我们都知道她是什么意思。但尽管你和希耶都与谋杀无关……这其中还有什么事情吗？他会不会曾想过要冒犯她？"

他一脸阴郁地摇摇头。"据我所知，没有。她从来没跟我说过任何类似的事情。"

"哦，恐怕这种事情通常都是这样的。当事者总是尽量紧守这个秘密。我的问题是：他到底做过没有？有没有可能他做过，你却不知道？"

他耸耸肩膀："要我说，什么都有可能。"

"他没在你身上试过？"

"没有！"他看着我，流露出惊恐的神色。"你以为我是什么？"

"性虐待者并不总是挑选某个特定的性别。我必须问一问。抱歉。"

我又想起了中士交待的事情。他说过，他想要一份认罪书。但是我觉得进入这个房间之后，他的期待更渺茫了。

我细细打量了他一会儿，然后尝试着问他："现在我们再来谈些其他事情，扬·埃吉尔。让我们回忆一下十年前的事情。"

他的瞳孔缩小了，看上去似乎屏住了呼吸。

"我想，那就是你想跟我谈话的原因吧。因为你还记得我们曾经度过的美好时光，西西莉，你，还有我。那时候你不得不搬出……当时住的地方。"

他警惕地看着我。

"你还记得那时候发生的事情吗？"

他瞪着我。

"我在想……"一时间我拿捏不准轻重，"你记得当时发生的意外吗？你的父亲……滚下楼梯，摔断了脖子。你妈妈说那是个意外。但之前你是和你父亲单独在家的。你还记得这件事吗？"

他抿紧了嘴唇，微微地摇了摇头。

"连你和父亲单独在家也不记得？当时你正在玩小火车，我想。"

有一瞬间，他的脸亮了起来。"我的马克林小火车。现在还在我那里呢。"

"没错。我记得它跑得很好。"

"然后门铃响了。"

我向他的方向探过身去，点点头，示意他继续说。但他止住了话头。

"然后门铃响了。"我重复道。

"是的。有人进来了。我听见他们在争吵。但我还在玩我的小火车。我不想听他们吵！"

"他们在争吵？你的妈妈和爸爸？"

"不是她！是个男人。一个男人的声音。"

我不由自主地打了个寒颤。"什么！你刚才在说什么？"

他困惑地看着我。"就是这样。我不记得其他的了。之后，我只记得我站在那里，站在楼梯顶端，而他就躺在楼梯下面。门铃又响了，她自己开门进来了。她大声尖叫，惊恐地看着我，好像是我做的一样。但不是我！我总是背黑锅的那个！"

他的眼睛大大地睁着。一瞬间，他好像依然是那个六岁半的孩子，被冤枉做了自己没有做过的坏事。"我记得的最后一件事就是她的尖叫。然后我就什么都不记得了。接下来我就在汉斯那里和你一起玩雪球了。"

"那为什么……？"

回忆突然涌向了我，像是一阵太迟才涌上岸边的浪潮。为什么他当时没有说这些？为什么没有人问问他？或者说他们问了，但是没有得到回答？他为什么现在才跟别人说？我是不是第一个得知真相的人？

一时间，我的头脑一阵眩晕。延斯·朗厄兰要是知道了，他会说什么？我很怀疑。韦贝卡·斯卡内斯是不是应该在一九七四年被判无罪？是死神跟随着他的脚步，还是说这只是一连串的巧合？

我伸开胳膊。"我不知道我们今天能有多少进展，扬·埃吉尔。你还有什么想说的吗？"

"都说完了。"突然，他伸出一只手，用力抓住我的手腕，像是一个快要淹死的人，在被海浪无情地卷进水底之前抓住了一根救命稻草。"帮帮我，瓦格！你一定要帮帮我！"他的眼中噙满泪水。"不是我做的！这次也不是……"

我用空着的那只手拍了拍他的手背。

"我保证，扬·埃吉尔！我会全力帮你。如果你足够幸运，会出现什么证据证明你刚才跟我说的事情。法医的证据，目击者的证词，什么都行。你可以肯定一件事情，扬·埃吉尔。我们会尽全力帮助你，我们所有人。"

他用乞求的神色看着我。"你一定要帮我！一定要！"

"是的，当然。"我简直要为他表现出的信任而感到羞愧了。"我会帮你的，扬·埃吉尔。我会的。尽我全部的力量。"

我不敢再保证他什么。我害怕这已经有点过头了。但我觉得非常有必要跟延斯·朗厄兰详细谈谈；除了谈发生在安格达伦的这桩双重谋杀，还要谈谈十年前维格兰萨森的那起意外……

他慢慢放开了我的胳膊。然后收回了手。但他的眼睛还是盯着我，急迫而哀恳。

　　我们就这样坐了一会儿。然后我点点头，站起来，用手示意，走向了门口。打开门之前，我转过身面向他。"那就先再见了……"

　　他没有回答。他也没有再看我，而是看着桌面。

　　我轻轻地打开门，走了。

2 8

　　我出门时，等在外面的警官从椅子上站起来，冲我点点头，然后进门去找扬·埃吉尔。在他关上门之前，我听见他说了句什么。门很快又打开了，他朝走廊大喊："他饿了！有人能给他弄点匹萨和可乐吗？"

　　斯坦道尔走进走廊，点点头，然后把任务分配给其他的警察。

　　延斯·朗厄兰和那个我认为是希耶的律师的人就坐在等待区角落里的一张咖啡桌旁。他们二人看见我，都站起身来看着我，脸上充满了期待的神情。

　　我被介绍给了朗厄兰的同事，那个女人留着一头不对称的深色头发，身形娇小，精力充沛，整个人略带法式风情，身穿灰色短裙和黑色紧身上衣。"奥古恩·布拉特，"她面带微笑说，"我是希耶的律师。"

　　"好的，我猜到了。瓦格·韦于姆，私家侦探。"

　　斯坦道尔在我身后抽抽鼻子，我转过身去。

　　"好啦，韦于姆。他想要什么？"

　　"说老实话，我也不是很确定。但我想我可能要让你失望了。我没能让他认罪。事实正好相反。"

"换句话说，他用跟我们说的那同样一套谎话搪塞了你？"

朗厄兰立刻做出反应："我抗议，你这么说太有引导性了，中士！到现在为止，警方还没能拿出任何证据，而且还有另一个人认罪了。"

"一份没有任何人相信的认罪，你要搞清楚！"奥古恩·布拉特尖锐地说。

"正是！"斯坦道尔附和道，"我们讯问过那位年轻的女士，就是……希耶·特维腾。但对于她的话，我们并不是很信服，朗厄兰。这么说还是委婉的。我们一问她是怎么用枪的，她的描述就变得十分模糊。她不知道怎么拉开保险栓，或者怎么上膛。如果你要我说，我得说这个女孩从没拿过来复枪。"

"你能肯定那把旧毛瑟枪就是凶器？"朗厄兰问道。

"病理学家和法医检验很快就会证明这一点。如果结果不是，那我会非常惊讶的。"

"至今为止你唯一能肯定的一点就是，这把枪是扬·埃吉尔逃跑时带着的那把。"

"是啊，没错。逃跑！那我就得问了，如果他像你坚称的那样是无罪的，那他为什么要逃跑呢？"

"他有童年创伤，"我打算打个圆场，"今天早些时候我跟你说过。"

"是啊，是啊，是啊。我们都知道这一点，韦于姆，但是……"

"除此之外，格蕾特·梅林根也跟我说了点我不知道的事情。关于希耶和一九七三年她父亲被谋杀的案子。"

朗厄兰肯定地点点头。"是的，我同事刚才也跟我说起这桩案子。

我不得不说，那是很重要的一条信息。"

中士瞥了他一眼。"我想问，怎么重要了？当时她还不到五岁！"

"尽管如此……"朗厄兰不由自主地打起了官腔，就好像已经在法庭上了，"我们目前着眼于一场双重谋杀案。一九七三年，曾发生过一场血腥的谋杀。一九七四年，又有一场可疑的死亡事件。两案均有儿童牵涉其中。"

"还有泰耶·哈默斯坦。"我补充道。

斯坦道尔看起来快要爆炸了。"泰耶·哈默斯坦！这他妈的又是怎么回事！"

"我知道一九七三年的时候，这里的警察对他很感兴趣，对吗？"

"一九七三年我不在这里，但是当然，我会去查查档案。"

"那你现在还没查了？"朗厄兰挖苦地说。

"我们还有别的事情要忙！"中士咆哮道。

"一九七四年，他还和扬·埃吉尔的亲生母亲梅特·奥尔森生活在一起。"

斯坦道尔瞪着我："一九七四年！"

"是的，他的养父被杀了。"

"但那个案子已经破了，韦于姆。"朗厄兰尖锐地说。

"但还有疑点。"

我看见了他的目光。"你肯定吗？实际上，现在我又知道一些关于当时案情的新信息。是扬自己说的！也许韦贝卡·斯卡内斯当初不应该被定罪。"

朗厄兰的脸唰的一下白了。"你再说一遍。他说了……"

我给了他一个心知肚明的眼神。"我们晚点再说。"

"是啊,多少年前就解决的案子,我们是不会感兴趣的。"斯坦道尔说。

朗厄兰若有所思地看着我,然后沉默着点点头,摇晃着一根食指:那就这么说定了。

我把注意力转移到奥古恩·布拉特身上:"她现在在哪里?希耶……和她的父母?"

"他们回家了。"

"回家!"我又转向斯坦道尔。"你就这么让她回家了?"

他不自在地看着我:"她这么年轻……在跟她的律师还有梅林根女士协商之后,我们就让她回家了。但有一个女警察跟着,而且如果我们召唤,希耶随时会回来。"

"令人震惊的差别对待!"朗厄兰说,"或者说,你们也打算放扬·埃吉尔出来?"

"他现在也无家可归,"斯坦道尔冷冷地说,"除此之外,他依然是我们的头号嫌疑人。如果你不介意的话,律师先生,我建议我们现在就去见他,继续问讯。"

朗厄兰叹了口气。"好的,走吧。我们可以晚点再聊,韦于姆。你就住在孙菲尤尔,对吧?"

"是的,你问完话就来找我吧。"

朗厄兰点点头。斯坦道尔又瞄了我一眼,他的神情看上去像是再也不想见到我了。他们回到了扬·埃吉尔那里。奥古恩·布拉特和我站在一边，有点手足无措，像是暴风雨过后被困在礁石上的两个落难者。然后她耸耸肩，走到衣帽架前取下外套，那是一条跟她裙子一样长的漂亮的小斗篷。

"我得回办公室了，"她说，"接下来这段时间我们肯定会很忙。但我想，我们会再见的。"

"这基本上是不可避免的。如果你需要私家侦探，那⋯⋯"

"我知道该找谁。是的，谢谢你。"她说道，点点头，绽放出一个流连的微笑，然后离开了。

在我离开之前，接待处的那个警官叫住了我。

"韦于姆？这里有一条给你的留言。"

"是吗？谢谢。"

我接过那张小小的手写便笺。是格蕾特。我先回家休息一下，她写道，晚点打给你。

当我来到大街上时，奥古恩·布拉特已经走了。我回到酒店吃了晚饭。独自一人。

2 9

当我回到酒店，那里也有一条留言等着我。但这条留言来自《菲尔达时报》的赫尔基·豪根。字条上写着：尽快打给我！我照办了。我回了房间，坐在电话机旁，打给了报社。

"韦于姆……谢谢你打给我。我搞到了一些消息，想跟你谈谈。这件事之前没人知道。"

"是吗？"

"你知道……这个克劳斯·里贝克，也就是在房间里被杀掉的其中一个人，我跟别人打听了一下。有一些证据证明，之前警察曾把他列为怀疑对象。"

"真的吗？为什么？"

"嗯，你先猜猜看！"

"应该不是什么猥亵事件，因为他通过了社会服务署的领养审核。"

"不是。猥亵……？"他的反应很快。"案情跟这方面有关吗？"

"我暂时不能透露。"

"我们说好要交换信息的，不是吗？"

"我们的约定只能到这里为止了，豪根。我要遵循案主保密原则。"

"案主保密原则！作为私家侦探？"

"就算不为了别人，也是为了我自己，你理解我是什么意思吗？"

"好吧，好吧。我不强迫你了。但你得听听这个……七十年代的时候，你听说过这里的大型走私案吗？当时本地新闻报的都是这个。"

我感到我的身体都紧绷了起来。"记得，我还记得在走私最厉害的时候，甚至出了一桩谋杀案。"

"一语中的，韦于姆。"

"那克劳斯·里贝克跟这件事有什么关系？"

他没有忙着回答这个问题。然后他说："他从来没有被指控过。但我发掘出来的消息是，他当时负责分销整个安格达伦的走私酒！"

"哇！你是怎么知道的？那他为什么从来没有被带上过法庭？"

"事情是这样的，韦于姆，恐怕整个案子都没有被好好审理。可疑的地方实在是太多了，我必须这么说。"

"为什么？"

"你知道这是一个小地方。有传言说，当地政府高层有些人也牵连其中——没错，包括高层警官，他们至少是这些走私犯的客户；这样一来，整件事情就草草收尾了。那些在走私案里面抛头露面的小喽啰被抓住了，但大多数中间人都逃脱了。再有，很多人把这个案子看作是政治事件。我说，松恩-菲尤拉讷郡是挪威境内唯一没有'酒业大亨'经销商的郡县了——我们到现在还必须去卑尔根买酒。"

"但……你刚才说，这个案子草草收尾了。看在上帝的分上，那是谋杀！安斯加·特维腾。"

"你很了解这件事嘛，韦于姆。我会跟你说清楚这件事的。但安斯加·特维腾本人就是这里犯罪团体的成员。没人想念他。"

"他留下了一个小女儿……"

"什么？好吧……也许是有这么个女儿。但除此之外就没有别人了。事实证明，很难在这附近找到什么人谈谈这件事……总之，这个案子就这么结了。甚至没有人因为谋杀被起诉。"

"好吧。那说回克劳斯·里贝克。你说他在安格达伦负责分销酒精，对吧？"

"是的，分销给那些有兴趣买的人。"他说，稍稍修整了一下措辞。

"比方说，像是阿姆利德庄园的人？"

"阿姆利德？我还没查到这么细。为什么这么问？"

"好吧，让我来给你点绝妙的好东西作为回报，豪根。"

"怎么说？我竖着耳朵呢！"

"昨天晚上跟扬·埃吉尔一起上特洛达伦的女孩……"

"是的，她是阿姆利德来的，没错。"

"嗯，但她同时也是一个领养的孩子。她的名字叫希耶·特维腾。安斯加·特维腾的女儿。"

"什么！老天啊，这太棒了，"细细回味了一会儿，他又说，"这可能就是那女孩的动机，韦于姆。如果克劳斯·里贝克真的卷进了她父亲的谋杀案。你有没有想过这种可能？"

不，我没有。在此之前都没有。但我没有告诉赫尔基·豪根。我只是说:"但就连警察都没查下去,她是怎么发现的?"

"嗯,这就是问题的关键。但这很值得深思啊,不是吗。"

"你觉得应该怎么做就去做吧。但不要告诉别人是我跟你说的。"

"我们一直都保护消息来源的,韦于姆。这一点你可以放心。就算是你打破你说的那个案主保密原则……"

"还有什么要告诉我吗?"

"没有,就是这些,而我也得到了丰厚的回报啊。如果再有什么新的消息,我们再谈吧。再会!"

"再会。"

我挂断电话,坐在那里,盯着电话机。

安斯加·特维腾和克劳斯·里贝克。泰耶·哈默斯坦和……

在这一切纷繁的细节之下,我隐约看见了某些图案,看见了那些从来未曾被说出、被看见的事情的模糊的脉络。真相,似乎就要浮出水面了。

但真相是什么?真相在哪里?我问我自己,然后做了个决定:从明天开始,全力着手调查。

30

人们常说，条条大路通罗马。但他们说得不对。在我身处的这个时空里，条条大路通向孙菲尤尔酒店的酒吧。这些天来，弗尔德显然处于公众注意力的飓风中心；根据媒体所表现出来的狂热，这无疑是奥勒松在大火中被烧毁以来最重磅的新闻了。酒店里三层外三层地挤满了记者，依照他们的习性，大多数记者最后都会来到这个酒吧。

在酒店餐厅吃完晚饭——烤鹿肉搭配豆芽和蔓越莓果酱——我拿着一叠报纸溜进了酒吧，找了张空桌子坐下来。我先谨慎地点了一壶咖啡和一杯利尼艾可威威士忌。很快，我就有伴儿了。

延斯·朗厄兰走进休息室，环视了一圈，无视了那些挥舞着胳膊希望引起他注意的记者，最后把目光锁定在我身上。他做了个手势，冲我走过来。

"我能坐在这里吗，韦于姆？"

"当然。我们有的可聊呢。"

他点点头。我注意到他看起来十分疲惫，忍不住开始猜想他今天多早从奥斯陆出发赶过来的。他示意酒保过来，点了一杯咖啡和一杯干邑白兰地。他瞅瞅我的杯子,几乎空了。"我能给你再买一杯吗,韦于姆?"

"当然可以。多谢了。"

"你喝的是什么?"

"利尼艾可威。这儿没有我常喝的酒。"

他扬起了眉毛,对我的选择不予置评。他从架子的第一层给自己选了一杯干邑,那样子像是从架子上拿下一座奖杯。

"现在,"他说,"你说你有些新消息要告诉我,是关于一九七四年发生的事情。"

"是的。但这些事情你没问扬·埃吉尔吗?"

"没有,我们谈话时那位中士也在场。"他用手搓着脸。"就跟往常一样,抓住一点死死不放。警察一直在问同样的问题,指望着证人会翻供。除此之外,克里波的人也参与了进来。"

"明白了。他们有什么新发现吗?"

"现在说还为时过早。他们还处于搜集信息的阶段。探员们走访每座农场,问人们是不是看见了或是听见了什么,有没有可以告诉警方的事情;同时他们也在搜集人们对扬·埃吉尔、里贝克夫妇和希耶·特维腾的印象。但我们现在主要在等的,当然还是法医的检验结果。"

"结果大概多久能出来?"

"目前还没有明确的时间。"

"但我有些可以告诉你的事情,朗厄兰。"

"是啊,你说过了。"

"是的，但这些事情也跟这个案子有关。"

酒保走过来给我们上酒，我止住了话头。等酒上齐了，我们也举杯说了"干杯"，我接着说："被害人克劳斯·里贝克也有份参与一九七三年的酒精走私案，在那起案件中，希耶的爸爸被谋杀了，被指认为嫌疑人的则是泰耶·哈默斯坦。"

"哇，韦于姆。一件件来。克劳斯·里贝克也参与了走私案？"

"是的。"

我突然注意到隔壁桌上孤零零地坐着一个三四十岁的男人。他长着满头黑发，面容浮肿，醉眼蒙眬。他手里紧紧捏着一杯酒，眼睛直愣愣地盯着前方。他那副全神贯注的样子，照我看，要么是喝醉了，要么就是在偷听我们谈话。

我越发压低了声音，身体靠向朗厄兰，简明扼要地对他复述了一遍一个半小时以前豪根告诉我的事情。

朗厄兰一言不发地听我说完。然后他直击要害："这实际上意味着希耶·特维腾可能被指有作案动机。"

"这需要满足三个先决条件，朗厄兰。首先，流言得是真的，我的意思是，里贝克真的跟走私案有关。其次，他也要跟安斯加·特维腾的被杀有关。第三，即使警察都被迫放弃了调查，希耶还是从某种途径知道了事情的真相。如果你要我说的话，这些条件不太可能成立。不过除开最后一点，我们还是得继续调查前两点是否属实。"

朗厄兰向我俯过身来，眼中带着紧张的神色："你愿意去调查吗，韦于姆？为我来调查这些？"

"你指的是查清楚这些问题吗？"

"是的。"

"当然。我以前给律师工作过，朗厄兰。"

"我付的报酬很不错。钱不是问题。"

我从桌子上方伸过一只手："那就这么说定了。我什么时候可以开始？"

他迅速握了握我的手："越快越好。"

"那我们的雇佣关系就从现在开始算好了。这样的话，我可以再告诉你一些别的事情。你还记得梅特·奥尔森，扬·埃吉尔的亲生母亲吗？"

"我当然记得。很多年前我代表过她。这话是从何说起？"

"你知道她搬来了约尔斯特吗？"

"搬来了约尔斯特！"

"从这里开车过去不到一小时的路程。我准备明天去看看她。你有兴趣知道这次拜访的收获吗？"

"梅特·奥尔森，离她的儿子这么近……但你有没有查过？……这一定是一个巧合。也许她有亲戚住在那里。"

"大多数卑尔根人都有亲戚住在那里。但我不怎么相信巧合，朗厄兰。在附近有凶杀案发生的时候就更不相信了。"

"不，当然不能相信巧合。不要放过任何疑点。我完全支持你去见见她，但……还是小心为上。她这一生够悲惨的了。"

"我想，你不再是她的律师了吧？"

"不，不。我离开卑尔根之后，她肯定找了别人。总之，从那以后我就没有听到过她的消息。"

"那我们也就此达成了共识。"我举起酒杯，跟他碰杯，以此庆祝我们达成一致。

"但你要跟我说的是一九七四年的事情。"他说着，重重放下了酒杯。

"是的。我今天跟扬·埃吉尔谈话的时候，他跟我说了些我从来没听说过的事情。确切地说，是斯韦恩·斯卡内斯死的那天发生的事情。"

他向我靠过来，用一双警惕的蓝眼睛盯着我，仿佛我是他负责辩护的案子里的控方证人一样。

"扬·埃吉尔告诉我，一九七四年二月斯卡内斯死的那天，他正坐在客厅里玩他的马克林小火车。门铃响了，爸爸开了门，然后跟人争吵了起来。"

"争吵。跟谁？"

"他不知道。他只是坐在那里玩。他不想被打扰。"

"但是有人按了铃。这么说，就不是……"

"不，很可能不是。实际上，扬·埃吉尔也是这么说的。他妈妈有家门钥匙。她不需要按门铃。"

"不，但我记得，她当时说，她先是按了门铃，但是没人应门，她就自己拿钥匙开了门。"

"是的。但那是之后的事情了——在致命的一摔发生之后。如果我们在事情发生十年后还能相信扬·埃吉尔的话，他还说，除了他爸爸的声音之外，他听见另一个男人的声音。"

"男人！"他的脸刷的一下变白了。"但当时……"

"就像我今天早些时候说的那样，朗厄兰，韦贝卡·斯卡内斯应该是无罪的。"

"那她为什么要认罪？她认罪了，韦于姆，而我竟然从没试图让她翻供。"

我点点头，往后靠在椅背上。邻桌的男子朝酒保招招手，又点了一杯威士忌加苏打水。我注意到，他带有明显的卑尔根口音。"记在账上。"他补充道。

"特洛达伦的疯子案也有一份供状。"

"是的，但最后也没找到尸体，韦于姆！但这桩案子里有尸体。除此之外……"他犹豫了一下。

"我们得想想为什么她要认罪，不是吗？"

"确实。"他点点头。"为了保护那个男孩。她相信是他做的。"

"实际上，在那之后他还曾把我推下过楼梯，所以这种设想不无可能。"

"是的，而且在那之前几个月他还把斯卡内斯咬出了血。我想，她出狱后决定放弃监护权，也主要是出于这个原因。"

"她害怕他？"

他耸耸肩。"我得联系她。我认为，这个案子甚至应该复审。但是……我不知道这跟现在的调查有什么关系。"

"没什么关系，但我在调查的时候，可能也需要调查一下这个方面。"

他点点头。酒保给邻桌送上威士忌，我们也顺便又加了单。朗厄兰继续喝他昂贵的干邑。我换成了血腥玛丽。

几个记者正围着我们的桌子打转，但朗厄兰把他们都撵走了。他拒绝发表任何评论。

邻桌的卑尔根人看起来更清醒一点了，添的那杯酒似乎唤醒了他。有那么几次，我看见他看向我们的方向，似乎急着想跟我们说些什么。但我并没有鼓励他说出口。总的来说，我在深夜的酒店酒吧里遇见的都不是什么好人。

一大片阴影笼罩在我们的桌上，我们抬起头，看见一座庞大的身躯。

"嗨，汉斯！"朗厄兰说，"趁现在没有人，赶紧坐下来。"

"我没有打扰你们吧？"

"当然没有。"

汉斯·哈维克转向吧台，用手势示意他想要一杯啤酒，随后又重重地坐在我们这桌唯一的空座上。他瞥了我一眼，摇摇头："真是个可怕的故事！"

我点点头，看向朗厄兰。"汉斯是里贝克的表哥，他一直在留意扬·埃吉尔。就在上周末，他还来这里看过他们。"

"我听说了。你进去找扬·埃吉尔的时候，我们聊了聊。"

"你现在想怎么辩护？"

"就目前而言，有两种方式。第一种是尽可能利用希耶的证词。但警方认为，希耶必须坚持这种说法。第二种是寻找未知的凶手，也许是什么窃贼或强盗，一时失手杀了人，因为害怕被当场抓住，连赃物都没拿就逃走了。我敢说，这在乡下可不算少见。但问题在于，现场并没有破门而入的痕迹。看看法医的鉴定结果会很有帮助，包括对犯罪现场和武器的检测，还有尸体的病理学报告。总之……现在一切都还未知。"

汉斯看起来若有所思。"这个希耶……"

"你见过她吗？"

"我跟她打过招呼，当然。有那么几次。但如果她没有这么做，为什么要承认呢？。"

"唔。"朗厄兰审视着他。"那一九七四年，韦贝卡又是为什么要认罪呢？"

"我认为，这是因为她杀人了！"

"但现在出现了新的证据，证明事情的真相很可能不是这样的。她认罪只是因为她相信是扬·埃吉尔做的。"

"这个……"汉斯瞄了瞄我。"我想，就算是在当年，我们也都认为这是一种可能性。但她还是一口咬定，不肯翻供。"

"你肯定记得她固执起来是什么样的！"

"是啊，没错……"

"你们两个在大学时就都认识她了？"我插了一句。

他们点点头。

"她学的是什么专业？"

"她换过专业。先是学了心理学，但期末考试没及格。如果你没有考得很好，很难升入下一个年级。因此她开始学法律，也没有学完。我们就是在这个时候认识她的。最后她学的是你们这个专业，对吧，汉斯？"

"差不多，她学了社会学。"

我看着朗厄兰。"有人透露，你和她曾经好过……"

他怒气冲冲地瞪着汉斯。"你是不是又大嘴巴了？"

"我？"汉斯故意做出一个无辜的表情，却被他脸颊上的红晕出卖了。"他肯定是从别人那里听说的。"他咕哝道。

"韦于姆？"

"我要保护我的信息来源，朗厄兰，"我笑着说，"但这种说法可不算谣言，不是吗。"

"那是很久以前的事情了，而且这段关系也非常短暂，当时我还在上学。这是件不相干的事情，不管是……至少跟我一九七四年接的案子不相干。"

"怎么会呢，你可是他们的家庭律师啊，对吧？我记得你跟我这么说过的。"

"当时主要是斯韦恩需要法律援助。但我跟韦贝卡更熟。她是通过汉斯认识的斯韦恩。"

我迅速看向汉斯。"但是你跟韦贝卡之间从来没有发生过什么，是吗？"

他张了张嘴。"韦贝卡·斯托塞特？哦，这是她当时的名字。不，韦于姆，我们没发生过什么。在我的记忆中，她甚至从来没正眼看过我。

而且，当时斯韦恩和我是……好哥们。"

有那么一瞬间，所有人都陷入了沉默，我甚至感觉到这对老同学之间突然出现了某种敌意。为了缓和气氛，我们不约而同地举起了手中的酒杯，延斯·朗厄兰的脸上浮现出一个表示友好的笑容。"但你的风流韵事也不少啊，是吧，小汉斯？毕业前，你可是过了好一阵放荡不羁的生活吧？带劲的伦敦，还有非常、非常精彩的哥本哈根，那可是座罪恶之城……我想，我们都听说了那么一两件传闻，我们这位老朋友留在那个古老国度的传说。"

汉斯勉强挤出一个笑容。"无论如何，我不是安然无恙地回家了吗。"

"是啊，是啊。但愿如此吧，汉斯。反正我还没有听见过不同的说法……"他从酒杯上方露出一个傻笑。

"听着，"我说，"说回正事。关于你的表弟，汉斯。克劳斯·里贝克。根据可靠的消息，他很可能在六十年代参与过酒精走私。你知道这件事吗？"

对汉斯·哈维克来说，这个晚上充满了意外。他摇摇头。"克劳斯？这太难以置信了。是谁说的？"

"呃，就当是道听途说吧。"

"当时，我跟克劳斯和卡丽还没有什么来往。是在扬·埃吉尔去他们家以后，我才开始定期上门的。无论如何，我们只是表兄弟；小时候我甚至从来没有来过孙菲尤尔地区。我的外祖父在这里长大，但在一战结束后他就搬去了卑尔根。"

"那你去他们家的时候，有没有看到酒？"

他耸耸肩，笑了。"这个嘛，我们会在周六晚上一起喝酒。他们可不是什么滴酒不沾的人，克劳斯不是，卡丽也不是。"

"那些酒是'酒业大亨'的吗？"

"瓦格，我对酒的牌子没那么多研究。适可而止吧。你知道这是怎么回事。造成现在这种局面的原因很复杂。比如说多年来的禁酒令，我们心里都清楚。然后是大量的家酿私酒和走私活动。想想吧，实行禁酒令的那段时间给这个国家招来了多少集团化的犯罪。"

"呃，顺便说一句……"我看了看表。"也许我们该把酒干了？我们明天还有正事要办，对吧，朗厄兰。我回去以后会跟你报告的。汉斯，你有什么计划？"

"还没想好。我会试着联系几个亲戚。从他们那里了解下情况。我想，大概要过很久才能把他们的遗体取出来办葬礼，但……我们还是应该办个纪念仪式。如果有需要的话，我还会去帮扬·埃吉尔，这是肯定的。之后再说吧。反正我这个周末都会留在这里。"

我望了望隔壁的桌子。看来那个卑尔根人跟我们想的一样。该把酒喝掉了。他拖着僵硬的双腿走出了酒吧。但他没有往客房的方向去，而是走向前厅，艰难地打开门，消失在了孙菲尤尔的沉沉夜色之中，不知所踪。

汉斯和朗厄兰都住在酒店里。我们在电梯里分别。当我走进房间时，一眼就看见了早些时候格蕾特给我留的字条：我先回家休息一下，晚点打给你。

我给前台打了个电话，问他们有没有人打给我。一个脾气暴躁的夜间服务生说没有。

我看了看表。无论以什么标准来看，现在打给她都已经太晚了。而且我也没有她的电话号码。也许她还在睡觉。希望是那种清白之人的安睡。

我抛开这个念头，脱下衣服，独自一人爬上床，就像往常一样。有些事情不会改变，无论你在世界的哪个角落。我认定，所有的道路都通向孙菲尤尔酒店，但通往我所在这个房间的道路都已经关闭。我没有什么可以做的，只能静候春天的到来。

31

沿着约尔斯特的湖岸延伸到远处的，一定是挪威最美的道路。一望无垠的湖水泛着蓝色，像是会一直存在到地老天荒。湖边群山起伏，勾勒出壮丽雄伟的线条，在苍穹的尽头，你甚至能看见约尔斯特谷冰川的淡影，在阳光下闪烁着白色的光芒。在这片乡野中，笼罩着一种让人忘记了时间流逝的宁静气氛，唯一的响动来自北边主路上的车流。

雨已经停了。云层中露出一小块一小块的蓝天，从中倾泻下一束束阳光，似乎预示着一切都会好转。树木是生了锈的棕褐色，夹杂着斑斑点点的绿色和红色。在湖中央的一只小船上坐着个男人，手里拿着钓竿，耐心等待着。如果他等得足够久，肯定会有鱼咬钩的。如果我够幸运，那么他的好运也会传递给我。

格蕾特在早饭前来了个电话。"抱歉，我没有打给你，瓦格。但我睡了一整天。"说完，她又问："你今天有什么计划？"

"我打算开车去约尔斯特。你想一起吗？"

"恐怕不行，我今天还是要陪着希耶。如果有需要的话，我还得去见见扬·埃吉尔。我们能不能晚点见个面？"

"等我回来再联系你。"

"好的。我这里有点东西想给你看看。"

"是吗？"

她低声笑了："是啊……"

出发前，我顺道去了趟警局，看看有没有人需要我帮忙。并没有。克里波的官员要去跟扬·埃吉尔谈谈，他们还在等待来自现场的鉴定和法医的报告。既然当地警方已经开始调查奈于斯特达尔和弗尔德地区，我就可以放心地去约尔斯特或者更远的地方了。

前方有一辆巨大的、闪闪发光的银色牛奶车，有效防止了我这一路上开车超速，直到附近的山谷里，牛奶车才决定右转。我拐上了那条被称为A14的公路。峡湾北侧的道路正在施工，因为他们打算从山里打一条隧道。但我没打算去那么远的地方。我开过了长长的紧贴着水面的大桥，然后向左开上峡湾的南侧山坡。

我摇下车窗，向路边站着的一位老年男子打听莱特农场该怎么走。他若有所思地看了我很久，好像在掂量是否应该回答我这个问题。他嚼着烟草，向远处的沟里吐了一口之后，半转过身，指了指远处几幢陈旧的建筑：一座灰色的农场建筑，一间小小的厕所，还有一幢白色的农舍。我感谢了他的帮助，得到的回应则是一个讥讽的表情。依然一言不发。

我继续向前开，眼前是一条陡峭、狭窄的砾石小路，看起来像是通往那座小型农场。我开上了小路。途中有两次我不得不下车，推开面前的大门再关上，最后，我来到一座乱糟糟的农家宅院。我熄灭了引擎后，又在方向盘后面坐了一会儿，看有没有人会出来招呼我。没有人。

在开着门的外屋里，停着一辆锈迹斑斑的红色拖拉机。一层半高的白色农舍正对着峡湾，看起来需要重新粉刷一下。农舍里没有任何动物的声响。谷仓里杂草丛生，长势喜人。这整个地方看起来废弃已久，像是坐落在峡湾边约尔斯特湖东畔的一座纪念往昔的碑刻。

正当我打开车门走进院子里时，有事发生了。前门打开了，一个女人走了出来。她身穿一条破旧过时的深蓝色牛仔裤，一件肮脏不堪的红棕色毛衣。脚上是一双墨绿色的长筒雨靴，原本是金色的头发里已经生出了不少灰发，比上次我见到她时多了很多。她脸颊消瘦，皱纹丛生，但我还是一眼就认出了十年前那个梅特·奥尔森。

然而她却眯起了眼睛，带着浓重的口音咆哮道："你是谁？你来这里做啥？"

"韦于姆，"我说，"卑尔根来的。我不知道你是不是还记得我。"

尽管她才三十岁出头，但看起来就像一个度过了五十多年艰苦岁月的老妇。她长了点体重，虽然不多，但腰肢还是粗了一圈，看起来格外迟钝而不健康。

"韦于姆？"她闭上一只眼睛，用睁着的那只直愣愣地盯着我。"是，是，我记得你……社会服务署来的混蛋之一。"

"我不在那里工作了。"

她晃悠了一下，不得不伸出一只手保持平衡。"那你现在来这里做什么，啊？"

"跟你的……儿子有关。"

她抬起头，用鼻子深深地吸了两口气。"小强尼？"她的声音太低了，我几乎听不清楚。

"那他怎么了？"

"你没看报纸吗？"

"我没订报纸。"

"那广播呢？电视呢？"

"是，我看电视新闻，但……"我的提问似乎戳中了她的痛处。她再次摇晃了起来，但这是因为她突然转过头，看向了约尔斯特湖的另一侧，那些前往安格达伦的必经山路。"那个房子里没有……你刚才说什么？他怎么样了？小强尼？"

我观察着她的脸色。她脸上的惊恐看起来是真情流露，而且就算她读了报纸，报道里也没有披露死者的姓名。广播和电视就更不可能公开谋杀案受害者的身份了。

"他很好。"我的意思仅仅是指他至少还活着。不然的话，实在很难回答这个问题。

"我们能进去一下吗？"

她怀疑地看着我。

"虽然是夏天了，但外面还是有点冷。"

"那……"她再次伸出胳膊保持平衡，然后转过身去，迈步跨进了门槛。她没有把门关严实，似乎是暗示我可以跟上去。

我走进一条黑暗的门廊，那里有一条陡峭的楼梯，通向一扇活板门。房间里还有另外两扇门，一扇通向厨房，另一扇通向起居室。她走进了厨房，我也跟了上去。她招呼我坐在一张蒙着蓝白格纹油布的桌子旁边。桌布正中央是一把用了很久的咖啡壶。旁边是一只破裂的、布满咖啡渍的咖啡杯。窗前的料理台上，放着面包糠、一罐子人造奶油、一包已经打开的羊肉火腿，还有半罐果酱。屋里的空气陈腐、油腻，混合着食物和脏餐具的味道。

她在桌旁坐下，抓过杯子，确认了下里面是空的，拿过咖啡壶往里面倒了些粘稠、冰冷的黑色液体。她没有招呼我喝。我很高兴。

她坐在椅子上，两只手捧着杯子，脑袋搁在杯子上，好像要费很大的力气才能抬起头看我。她的眼神疲惫而无神，好像还没有从刚才的震惊中缓过来。"你说的是那起双重谋杀案吗？"

我点点头。"你先告诉我，梅特……你在这里住了多久了？"

"这跟你有什么关系？"她说，但她停顿了一会儿，想了想，又说："快两年了。"

"你为什么要搬到这里？"

"我想逃离那个鬼地方！"她愤怒地说，"我早就该走了。也许一切都会不一样……"

"所以你搬来这里，并不是一个巧合？"

"巧合？你什么意思？"

"这么说，你在这里有家人吗？"我扫视了一圈油腻的四壁。"比方说，这房子是你哪个亲戚的？"

她微微点点头。"远亲。我跟他们说我对这里感兴趣的时候，他们看起来巴不得赶紧脱手。这里的土地长不出东西。全是碎石头。没人想要这里。而且我听说，现在当农民的收入不高。"

"但我想，这应该不是你来约尔斯特唯一的原因吧？"

"我告诉你为什么！因为我不用付钱！"

"难道不是因为你发现扬也住在这里？确切地说，他住在另一个山谷里，但也是近到你可以随时去看一眼。"

她没有回答，只是脸色阴沉地目视前方。

"你是怎么发现的？是谁告诉你他被送走了？"

"……耶。"她咕哝道。

"泰耶？泰耶·哈默斯坦？"

她默默点头。

"那他又是怎么知道的？"

"那你得自己去问他！"

"我正有此打算。如果我见到他的话。但是，无论如何，我们可以确定你搬来这里是因为你……因为扬住在这里。"

"那就算是这样好了！如果你要的就是这个的话。"

我竭尽全力地表现出最大的同情。"你还是忘不掉他？"

她用枯瘦、干燥、泛红的手指捏着杯子，指甲被啃得参差不齐。她的指关节泛白，而她怒视着我的眼神似乎要冒出火来。"不，我忘不掉！但像你这样的混蛋是无法理解的，对吧？那些该死的社会服务署的垃圾！"

"我已经不在……"

"不，我第一次见你时就听说你在那里！但我不管你现在来这里做啥。你把小强尼从我身边带走时，就是在社会服务署！"

"我只是去你家探访你，梅特。那是一九七〇年。不是我要带走他的。"

"不，就算当时你是管事的，之后的一切还是会发生的，不是吗？"她的脸上写满了赤裸裸的轻蔑和仇视，来自一个与官僚机构对抗多年的人。"别让我再发笑了。"

"但是你听我说……"

"不，该你听我说。你能想象那种感受吗，在这里……"她把手放在左胸上。"就在这里面，当他们来带走你最珍爱的、最宝贵的东西？"

一瞬间，我的眼前闪现出一九七〇年夏天我们在罗瑟根小区走访的那个被忽视的可怜男孩。"但你当时没有能力去……"

"没有能力，当时你就是这么说的！不，也许我没有能力。但那是当时。但后来，我戒了毒，从那些破事中恢复了……当我准备重新开始的时候……他又去了哪里了？是啊，他不在你手上了，你说。他被送去了一个新家。没错，我说，但我应该有探视权。探视权，接待我的那个婊子重复。你签过了收养协议，她说。收养协议！我怎么记不得我签过什么收养协议？"

"如果他们这么说了，那你肯定签过。"

"是啊，但我肯定当时我抽嗨了！精神不正常！我不可能就这样把他送出去……他是我的唯一……我剩下的唯一。在那之后……"

我等待着。她的脸上浮现出一种无以名状的悲痛，足以吞没一切。

"在那之后，我可以说是生无可恋。从那时候起，我的人生就越来越糟糕。"泪水沿着皱纹，在她过早干瘪下去的脸颊上流淌；闪闪发亮的透明的泪水。还有鼻涕，她伸出手，恼怒地用手背把鼻涕抹到一旁。"被打下了十八层地狱。"她总结道，整个人几乎瘫倒在桌上。

这个故事对我来说有点似曾相识，而且上次不是从她那里听说的。我们静静地坐了几分钟。我往窗外看去，惨淡的日光从肮脏的玻璃外透进来，像是来自另一个世界，一个非常遥远的地方，来自一段悲惨的、毫无希望的过去。

"我原本可以过得比现在好很多，我跟你说。"她打破了沉默，挣扎着开口说道。她身上的这股倔劲倒是从未消失。"那告诉……""是啊，你就想要这个，不是吗！我可以告诉你一些事情，韦于姆，如果我愿意的话。但是……"她动作僵硬地从桌边站起来，走向了门口。我听见她走进了门廊，又走进了之前被当作画室的房间。从前生活在这里的人会在周日早上到那个房间里收听广播里的礼拜仪式。

她回来的时候，手里拿着一本小小的相簿。红色的封面已经磨破了，当她翻动相簿，我看见有几个装相片的袋子是空的。她慢慢地翻阅着一张张相片。我瞥见几张来自童年时期的黑白照片，还有几张青少年时期的粉色调快照。她找到了一张照片，把它从袋子里拿出来，递给了我。

尽管她的外表变化那么大，我还是能认出照片里的女人就是她。那个女人跟我见过的任何时期的梅特都不同，她年轻又美丽，在照片里幸福地微笑着。她身穿一件彩色衬衫，领口开得很低；满头棕色的卷发丰盈而富有弹性，装饰着许许多多小小的红色和白色缎带，看起来是为参加派对准备的。一个男人站在她身边，一只手臂搂着她的肩膀。那个男人一头金色长发，脸上长了一层薄薄的胡须，白色衬衫的领口大敞着，松垮地挂在身上，脸上挂着如痴如醉的笑容，注视着身边的女人。我认定，那是六十年代。

"六六年夏天，在哥本哈根。"她平静地说。

"你旁边这个男人是谁？"

"……大卫。"

"那是……你的男朋友？"

她点点头。"是的。"

我犹豫了一会儿，但我必须得问出口。"后来发生了什么？"

她的目光不停扫视着桌面，仿佛答案藏在桌布的一角。又一次，我在她脸上看见了那种巨大的、无以言表的伤痛。"他死了。"她几乎要哭出来了。

我隔了一会儿才问："怎么死的？"

她再次抬起头，直愣愣地盯着我的眼睛。"我们被出卖了。有人在背后捅了我们一刀。"

我示意她继续。

"我们——我在那个初夏，在哥本哈根遇见了他——我们很快就深爱上了对方。我们年轻，愚蠢，已经开始讨论说要搬到一起，回卑尔根找个地方住下来。这时候我们得到了一个赚快钱的机会。我们……做了个交易，带上行李坐飞机去弗莱斯兰。但他们就在那里等着我们。有人告密，我至今都这么认为。然后……"她又一次绝望地抓起了杯子，就像抓住一个救生圈。"我们被捕了。"她咽了好几口口水才能继续往下说："大卫的状况更糟。所有货都在他身上，放在腰带里……"她指了指自己的腰部。"我身上什么都没有。但我也被当作从犯抓起来了，他们也审问了我，那些混蛋。要不是我的律师，我肯定被绞死了。"

"朗厄兰?"

"延斯?"

"是的。"

她困惑地看着我。"不，是巴克。一个老家伙。但你说得也对，延斯也在那儿。但只是个初级律师。我还记得，他把自己称为高级办事员。你认识他?"

我点点头，但没多说什么。

"他说……但你不能跟任何人说，好吗?"

"你知我知，梅特。"

"他说我应该否认所有事情。巴克，就是他。就说我不知道大卫身上带了什么。警察不关心我和大卫什么时候认识的。我应该说，我在凯斯楚普机场才认识这个人，然后正好顺路一起走。这样的话……他们就必须接受这个说法。在法庭上只能这样。没有人能证明事情不是这样。而且大卫也不会出卖我。我可以相信他……"

"但他被判刑了?"

"八年。"

"八年!"

"我们带的量可不少。但最糟糕的，你知道是什么吗?"

"不知道。"

"想象那之后我的愧疚。无论如何，我撒谎了！"

"从律师的角度来看，这是唯一的办法。"

"是的，但无论如何……这是事实，不是吗。我背叛了他，就像有人背叛了我们俩。当他上吊的时候，我感觉就像有人往我胸口扔了一把刀，还拧了一圈。"

"他在牢里上吊了？"

"他有幽闭恐惧症。他受不了坐牢。他在哥本哈根时就跟我说了：如果我们被捕了，梅特，杀了我。我永远不能忍受被关起来。他确实忍不了。他坚持到宣判，然后就受不了了。他找到一个机会，立刻用床单做成绳索，缠在自己的脖子上。他们早上发现他时，他已经死了。"

她伸出一只手，想把照片要回去。我递给了她。"老梅特的悲剧幕布就此拉开了。这之后我就开始堕落。一直堕落到地狱里去。"她抽泣着，颤抖着，瘦削的身子不可抑制地抽搐着。

我让她尽情地哭了一会儿。等她平静下来，我小心翼翼地问："所以你一直不知道是谁告发了你们？"

她轻轻摇了摇头。"肯定是哥本哈根的哪个人告的密。他就是嫉妒大卫带走了公主。"我没来得及说话，她又补充道，"那个夏天，他们就是这么称呼我的。他们喊我梅特公主。或者就是公主……"

"但肯定也有人为此损失了一大笔钱……"

"没错，那些混蛋。"

"你就知道这些？"

"我还能知道些什么？我跟这件事毫无关系，不是吗。"开口时，她的声线饱含着苦涩:"我当时也刚刚认识他。他们在法庭上就是这么说的。回国时在凯斯楚普机场。"

"但是在丹麦肯定有人知道你们是一对……"

"当然!但我从没有因此遇到过什么麻烦。我只希望……"

"什么?"

"希望……他们抓住了告密的男人。"

"你肯定那是个男人?"她正要回答,我又接着往下说,"会不会是哪个嫉妒你的人?一个女人。"

她茫然地看着我,好像无法跟上我的思路。我们之间又陷入了沉默,双方似乎都在思考这番对话中的深意。最后我说:"后来你就有了扬……"

"是的。"

"这之后你还是可以走正道的,梅特。"

"当我怀上小强尼的时候,我已经是个瘾君子了!我只能这么安慰自己。开始是大麻。然后就是LSD和摇头丸。他们后来告诉我,他生下来时就受到了影响。"

"但他们还是允许你把他留在身边。"

"我服从了他们所有的指令!我去了戒毒所,戒了毒,找到了一个住处,就在罗瑟根小区。他们还说要给我找一份工作。帮我接受一些培训。但事情并没有这么发展。相反,我遇到了泰耶。我获得了另外的一些帮助,如果你知道我指的是什么。我就像再次回到了梦幻乐园。"

"泰耶·哈默斯坦。"

"是的。"

"这个名字总是时不时地在各种场合被提及。"

她盯着我。"是吗？"

"告诉我，梅特。泰耶·哈默斯坦告诉你扬搬到了这里。你跟着也来了。你有没有试着联系过他？"

"小强尼？"

"是的。"

"呃，我……我跟你说我做了什么。好吧。我找到了他住的地方，就在那个山谷。"

"安格达伦。"

"没错。于是有一天我搭了公交车，沿路走过去，想要看看那个农场。但我不知道到底是哪个农场。这时候校车开了过来，下来一些小孩。一个男孩，一个女孩。我把他们称为小孩，但其实他们是年轻人了……"她停了一会儿，似乎在回忆他们的样貌。"我跟他们擦肩而过，他们看着我，好像有点怀疑。那个老女人是谁？我看见他盯着我。我直视他的眼睛。但我没法跟他说什么。我没法跟他说说话！他不知道我是谁……自从三岁以后，他就没有见过我！我离他那么近，但我却连碰他一下都不行！"

"但你……你怎么知道那就是他？"

"我认出了他。他像他爸爸。"

"他看起来有那么像？"

"是的……"她吸了吸鼻子。"后来……我又去了几次。不是每次都能见到他。但有几次见到了。过了一阵子，我找到了他的住处。我看见跟他在一起的那些人。那个老家伙，还有他老婆。该死的农民。"

"他们现在死了，两个都死了。"

"是吧，我可不在乎！又不是我干的。"

"但是，警察怀疑……是扬干的。"

她看着我，眼睛颜色变深了。"是啊，我想他们确实会这么怀疑。但生活教会了我一件事情，韦于姆。警察并不总是对的。那不可能！"

"确实，确实。你现在跟泰耶·哈默斯坦还有联系吗?"

"没有，直到……"她咬住嘴唇，改口说，"没有。"

我等她说下去。"你的第一反应不是想说没有的。你说：没有，直到……"

"哦，天啊！你能不能别缠着我了！"

"直到……"

"前几天。"

"前几天！是什么时候?"

她绝望地看着我，语气不很确定。"周一……应该是吧。"

"就是这个周一?"

"是的。我已经……六个月没跟他见过面了。他之前来过这里，但我不想再跟他有任何关系，就让他打包行李滚蛋了。"

"听起来很合理。"

"听起来很合理。"她扭曲着嘴唇嗫嚅着。"但没想到，有一天很晚……他又来了。"

"周一晚上？"

"是的，我跟你说过！他强行闯进来，不管我……他说他必须在这里过夜，否则就要把我揍个半死。没错，他以前这么做过，所以我知道他不是在吓唬人。然后……那个……他就住下来了。但别在你肮脏的脑袋瓜里认为我让他上了我！"

"不，不过……他有没有说他是从哪里来的，周一晚上？"

她摇摇头。"只说是从城里来的。那里太热了。他经常惹上什么麻烦，这样那样的麻烦。泰耶总是一身的麻烦。"

"他看起来有没有，呃，特别激动？或者特别生气？"

"激动？生气？你知道的……泰耶一直是那样的，非常激动。就是这样。对他来说，平安夜和其他任何日子都没有差别。"

"那他是什么时候回去的？"

"回去？他还在这里呢，亲爱的。"

我的后背一阵发凉。"他还在这里……直到现在？"我忍不住看向窗外。"在哪里？"

"不，不，他今天想去找他姐姐。特露德。她住在代尔，峡谷那边的什么地方。"

"特露德，是的。她丈夫死了，没错。十年或者十一年前。"

她耸耸肩，看着我。"是吗！我都不知道……"

我站起来准备走了。

她突然抓住我的手腕。"你……韦于姆……"

"怎么？"

"如果你见到了小强尼，能不能帮我告诉他一件事？"

"什么事？"

"告诉他我一直爱着他。告诉他他的妈妈每一天都想他，从他一生下来，直到她死去。你能帮我告诉他吗？"

"我不知道我还有没有机会跟他见面。"

"如果你见到的话！"

"如果见到……我会考虑的。"

"不要考虑！按我说的去做！"

"如果情况允许的话。"

她松开了手。然后她把我推了出去。"走吧！快走！我就知道。我也不能相信你。你也是那帮混蛋中的一个，你们都是混蛋！滚开！下地狱去吧！"

我接受了她的建议。但我没有去地狱。我去了代尔。

3 2

穿过弗尔德时，我犹豫了一会儿，不知道该不该去当地警局，看有没有人找我。但我心里清楚会得到怎样的答案，于是就抛开这个念头，接着往前开。

但我不小心被一辆沉重的大型货车挡在了前面，一路都不得不跟在它屁股后面，在盘山路上缓慢爬行。过了很久，我终于拐向比格斯塔方向。西北面浮现出两座山峰，高踞于群山起伏之上，在周围的田野上投下阴影。

我开车经过比格斯塔，转往内陆方向，来到峡湾南部。道路之上，是陡峭狰狞的悬崖峭壁，看起来随时有可能砸落在公路上。这一带有种阴森禁忌的气息，这让我想起了一九七三年初，人们就是在这附近发现了被钝器砸死的安斯加·特维腾。

这里峡湾的深处让人想起约尔斯特一带，虽然这里的山距离海要近得多。那高耸的山峰似乎摇摇欲坠，因此这里自古就被命名为坠落峰。太阳低低地挂在山脊上，照亮了另一侧峡湾的支流，以及岸边渐渐染上的秋色。道路狭窄，但是维护得不错。当我与对面来车相遇时，只能暂时开进让车道，或者开上马路边缘。

带着一丝激动、一丝孩童般的期待，我一路向西开去。在更西边，峡湾汇入大海，我的父亲就生长在这里附近，不远处一个叫做韦于姆的小农场，直到上世纪二十年代搬进城里工作。但这次我不会到这么远的地方。

在一座巨大的瀑布附近，道路两边再次出现了乡间风光，北边则是连绵山脉。在两条隧道之间，我路过了一座小小的火葬场。当我穿过最后一条隧道，代尔突然出现在阳光下。这个地理位置可谓绝佳。峡湾北面的山脉，如同蓝色的屏障静静守护在那里。

我在长途汽车站里停好车，走了出来。陈旧的社区中心看起来宁静祥和。几个司机站在汽车前抽着烟卷。一些小学生背着蓝色和红色的书包走在回家路上。透过街角一面巨大的玻璃窗，我看见几个老年人正好奇地看向我。这个家伙是谁？他们很可能这么想。他不是我们这里的人……

我打听到了去邮局的路，就在通往码头路上的市政大楼里，也许在那里我能得到一些帮助。当我问他能不能告诉我特露德·特维腾住在哪里时，柜台后面那个温和的深色头发的男人戏谑地看了我一眼。"也许可以吧。"他说完，就给我细细描述起来。答案就很明确了，我应该回到主路上，然后在第二个加油站旁边找一幢建筑。

我谢过了他，回到车上，按照他的描述开了出去。

我要找的公寓在建筑的一楼，大门开在西边。我走上台阶，找到写着她名字的那扇门。我站在门外听了一会儿。我听见里面有声音，一个男人和一个女人。我按了门铃，里面安静了下来。

什么都没有发生。

我又按了一次，这次没有松开手。

"好了，好了，好了！"屋里传出恼怒的声音。是个男人。"我们听见了！"

门被撞开了，泰耶·哈默斯坦站在那里，瞪着我。"你是谁？你他妈的要干什么？"他的口音还是那么重。

我重复着自己的经典台词："本人韦于姆。不知道你是不是还记得我？"

他怀疑地眯着眼睛看我。你一眼就可以看出，他也老了十岁了。头发更少，脖子更粗。但最显著的变化是胡子，他留起了可以说是黑手党风格的胡髭，但这对于他的容貌并没有起到任何改善作用。身上的白衬衫和棕色长裤对他来说有点太紧了，衬衫下面是一件红T恤，领口卡在脖颈处堆积的肥肉里。他把衬衫袖子卷了起来，露出小臂上的深蓝色文身：一边是一只船锚，另一边是裸体维纳斯站在一只歪歪扭扭的贝壳里。

这时候，他从支离破碎的记忆库里调出了关于我的图像。我能从他眼里看出他认出了我。"是啊，我记得你。就是你。你是社会服务署的，对吧。"

"我不在那里干了。其实我后来又见过你两次，在梅特·奥尔森的家里。"

"泰耶！"屋里有人在喊，"什么人啊？"

"但其实我来是想找你姐姐聊聊的。特露德。"

"特露德？你找她做什么？"

"找她聊聊，我刚说了。"

他回头望了望。"有个叫韦于姆的，以前在社会服务署。他说，他想找你聊聊。"

"那就让他进来！在外面絮絮叨叨什么呢？"

哈默斯坦不情愿地让到一边，让我进去了。

穿过一条狭窄的过道，我走进了这间公寓，里面有两个房间和一个厨房。家具上萦绕着重重的烟味，那些简单一致的家具看起来像是宜家目录里的那种。窗外是主干道。我还能看见如同一堵灰墙般的山峰，矗立在峡湾的对岸。

特露德·哈默斯坦是一个瘦骨嶙峋的女人，除了深色头发和更深邃的面部轮廓之外，她看起来和梅特·奥尔森竟有几分相似之处：二人都是高颧骨、尖下巴。她的头发剪得短短的，像个男孩。从她的身上，你很难看出希耶的影子。她身穿褪色的牛仔裤和深蓝色的棉衬衫，肩上搭着一件浅灰色的机织夹克衫。

她从红棕色的皮沙发里站起来，等着我进门。我走过去，伸出一只手，自我介绍了一番。她轻轻握了握我的手，一脸惊讶地看着我。"这是怎么回事？跟社会服务署怎么扯上关系了？"她的口音倒是很标准。

"不，不。跟那个没关系……我现在是自由职业，私家侦探。"

"什么？！"泰耶·哈默斯坦立刻嚷起来，"私人探子？你他妈的到底在查什么？"

我再次转向他。"我从梅特·奥尔森那里来。虽然她好像还不知道，但我想应该有人已经告诉你了。"

"告诉我什么了？"

"关于安格达伦的双重谋杀案。"

"啥也不知道。不知道你在说啥。"

"泰耶！"他姐姐斥责道，"别这样……"她转向我，点点头。"我们知道。有人从当地警察局给我打电话。是为了希耶的事。"

"这合情合理。"

"我还和希耶讲了两句话。"

"但我想知道的是，你跟这件事有什么关系！"哈默斯坦吼道。

我把注意力集中在他姐姐身上。"我想希耶应该没事。有人妥善照顾她。"

她悲伤地看着我。"唉……希望如此吧。"她轻声说。

"不过……我们能坐下说吗？让我听听你有什么想说的。泰耶，请从厨房里拿一只咖啡杯过来，可以吗？"

哈默斯坦轻蔑地哼了一声，但还是按她说的做了。桌子上出现了一只杯子，特露德·特维腾从柚木咖啡矮几上拿起一把保温壶，给我倒上了咖啡。

我在一张椅子上坐下，她坐在沙发上，泰耶·哈默斯坦坐在另一张椅子上，目不转睛地瞪着我，两只手紧紧抓着椅子的扶手，好像随时准备跳起来发动攻击。

"关于周二的事件……希耶有说什么吗？"

开口前，她点了根烟。"没有。我只跟她说了几句话。她只是说，她……很好。一切都很好。"

"那她也没有说这一切都是怎么发生的吗？"

"没有。"

"也没说——性侵犯的事？"

"什么？性侵？这样的话，他得对付我了！我不是吓唬你！"哈默斯坦捏紧了拳头，重重地砸在桌上，吓得特露德瑟缩了一下。

我看着哈默斯坦，梳理着自己的思绪。我跟特露德说："你跟她有多少联系？"

她沉默了很久，眼睛盯着某个地方。"联系不多。他们允许我时不时去看看她，但……她的养父母不是很热情，我觉得在那里也不是很受欢迎。安格达伦对我来说就像个活地狱。"

"那你去看她的时候，你们会聊天吗？她信任你吗？"

她怒视着我，眼神中满含怨恨。"你觉得呢？她那时候只有五岁，她爸爸就……死了。从那以后她就住在别的地方。先是在奈于斯特达尔住了几年，然后是安格达伦。"

"发生了什么？"

"发生了什么？你是指什么？"

"你刚说，你的丈夫死了。"

"没错，然后我精神崩溃了。彻底崩溃了。其实在这之前我就不是很好。"夹着烟的手在颤抖。"不是什么硬毒品，只是一些……药丸。还有酒。"她的嘴唇扭曲着。"加在一起就够糟糕了，何况家里还有个小毛头。"

"他是被人谋杀的，对吗？"

"你都知道了，还问什么？"她的怒火爆发了。

我继续把注意力集中在她身上，但从余光里，我看见哈默斯坦几乎就要发作了。

我说："这个案子一直没破，对吧。"

现在，她的手抖得更厉害了，烟都掉落在桌面上。她立刻抓住它，伤痕累累的咖啡桌上落下了一连串火星。这种事肯定不是第一次发生了。

"闭嘴吧，行吗，你这个多事佬！你看看你，简直是在折磨她，你知道吗？"哈默斯坦从椅子上半站起来。

我直视着他的眼睛，那是一双强装镇定的眼睛。"也许你对这个案子也比较了解，是吗？"

他把椅子往后一推，站起身来。我也照做了，他立刻缩了缩。他比我矮，但他压抑的怒火比他的身板更危险。

我们就这样站着，怒目而视。

"泰耶！别……"特露德坐在沙发上说，"这只会带来麻烦。我可能会再被赶出去。我再也受不了了！"说着，她嚎啕大哭了起来。

他看看我，又看看她。能看出他在犹豫到底是好好修理我一顿，还是去安慰他姐姐。他开口说话了，声音低沉，语气很重："我跟那件事完全没有关系。如果有任何人说三道四，那就是造谣。有人敢造泰耶·哈默斯坦的谣，那他就完蛋了。记住我的话，韦于姆。他就彻彻底底地完蛋了！"

我紧盯着他的眼睛。我暂时稳住了他，同时收紧了浑身的肌肉，准备好迎接可能的攻击。

"人人都知道，那只是谣言！"沙发里传出一声抽泣，"安斯加和泰耶是好兄弟！我们就是这样认识的。他们以前一起出海，从很年轻的时候就认识了。泰耶永远做不出那种事情。我当时就是这么跟警察说的，这么多年，只要有人来打听这件事，我也是这么说。"

"但安斯加确实涉嫌酒精走私，这是真事吧？"

我仍然紧盯着哈默斯坦，他回答道："就算是，又怎么样？这有关系吗？这个国家——尤其是这个县——禁酒令实施了这么多年，人们需要酒！他们把酒运进松恩-菲尤拉讷郡，这干的简直是他妈的慈善事业。"

我淡淡一笑。"我可以理解，关于这件事大家有不同的看法。"

"普通人的看法很一致！这能赚大钱！"

"克劳斯·里贝克。"我突然说出这个名字。

他的表情立刻发生了巨大的变化。从怒气冲冲、急火攻心，变成了一种耐人寻味的警觉。

"他又怎么了？"

"你认识他？"

他的眼睛飞快地眨了一下。然后又盯在我脸上。"他是谋杀的受害者，对吧？他和那个婆娘。"

"看得出来，你消息很灵通。"

他的火气立刻又被点着了。"你这么说什么意思？"

"受害人的名字还没公开。"

在他的额头后面，一颗大脑在飞速运转。

"但……但……警察就是这么说的，跟特露德说了。要么就是……她猜测……"

"我们知道扬生活在哪里。"姐姐镇定地说。

"没错，你知道，"我看着哈默斯坦，"是你告诉梅特的，不是吗。你又是怎么知道的？"

"这跟你有狗屁关系！"他冲我叫道。

"回到克劳斯·里贝克。有人说，他也是走私团伙的一员。"

"行！你说什么就是什么。"

特露德停止了哭泣。我注意到她抬起头来，盯着我。

"在你看来，他有没有可能跟一九七三年的谋杀案有关？"

他注视着我，表情茫然，整个人几乎石化了。

但他的眼神还是一如既往，凶狠而愤懑。最后他终于开口："如果是这样的话，我就……"

"就怎样？做出你打算对伤害希耶的人做的事情？如果他们是同一个人呢？你现在是在给自己搜集犯罪动机。令人印象深刻。"

我应该能预见到这一切的。但在那一瞬间，我太轻敌了。我的注意力游移了一下，只能勉强架住他挥过来的拳头。

拳头又砸向我的脸，我几乎是条件反射地一耸肩，拳头擦着我的脸颊过去了，落在我的左耳上。接下来的一拳打得更准。不偏不倚捶在我的胸口，我向后跟跄了几步，撞倒一盏台灯。我重重地撞在墙壁上，靠着墙壁缓缓地滑下去，直到坐在地板上，一阵头晕目眩，只能感到胸口的钝痛，以及耳部的刺痛。

泰耶·哈默斯坦站在我面前，准备好等我一站起身就再给我一拳。特露德也站起来了。她冲过来，抱住他的上半身，试图阻止他。

"不要，泰耶！我让你别这样了。我会被赶走……"

我抬头看着他们。视野一片模糊。在这漫长怪异的一瞬间，他们看起来就像是同一个人，一个雌雄同体的双头生物，来自一个不属于我的世界。

然后我渐渐恢复了意识。"没关系，"我说，"我不会举报你。只要没有其他事情发生，就不会有任何麻烦。"

泰耶·哈默斯坦放下了拳头，挣脱出他姐姐的怀抱，走向窗边，背对我们，俯瞰着通向代尔镇中心的道路。

我强忍着眩晕，慢慢站起来。有点想吐，眼前还飞舞着一些光斑。都怪他。他的拳头确实厉害。我冲特露德点点头，半是致谢，半是让她别担心。我不会跟任何人说。

"你还好吧？"她问。

我放松了一下肩膀，揉了揉胸口。"不算最糟。"

我没去看哈默斯坦，接着说："我想，我该走了。"

"你到底想要些什么？"

我端详着她："老实说，我也不确定。但我已经记住了一些事。"

泰耶·哈默斯坦猛地转过身，大步迈过地板，再次逼近我身边。但这次我早有准备。我举起拳头自卫，狠狠地瞪着他。

"当心点，韦于姆！"他咆哮着，"你他妈小心点！"

"你的意思是，要不然我就落得安斯加的下场了。"

特露德夹在我们之间，又开始落泪："不要再这样！"

他太阳穴里的血管暴跳，拳头的关节也捏得泛白。但他控制住了自己。这次，他没有发起攻击。

我一边盯着他一边走到门口，打开门，走了出去。我飞奔过走廊，来到楼梯口，然后回头看他有没有跟上来。没有人。我的身体依然很不舒服，忍着疼下了楼梯，走进明晃晃的日光里。代尔的天空高远、苍白，像一块巨大的塑料顶棚。几只海鸥顺着风滑行，一边滑向路边陡峭的山壁，一边尖声抱怨。它们在抱怨背疼，或是抓不到鱼，或者其它什么海鸥会抱怨的事情。

暮色降临时，我开着车驶进了奥森。路边的河流如同一条褪了色的新娘面纱，向峡湾的方向延伸。在山顶上方的高处，月亮逐渐显现真容。地球的这位随从面色苍白，遥远而孤单地围绕着一条亘古不变的轨道运转，围绕着凡间这林林总总的纷扰和喧嚣。但我突然意识到，月亮一点也不孤单。我们中也有许许多多这样的人，终其一生都身不由己，深陷同样的纷扰、同样的喧嚣，无力阻止什么，也无力改变什么。我们都是死亡的随从。

３３

回到酒店时已经六点了。前台没有留给我的口信。我回了房间，找出格蕾特的电话号码，打了过去。没人接。我又打给前台，问他们延斯·朗厄兰或者汉斯·哈维克在不在房间。朗厄兰出去了。哈维克在房间里。我想跟他聊聊吗？我考虑了一会儿，决定算了。

奇怪的是，我的身体依然躁动不安。也许是我在代尔挨的那一拳带来的副作用，也许是我今天一路上听到的什么在作祟。我只是还没从所有的信息中把它筛选出来。那件事对整个案子的进展至关重要——随着案情的推进，我甚至可以说：案子们。

这个想法促使我立刻给警察局打了个电话找斯坦道尔。他在局里，但最让我意外的是，他竟愿意接我的电话。

"怎么？"电话那头传来他的声音。

"我是韦于姆。"

"是，我知道。你有什么事？"

"有什么新的进展吗？"

"总之，没什么是你有权知道的。"

"这样啊，好吧……那你听我说，斯坦道尔。我要跟你说一些你可能不知道的事情。"

"那会是什么事？"

"你们把一九七三年谋杀案的档案调出来了吗？安斯加·特维腾。非法贩酒生意。我们昨天查到了这个案子上。"

电话那头沉默了片刻。

"档案在我们这里。但现在我们还没空认真看里面的资料。量挺大的，韦于姆。"

"我相信是这样的。但它还是被搁置了。"

"不是搁置。这么说不准确。我们称之为，主动搁置。我们还在为这个案子搜集信息。"

"好吧。也许这就是你现在应该搜集的信息。"

"你的意思是……"

"让我来提示你一下朗厄兰律师和布拉特昨天告诉我们的事情。希耶·特维腾——她现在还叫这个名字，是安斯加·特维腾的女儿。我听说，她的舅舅泰耶·哈默斯坦当时是警方怀疑的对象之一。不过后来没找到什么证据。"

"这我们都知道，韦于姆！"他不耐烦地说，"我以为你说你有什么事情要告诉我。"

"好，那你接着听我说。有传言说，已故的克劳斯·里贝克也是走私团伙的一员。他负责在安格达伦分销酒精。这你知道吗？"

"无论如何，他在我们这里没有案底。所以目前为止，我只能把这一点当成是毫无意义的传言。"

"奇怪。我指的是他竟然在你们这里没有案底。"

"那个案子很复杂。牵连广泛。所以这起谋杀案被曝光时，调查员必须非常注意这一点。"

"不得不说，他们做得不是很成功。"

"可不是！"

"好吧。我跟你说，我们之前提到的泰耶·哈默斯坦现在就在弗尔德附近，从星期一晚上开始就在那儿了。"

"周一晚上。啊哈。还有呢？"

"他跟一个女人在一起，梅特·奥尔森。她这几年一直住在约尔斯特。而且她是扬·埃吉尔的生母。"

"等等，韦于姆。让我记一下。梅特·奥尔森。你刚才说，她现在住在哪里？"

我详细解释了一遍。

"而这个泰耶·哈默斯坦……他们是住一起吗还是？"

"算是住在一起吧。他还有个姐姐住在代尔。特露德·特维腾，从前嫁给了安斯加·特维腾。换句话说，特维腾是他的姐夫。"

"不得不说，事情开始复杂了。但我还是不懂你要表达什么。"

"听我说。让我们来假设一种可能性。当然，只是一种可能性。假设克劳斯·里贝克跟一九七三年安斯加·特维腾的谋杀案有关。除非哈默斯坦本人是凶手，那他一定有很强烈的动机去报复里贝克。也就是说，代表家族去复仇。我可以很负责任地告诉你，他脾气暴躁，而且非常好面子。"

"那卡丽·里贝克呢？这个案子里死了不止一个人，韦于姆。"

"是，但她很可能只是不幸地嫁给了一个错误的人。"

"关于这一切猜想，你有什么证据吗？"

"这个……我们之前找的都是间接证据。不过现在我们有了希耶，她也认罪了……"

他打断了我："那可不是一份有力的供词。我甚至可以大胆断言，那根本不可信。"

"那现在我们找到了哈默斯坦，他有动机，也使得动凶器，更重要的是，他做得出这种残忍的事情。他和梅特·奥尔森的关系也值得我们深究，没准能找出另一重动机。"

"那你又准备怎么解释扬·埃吉尔·斯卡内斯一看见警察出现在院子里，就拿着武器、挟持人质，一路逃到了特洛达伦山上？"

"他没有挟持人质。他们二人都否认了这一点。"

"行，行。那也许他们只是在扮演邦尼和克莱德[1]，不是吗？无论如何，他这样落荒而逃，在我们看来算是一个很有力的证据了。而且我们现在还在从法医那里搜集更多证据。让我跟你坦白说吧，韦于姆。事已至此，我们已经把这个案子交给了公诉人。不出意外的话，明天他们就会拟好诉状。当然，被告人不会是这个哈默斯坦。"

"你们竟然做到了这个分上！"

---

1 美国历史上著名的雌雄大盗。

"实话告诉你……我们做的还不止这么多，韦于姆。你还有什么事吗？"

"至少你们应该传唤他。至少应该进行问询。"

"你是在说谁？"

"哈默斯坦。"

"是啊，是啊。我记下来了。我们不是傻子，韦于姆。还有事吗？"

"暂时没有了。"

"那就祝你晚安了，韦于姆。"

"谢谢，你也是。"

我挂上了电话。然后又给格蕾特打了一个。这一次，她还是没接。我下楼吃饭去了。在餐厅里，我看见延斯·朗厄兰独自坐在一张桌边。我走了过去，问他是否介意我跟他一起吃。

他一下子高兴了起来："当然！我希望你手里已经拿到几张好牌了，韦于姆，否则我们的形势就有点不妙了。"

"我算是搞到了一点东西吧。"我说着，伸手拿过一张菜单，拉出一把椅子，坐了下来。

34

我点了奶油酱海鳟鱼配黄瓜色拉和挪威土豆。还点了半瓶白葡萄酒犒劳自己。"我会挂在你们账上。"我朝朗厄兰挤了挤眼睛说。

他对此毫不在意。反正也不会是他自己付钱。"跟我说说你有什么新发现吧，韦于姆。"

我跟他简单梳理了一遍我的日程，包括去找梅特·奥尔森和特露德·特维腾，当然也少不了至关重要的角色，泰耶·哈默斯坦。

当我说到安斯加·特维腾的时候，他似乎特别感兴趣。"我们可以利用这一点，韦于姆！太棒了！一九七三年的谋杀案和这桩双重谋杀案，特维腾和克劳斯·里贝克都跟酒精走私有关。还有这个哈默斯坦，他周一晚上出现在了约尔斯特，对吧？"

"没错。"

"能查出他什么时候到孙菲尤尔的吗？比方说，他前一晚就到了？"

"应该有办法的。"

"那就去查吧！我们需要搜集一切证据，证明警察之前的推断是错误的。"

"是的，我刚才跟斯坦道尔打过电话。他说明天就会起草诉状。"

"是啊，这不奇怪。他们不能继续拘留他了，所以……"

"尸检和法医报告出来了吗？"

"就算出来了，我也没收到。但这不重要！你发现的东西已经帮了我们大忙了！"一时间，他的身上似乎被注入了全新的活力。"这肯定会给他们带来麻烦的。哈！"他把一根手指往空气中一戳，仿佛一名斗牛士对公牛发起致命一击。

"你对这个案子实在太上心了。我不得不说……"

"我的天，韦于姆！这么说吧，我从扬……扬·埃吉尔一生下来，就看着他长大！"

"没错，我听说你在一九六六年的时候就是梅特·奥尔森的律师了。"

"不，不是。我当时只是律师助理。但那个案子我记得很清楚。一个悲惨的故事。她的朋友在牢里自杀了。"

"扬的父亲。"

"什么？哦，是的，没错。"他沉思了一会儿，接着说，"就像我说的那样，一个悲剧。你常常会想，是什么让一个聪明人作出这种决定。我的天！他被捕的时候，身上差不多带了有半公斤重的毒品。而她……"

"……对此一无所知，是你让她这么说的。"

"没错。"他举起两只手，做出防御的姿态。"毕竟他把所有货都带在自己身上了。如果她因为知情也被判刑，又有什么意义呢？"

"嗯……这也是一种思路。"

他向我俯过身。"梅特·奥尔森当时可不是现在这样，韦于姆。我跟你打保票！她是个很有天赋的年轻女孩，甜美、迷人。但她同样也做出了一个致命的错误决定。她去了哥本哈根，玩嬉皮士那一套，还尝试了——嗯，这个那个的。我们用尽各种方法，想让她的状态稳定下来。相信我……这是我最早接手的几个案子之一，就算是巴克负责的时候我也参与了。那是个高等法院的大律师，如果我能……"

"后来你退出了？"

他张开双手："是的，实际上我是退出了。后来发生的事情超出了我们的工作范围。但小强尼，我一直尽量去帮助他，打从一开始就这样。"

我点点头。"嗯……无论如何，这很值得敬佩。"

"至于泰耶·哈默斯坦的事，我会找警察来管的。他们逃不掉的。但同时你也要继续查，韦于姆。我付了钱的！"他站起来。"恐怕我要先走了。我得去打几个电话。很不幸，我手头还要管别的案子。祝你今晚过得愉快……"

他走向门口。巧的是，汉斯·哈维克出现在了门厅里。他和朗厄兰错身时聊了两句。朗厄兰走了，而汉斯就像我之前那样，环顾了一圈。

他看见了我，向我走了过来。"嗨，瓦格。我能坐在你这儿吗？"

我指了指桌子另一边用过的餐巾："朗厄兰刚走。你叫人来重新收拾下桌子吧。"

那个能干的服务生已经过来了。桌子收好以后，汉斯坐了下来，他那边的桌子随之震动了一下。他点了跟我一样的东西，除了酒。他要了一杯水。我已经开始吃甜品，热蓝莓挞配冰激凌。

"我有件事要问你，汉斯，因为你是死者的亲属。谁是他们的继承人？你知道吗？"

他盯着半空中的某处，陷入了沉思。"他们没有自己的小孩，所以如果没有遗嘱的话，遗产都归最近的亲属。"

"会是扬·埃吉尔吗？"

"领养的孩子不行。除非是在遗嘱中提到的。当然，这也有可能。而且……如果他被判杀人的话，遗嘱恐怕也是无效的。无论如何，肯定会有人提起法律诉讼的。"

"会是谁？"

"这就是问题所在了。克劳斯·里贝克和克拉拉·阿姆利德是兄妹。"

"是的，没错。希耶喊他克劳斯舅舅。"

"是的。"

"她也喊他老猪猡。我有没有问过你这个？"

食物端上桌了，他等到服务生走远了才开口回答我。"是的，我听延斯提到过这种说法。但我觉得不怎么可信。她有没有明明白白地说过他想动她？"

"是想动她还是怎么样。整件事都不是很确定。但她确实把他称为老猪猡。"

"嗯哼。"他吃起了东西。

"你都在社会服务署工作那么多年了，应该知道这种事情最有可能发生在走得非常近的人之间，汉斯。即使是在装饰最华丽的外墙之下，孩子和青少年都有可能遭遇任何事情。"

"嗯，是的，是的。"他咽下一口食物，伸手去拿水杯。"我认同这一点。但通常而言侵害来自家庭成员。可希耶毕竟是另一个农场的，这么做风险太大了。"

"但她也算是家庭成员啊，是同一个家族的侄女。他是看着她长大的。她会去他们农场，到牛棚里玩耍之类的。她信任他们，也信任他。"

"按我的理解，你觉得卡丽也不是好人？"他语带讥讽地说。

"我……"

"她也被杀了，你知道的。如果说……"他露出一个多管闲事的表情。"如果我们可以展开一番最疯狂的想象……"

"怎么样？这很常见，配偶有可能知情，但却保持沉默，不去阻止，因此就成了从犯。这种情况我们也遇到过几次，不是吗。"

他不可置信地摇摇头。

"看出来了，你不相信。"

"一点也不信，瓦格。"

"那你认为是谁干的？"

他的脸上掠过一丝忧伤。"我只希望事情不是这样的。只是有流浪汉经过了农场。我是说……这种事情一直在发生，只不过受害者通常都要比克劳斯和卡丽年纪更大。而且……事情发生在夜里，不是吗？可能是窃贼？我也不知道。"

"扬·埃吉尔就是这么说的。"

他加重了语气："无论如何，恐怕这种说法站不住脚。恐怕真相就是看起来这个样子。就是扬·埃吉尔干的。至于动机……你看，如果你的怀疑是对的，那就有可能跟希耶有关。不过目前为止，还是很难看出有什么动机。"

"换句话说，他杀死克劳斯和卡丽，是因为克劳斯可能对希耶做了什么？"

他低头盯着餐盘，脸上的表情看起来好像他突然丧失了所有食欲。"差不多吧。"

我喝干了最后几口酒。"但是……回到继承权的事情上，克拉拉算是最近的亲属吗？"

他抬起眼："是的，这很有可能。他们还有另一个兄弟，但很小的时候就死了。有一年捕鱼的时候死在了海上。"他挤出一丝笑容："我们是不是应该提示一下警方，让他们也跟克拉拉谈谈？"

"无论如何，以前也不是没有人为了遗产而杀人。"

"但我还是觉得，事情不会这么残忍吧？克拉拉·阿姆利德手拿一把冒着烟的来复枪，像野姑娘杰恩一样站在她哥哥和嫂子的尸体旁边？我想像不出来……而且卡丽肯定也有家人的。"

"是的，当然有。现在，我想去酒吧喝点加料的咖啡了。我们那里见？"

"也许吧。看情况吧。"

我走进酒吧。跟前一晚比起来，聚集在那里的记者少了很多，很可能是因为在大多数人看来案情已经很清楚了，不值得再继续关注。

我点了跟前一晚同样的东西，咖啡和利尼艾可威，然后给自己找了一张空桌子。我还没坐下，就看见了前一天晚上那个卑尔根人，还是喝得烂醉，眼睛盯着我的脖子，似乎在想象那里有条领带，他可以抓住来保持平衡。他跟跟跄跄地走过房间，摇摇晃晃地站在我的桌前，开口道："我能在你这里坐一会儿吗？我们应该有几个共同的朋友。"

我怀疑地皱起眉头："都是谁？"

他没有回答，直接跌坐在了椅子上。

酒保用托盘端着一杯啤酒跟了过来。他把啤酒放在桌上，尴尬地对我说："他没有打扰到你吧？"

"那要看之后会发生什么了。据我所知，他几天前就喝成这样了吧？"

"但他也不会喝比这个更烈的东西。"酒保指着啤酒杯小声说。"而且这是最后一杯。"他严厉地瞪了我的同座一眼，补充道。

"行，行，行。"他重复着，拿起了杯子。他有一头深色的硬发，梳得立在头上。他的脸一看就是酗酒很多年了，正在努力集中注意力。最后他终于看清了我，伸出一只手来开始自我介绍："哈拉尔德·戴尔。"他说，好像这就足以解释一切了。

我握了握他的手，也报了自己的名字。

"昨天晚上，我实在忍不住听了你和其他人的谈话。"

"我其实注意到了。但你说什么……共同的朋友。"

"是的，可能也不算朋友，而是……"

"而是……？"

"我听到你们在说那起双重谋杀案。克劳斯·里贝克和酒精走私之类的。"

我的耳朵竖了起来。"没错，你认识里贝克？"

他傻笑了起来。"我认不认识里贝克？你是不是问我认不认识里贝克？老天，我是他的联系人。是联系……"

"联系什么？"

"当然是联系里贝克和斯卡内斯！"

这句话像电流一般窜过我的全身。"你刚才说什么？不是说斯韦恩·斯卡内斯吧？"

"就是他！我说的就是他。"他又伸出手。"哈拉尔德·戴尔，斯卡内斯进口公司前任技术员。我经常来这里，为了出差——以及其他事情。"

一切都明朗了。"是啊，我现在记起来了……你们甚至在这里举办过一个庆祝仪式……"我环顾四周。"就在这家酒店里，是吗？"

"是！"他说着，咧开嘴笑了。"就是在这里，我遇到了索芙利德。她在酒吧里看见了我。嗯，那时候我们已经吃完饭了。她和我，我们肯定有一些共同的朋友。"

"索芙利德……？"

"我夫人。我们两年后结婚了，然后我就搬来了这里。对了，她姓特维腾。"

"特维腾！"

"是的，安斯加·特维腾的妹妹，这家伙在事发后被杀了。"

"没错。小希耶在安格达伦的时候有一个姑姑……"

"对，对。差不多是这样。但我们之间没什么联系。现在已经不怎么联系了。这个家里发生了太多事情。"

他笑得太厉害了，两片松弛的嘴唇都翻了起来。"是的，这么说吧，索芙利德和我现在也不怎么联系了。"

"好的，我差不多能……你们是离婚了吗？"

"分-居，"他艰难地说，"分……是的。我丢了工作，还喝了太多……黄汤。"

"明白了。但我现在想说回……你之前提到了斯韦恩·斯卡内斯。他也牵涉其中吗？走私？"

"我要跟你说的就是这个！我想这一定会让你大吃一惊。我听见你们在谈论他的夫人。我们把她称为洋娃娃。怎么说呢，我不介意跟她来上一发。但她总是鼻孔朝天，对我看都不看一眼。而且，斯韦恩和我是很好的搭档，各自要负责一堆事情。"

"所以当他摔下楼梯的时候……"

"你也知道……那时候发生了太多事情。一九七三年，事发了。先是有海关人员在海上突然登上了渔船。船上装着酒。几天后安斯加就被打死了，这里的警察把团伙里所有人都一网打尽了。"

"但显然，不是所有人都落网了。克劳斯·里贝克就从来没有留下过案底。"

他又怪笑起来。"我也没有。斯韦恩也没有。我们很善于掩盖踪迹。"

"这么说来，斯韦恩·斯卡内斯在这件事情中扮演了很重要的角色？"

"很重要的角色！我要跟你说几遍？他操纵着一切。他坐在卑尔根的办公室里，跟国外的线人接头。他的那些差旅，从国内到国外……就是最好的掩护。"

我的大脑飞速运转。整件事情突然展现出了前所未有的一面。线头又穿回了一九七四年，当时发生的一切开始清晰地浮现在我眼前。

"是这样的话，好吧，"我说，"一九七三年案发了，然后在一九七四年二月，斯韦恩·斯卡内斯戏剧性地摔下了楼梯。"

"是那个婊子把他推下去的。"

"至少，官方说法是这样的。但恐怕现在很多事情都要重新调查一遍了。"

"别害怕，韦于姆。我已经担惊受怕很多年了，很多年。"

"是啊，没错。你什么时候搬来的?"

"这个，我是在一九七三年秋天遇见的索芙利德。斯韦恩和我在这里参加一个销售会议，顺便看看有没有可能在私酒市场建立一些新的关系网。我是说……斯韦恩当时陷入了困境。上一批货的钱还没有付，那些债主可不是什么有耐心的家伙。"

"没错，可以想象。他们威胁说要派泰耶·哈默斯坦来吗?"

"哈默斯坦? 你认识他?"

"谁不认识他呢?"

"那你是怎么知道……"

"知道什么?"

"哈默斯坦也跟走私有关?"

"就是他杀了安斯加·特维腾，不是吗？"

"没错，但是……不，我不知道。反正肯定是这里的什么人干的。就是他的死让整件事都败露了，我的天啊！之后再想重新来过是不可能了。整个网络都被破坏了，没人再敢碰高压线！我们只能放弃了。"

"但你还是跟哈默斯坦有联系，我说的对吗？"

他开始出汗了。时不时地，他要回头张望一下，像是在害怕有什么人会突然走进来。然后他低声说："斯韦恩接到他很多电话。"

"哈默斯坦打的？"

他点点头。"只要他一天不还钱，欠的债就会增加。黑市的利率。我不知道你是不是了解？一旦你陷进去，就万劫不复了。"

"如果打电话没用，泰耶·哈默斯坦就会上门，是不是这样？"

他什么也没说，只是点点头。

"因此，从理论上说，有可能是哈默斯坦在一九七四年二月把斯卡内斯推下了楼梯？"

"但他的老婆认罪了，不是吗！"

"对，但是如果我告诉你，我们找到了一些新的线索……有人在斯卡内斯家里听到了一场争吵，是斯卡内斯和一个男人……"

"什么人听见的？"

"这不重要。"

"但是……"

"那就有可能是哈默斯坦了。你为什么不把这些告诉警察？"

他看着我，好像觉得我疯了。"然后毁掉我自己的一切？我会把自己也牵扯进去的。更何况，反正他老婆也认罪了……我没想到她会撒一个这么严重的谎！"

"她一定有自己的原因吧？"

"对，肯定是什么特别要命的原因。"

"也许确实要命。但说回……是在这一切之后，你丢开一切来了这里？"

"是的，就像我说的……斯韦恩死了，他老婆坐牢了，公司也解散了。索芙利德招我来了弗尔德，我在这里找了个工作，干了一阵子。"

"此后你就没再听说过什么——从哈默斯坦或是其他什么人那里？"

他耸耸肩。"为什么？我又不欠钱。我只是那个隐藏起来的线人罢了。"

"没错。但过去了这么久，还是有事情发生了：克劳斯和他的妻子被杀了。这让你不安吗？"

"没有，我为什么要不安？难道不就是像报纸上讲的那样，案子都已经破了？"

"也许是。也许不是。如果这一切都跟走私案有关呢？这就是动机？"

他久久地注视着我。"当然，可能是因为钱。"

"你现在说的是什么钱？"

他的视线再次转向了门厅的方向。当他开口时，声音被压得极低，我不得不靠得很近才能听清他在说什么。"一九七三年，一直都有谣言说……听着，韦于姆……一切都变了。没有人再拿到钱。但钱肯定去了什么地方，不是吗。有人正坐在成堆的金子上，就在这链条的某一环……"

"你是不是觉得那可能是克劳斯·里贝克？在安格达伦有这么大的现金流吗？"

"安格达伦！"他对我的说法嗤之以鼻。"克劳斯·里贝克组织了整个地区的销售。从约尔斯特到奈于斯特达尔。一切都要过他的手。他就是坐在网中央那只该死的蜘蛛。这就是为什么这张网这么牢靠。就像是一个反政府组织，每个成员彼此都不认识，只认识跟自己直接联系的人。"

"但我看得出来，你知道很多。你就不怕把自己暴露在危险中吗？"

"我？"他的脸有点发青。我有点担心他马上就要找地方吐了。

我迅速地说："你的意思是，克劳斯·里贝克很可能在农场里藏了一大笔钱？"

他点点头。"巨款，韦于姆。一个名副其实的宝箱……"

现在，他知道时候到了。他推开椅子，摇晃着站起来。他弯下腰，抓起杯子举到嘴边，一口气喝干了剩下的酒。然后他转过身，连再见也没说，就蹒跚着走向了洗手间。

出去的路上，他与一个女人擦肩而过。我的眼神落在了她身上。

她身穿一条黑色的紧身连衣裙，勾勒出修长苗条的曲线。她的肩上披着一件宽松的灰色西装外套，浓密蓬松的金色卷发显然经过了精心的打理。我们的视线相遇时，我才认出她来。格蕾特·梅林根，好一番盛装打扮……

当她来到我桌边时，我早已站起身来迎接。"我一直在找你。"

"我现在就在这里。"她微笑着说。

35

"想喝点什么?"

"你喝的是什么?"

"现在我只喝了咖啡和利尼艾可威。之后可以再喝点别的。"

"其实我喜欢金汤力。"

"那我也喝一样的。"我招手示意,酒保很快就下了单。

"事情……"我们同时开口,"怎么样了?"

"你是说希耶?"

"没错。"

"我觉得很不错。她的父母很能干。确切地说,养父母。"

"你认识他们吗?"

"只是认识而已。但自从我来这里,就把希耶记在了档案里。"

"那是多久前?"

"五年前。一九七九年。"

"但……你应该祖籍在这里吧?"

她笑出了声:"有这么明显吗?"

酒保端着我们的饮料过来了。我们说了干杯，喝了点酒，然后我回答道：“不，没有。只不过我听你在跟……当地人说话时说起了方言。”

“说对了，我妈妈是这里人。但她找了个外地男人，所以我就生长在那里了。是在埃尔沃吕姆。”

“埃尔沃吕姆没什么不好的吧？”

“没有。肯定有很多地方比那里更糟。跟我说说你今天做了些什么吧。约尔斯特怎么样了？”

我跟她说了一遍，又说了去代尔的事情。最后还跟她复述了我跟朗厄兰和哈维克的交谈。

她全神贯注地听着。等我说完，她说：“这么说，一切都指向扬·埃吉尔是凶手。”

“目前所有的证据都是这么显示的，”我说，“虽然今天晚上我们发现了其他一些有意思的细节。”

“我不知道该不该跟你说……希耶今天接受了体检。”

“是吗？有什么结果？”

“她跟一只小羊羔一样健康。没有任何伤痕。只不过……正式的说法是，她不是处女了。”

“那非正式的说法就是，她做过了。”

“如果卑尔根人就是这么说话的，那好吧。但也没有查出受到虐待的痕迹，至少没有最近的。”

她啜了一口酒，陷入了沉思。

“你在想什么？”

"我在想……之后你会不会跟我回家。"

我看着她的眼睛:"如果你邀请的话,我……"

"我有些东西想给你看。"她的眼睛闪闪发光,像是她学到了什么新鲜玩意,想要炫耀一番。

"好的,今天早上你就这么说了。"

总之,她也不赶时间。我们慢慢喝完酒,找了家夜店,在舞池里跳了一个小时舞。其中大部分时间我们都随着柔和的旋律摇摆,当然也少不了触碰对方的身体。我们交流了各自在社会服务署工作的经验,又聊了聊个人情况:我们都结过一次婚,她有个十四岁的女儿,而我也有一个十三岁的托马斯。她说她是地方议会的议员,我问她是哪个党的,她退后一步说:"你猜!"我猜她是左派,挪威社会主义左翼党,她笑了起来,但也没有告诉我猜对了没有。最后,我们拥吻着跳了两支慢舞,她的胳膊绕在我的脖子上,而我的一只手放在她的肩胛骨之间,另一只摸索着她脊柱的末端,像是按摩院的推拿师在练习技术。她温软的身体紧贴在我身上,嘴唇则像是两片湿润的花瓣落在我的耳边,轻声说:"现在我们能叫车了吗?"

"嗯。"我把脸埋在她的发间,答道。然后我们挽着手走出了舞池。

我去衣帽间拿我的外套,下楼时她已经等在一辆出租车前了。一路上我们都在车后座亲热,司机沉默着把我们送往霍恩斯,她住在那里一座新盖的房子里,房子坐落在一道缓坡上,正对着通往奈于斯特达尔的道路。

我们进门时,她的女儿朵拉坐在地下室里看电视。她有点害羞地跟我们打了个招呼，迅速进了自己的卧室。

"想喝点什么？"格蕾特问。

"你这里有什么？"我说。

"一杯红酒？"

"这也不错。"

她挑起眉毛笑笑，走了出去。我看着电视，但完全看不进去。

格蕾特拿着两个杯子和一瓶打开的红酒回来了。我帮着倒酒，她关上电视，找出一张唱片，打开了唱片机。房间里响起了罗杰·惠特克的声音，让我感觉仿佛置身于一条大船的甲板上，迎面有海风吹拂。

房间的天花板很低，电视周围都是书架。另一面墙上挂着的图片都是些风景：画作、照片和地图。我在沙发上坐下来，她也坐下来，依偎在我的怀里。我们品尝着红酒，然后她目光坚决地看了我一眼，低声说："吻我。"我当然乐于从命。

就在我伸手摸索她裙子上的拉链时，她按住了我的手，说："别……我们去卧室吧。"我同样没有反对。

我们站在那个寒冷的房间里，用极大的耐心，一点一点地脱掉对方的衣服。然后我们上了床，兴致勃勃地尝试了不同的前戏，直到她趴在我的身上，开始充满渴求地扭动。我进入了她的身体，和她一同迎来一阵甜美的宣泄。

她枕在我的胸口喘息着，喘息声甜美而热烈。我忍不住笑了。"你想给我看的就是这个吗？"

她抬起头，严肃地看着我。"不。你等一下……"

她下了床，光着身子走过地板。在她柔软而灵活的身体上，点缀着一对小巧的乳房，以及难以消退的妊娠纹。

当她回来时，手中拿着一本巨大的皮面书，灰褐色的封面上有几行烫金的字母。她打开床头灯，依偎在我身边，拉开羽绒被盖在我们身上，随后小心翼翼地翻开书的第一页。

"这是什么？家族圣经吗？"

她热切地点点头。"这本非常特殊。我搬回这里时，我妈妈给我的。她是从她的妈妈那里得到的。这本家族圣经最特别的地方，是它记载了我们家族里历代女性的各种特殊经历。我妈妈和她的妈妈都结了婚，但在她们之前，一代代女性祖先都生下了私生女，然后把这本圣经一代代传了下去。"

"从一个私生女传到她的私生女手里？"

"连续好几代，像一种原罪。但也许这也不奇怪。非婚生的女性社会地位都很低。任何人都能碰她，然后把更多私生子女带来这个世界上。而我们家族的不幸之处在于，第一个孩子通常都是女孩，长大后就要承受这种罪孽。"

我玩弄着她的头发："但你打破了这种宿命……"

她转过头，侧眼看着我。

"哦，我们有一种负罪感……"

她把书放在肚子上，指给我看上面的字："看，这里就是传承的脉络。第一位是玛莎，上面写着她出生于一七九九年，在一八一六年受坚信礼时获得了这本书。一八一九年，她嫁给了汉斯奥拉夫森，一八二三年生下了女儿玛丽亚。"

"没有儿子?"

"有,但玛丽亚没有记载他们的名字。你可以从这里看到……笔迹不一样了。这里是玛丽亚写的,她自己和她女儿克里斯汀的名字。私生女,生于一八四〇年二月。但她也写了私生女父亲的名字……看这里,写的是M.A.。"

"啊?"

"这没有让你想起什么吗?"

"一时之间,想不起什么。"

"这可能是指马兹·安德森。"

"马兹·安德森。你说的不会是……"

"是的!特洛达伦的疯子。看这里的出生时间。再往前算九个月,就是一八三九年五月。传说中特洛达伦谋杀案就发生在那一年的六月十九日。"

"但……如果你的祖先跟特洛达伦的疯子有了个孩子……"

"她其实是我的曾曾曾祖母。"

"如果她有了他的孩子……"

"……那我就是他的后代,是的。但我们也从没打算在《菲尔达时报》上登报宣布这件事。"

"但M.A.也可能代表其他意思。"

"是的,是的,当然。不过除此之外我们还有一段口述史。更正式的说法是,秘传。那是一段关于我们祖先的诡异往事,我妈妈给我这本圣经时告诉我，那是她的妈妈传给她这本圣经时告诉她的，而且她把手按在家族圣经上，向我发誓这一切都是真的，否则就让上帝惩罚她……她就是这么说的。"

"那这段往事说的是……"

她转过身，用一条手臂勾住我的脖子，紧紧搂着我，直视进我的眼睛。"先答应我，瓦格，我今天跟你说的事情，你永远不许告诉其他人。"

我也看着她："虽然我不能拿着这本圣经发誓，如果我撒谎的话就让上帝降罪于我，但……"我把手放在胸口："我郑重起誓，我不会这么做。你在此时此地跟我说的话，永远不会泄露出这间屋子。"

她久久地、认真地凝视着我，好像在检查我的眼中有没有任何谎言或欺骗的迹象。

"那你是不是告诉了……朵拉？"

"还没有。但很快会告诉她了。如果今晚我告诉了你，那我们就将是世界上仅有的三个知道这个秘密的人。我的母亲，我，还有你。"

"为什么我会拥有这样的荣幸？我没那么好吧？"

"没有，没那么好……"她充满魅惑地笑了笑，但立刻又恢复了严肃。"我会告诉你，是因为这件事从某种程度上能帮我们更好地分析这个礼拜发生的事情。"

"我明白了！现在我更好奇了。"

"我就是这么想的。"

"那快告诉我吧！"

"我现在就……"

3 6

在她的带领下，我来到了一八三九年的特洛达伦，那个命运转折的夏天。"关于特洛达伦的疯子的故事的另一个版本。"她浅笑着，开了个头。她的叙述是那么生动，我仿佛可以看见一幅画卷像电影银幕般在眼前徐徐展开，上面放映的差不多是一百五十年前的往事了。

当时，马兹·安德森只有二十一岁。他身材中等，体格健壮，深色头发，带有一种忧郁的气质。任何一个像他这样生长在特洛达伦的偏僻农场，终日里只能与父母、姐姐和女仆为伴的年轻人，都很容易变得忧郁。他在去牧师家的时候，认识了一个来自安格达伦的家庭的长子，延斯·汉森；延斯有个比她小四岁的妹妹，玛丽亚。那是一个文静的少女，勤劳、贤惠，很小就跟着妈妈下地劳作了。她对附近的山脉非常熟悉，就算是在礼拜天都敢独自一人进山，根本不怕会发生什么危险。认识了马兹之后，她时不时会步行来特洛达伦。来的不是很频繁，大概两个月一次，而且他们也不是每次都能碰见。他们哪里做得到每次都碰见？没有可靠的人帮他们传话，就算邮递员偶尔到特洛达斯特兰德来了，她也不敢寄信。

根据格蕾特的祖先流传下来的说法，就是在那年冬天和一八三九年的春天，玛丽亚和马兹之间萌发了恋情；特洛达伦的冬天非常漫长，直到第二天四月底雪才开始融化，直到六月份，在没有阳光的山脚、如同一面黑色镜子般的特洛达斯瓦腾湖边，还留存着大块的积雪。这片湖水散发着某种不祥而充满诱惑的气息，就算是在那个时代，就已经有许多永远不见天日的秘密和记忆被深深地沉入了湖底。马兹经常在山间闲逛，捕鸟、猎鹿，或者做点别的事情来消遣。他在山里设了一些陷阱，定期会去查看。他经常会顺便爬上湖水尽头的山脊，从那里俯瞰安格达伦，这个延斯和玛丽亚出生、成长的地方。有时候他和玛丽亚会在这里碰面。五月来临了，天气开始回暖，他们也开始温柔地拥抱对方，说着天长地久的誓言……

　　"我妈妈就是这么说的。"格蕾特的手依然放在书上，好像那些记载着家族历史的薄薄书页间，能直接幻化出栩栩如生的画面。

　　"她有没有告诉你，那年六月奥利·奥尔森·奥图尼斯被杀的那天发生了什么？"

　　"正要说到最关键的地方，瓦格，亲爱的。现在你接着听，这可是山谷里的一出大戏……"

　　"一旦有人认罪，很快供状就会变成事实，过去发生了什么就此盖棺定论了。但这个案子其实还有另外一个版本，在六代女人之间流传。这是一桩秘密的耻辱，事情的真相依靠这个家族里羞愧的良知得以被铭记。

　　"特洛达伦谋杀案的第二个版本是这样的。在那个礼拜三，玛丽亚·汉斯·多蒂尔逃离了农场的生活。也许她是期待着在那个晴朗美丽的夏日再次遇见马兹。炎热的天气让她血脉偾张,她简直无法继续忍受留在农庄里。她必须爬上山,去寻找那个日夜思念的人。但不幸发生了,当她爬上特洛达伦,走在前往湖边的小路上时,她遇见了奥利·奥尔森·奥图尼斯。这个贩子刚刚告别了马兹·安德森,离开特洛达斯特兰德。

"他们站在路边聊了几句,然后她准备继续赶路。但贩子没有让开路。也许夏季的燥热同样也影响了他,也许是长时间的旷居让他寂寞难耐;总之他伸出那双欲望之手,抓住了少女。他常年翻山越岭,体格健壮、有力。她拼命挣扎、呼救,尖叫声如同黑喉水鸟在山间峭壁上的厉声啼鸣。但他始终没有松手。他强壮的双手伸进她的衣服里揉捏,恐惧和疼痛让她不断地尖叫。然后她从地上抓起了一块石头,重重地砸在了贩子的头上——一次、两次、三次!他粗糙的双手终于放开了她的身体,瘫倒在了地上。带着满腔的愤怒,她还在继续砸,直到奥利·奥尔森·奥图尼斯毫无生气地躺在她面前。

"随后,一阵前所未有的巨大的恐惧席卷她的全身。她知道自己犯了死罪,地狱的大门即将打开,将她完全吞没,她将被处以永生永世受烈焰焚烧的极刑。她是如此的恐惧,步伐是如此跟跄,以至于她觉得自己几乎要摔死在路上了。她只知道有一条路可以走:下到湖边,去投奔死亡。

"然而就在此时,马兹·安德森赶来找她。他听见了黑喉水鸟的尖叫,也认出了她的声音。他张开怀抱搂住她,紧紧抱着,任由她的泪水落下。然后他跟着她来到奥利·奥尔森躺着的地方，亲眼目睹了他的死状。

"马兹检查尸体时，她站在远处看着；等他回到她身边，她意识到一切希望都破灭了。

"就在这时，他又带来了新的希望。他可以拯救她，把她的罪责揽在自己身上：让我来应付这件事吧，玛丽亚。你回家去。我会把奥利·奥尔森·奥图尼斯抛进湖里，但愿他永远不要浮上来！玛丽亚就这样离开了，而这也是他们的最后一次交谈。在此之后她只见了他一次，那是五天后，他被附近农场的人们带到村里，次日又被法警押送往弗尔德。"

"他认下了谋杀罪，"我说，"为了她。"

我们的视线交汇了。"这听起来是不是很耳熟？"

"之后发生了什么？"

"故事剩下的部分就人尽皆知了。他从奥利·奥尔森身上拿走了几张钞票和值钱的玩意儿，他们很快就搜出来了。他认了罪，坐了牢。直到许多年后，一八八一年，他才被从阿克什胡斯监狱里放出来。这时候，玛丽亚已经死了二十二年。她死于一八五九年，终生未婚，也没有其他后代，只有一个不知道爸爸是谁的女儿，克里斯汀。克里斯汀在一八六三年参加了一次——我们现在称之为群交——然后生下了一个女儿。那就是我的曾祖母，玛格丽特。"

"那玛丽亚也从来没有站出来坦白过特洛达伦谋杀的真相？"

"据我所知，没有。她只是用这种方式吐露了心事。"她用一只手轻轻拍了拍打开的书。"事情的真相就这样在我们的家族内从一代女人传到下一代女人。"

"现在又告诉了我……"

"但你发过誓了！"

"是的……而且我会遵守誓言。这么多年过去了。也没有什么必要帮马兹·安德森洗刷名声了，更何况他的后代……"我抬起手指指她："……宁愿保守秘密。"

"那你读懂这个故事的意义了吗？"

我点点头："永远不要相信别人说的话。案子的真相往往不是你第一眼看上去的那样。"

"那我就达到自己的目的了。"她说着，又小心地合上了书本，把它放在床头柜上。她的身上散发出一阵香气，像是山川和太阳，像是古老的母亲。

"就到此为止了？"

她转过身来，分开了双腿。"我还可以再来一次。"她露出一个优雅的笑容，把我拉向她身边。

3 7

接下来的一天却变得格外沮丧。从霍恩斯那顿潦草的早饭开始，然后格蕾特又匆匆忙忙开车把我送回酒店，因为她自己早上还有个工作会议，眼看就要迟到了。

酒店里洋溢着一种休假的气氛。十二点有一场记者发布会，还留在弗尔德的记者们到那时候才会来。接下来差不多就要宣布开庭审问的时间了。

"这太糟了。"我跟《菲尔达时报》的赫尔基·豪根通了个电话，立刻发觉情况不妙。法医报告清晰地指向同一个结论，豪根还说他在警察局的线人透露，今天之内扬·埃吉尔·斯卡内斯就会被控犯下了双重谋杀，还会被扣押直到开庭，前四个星期不能接受任何探访。

我谢过了他提供的消息，看了看手表。离新闻发布会还有一个半小时。就像玛丽亚·汉斯·多蒂尔有特洛达伦的疯子帮忙顶罪一样，扬·埃吉尔也有希耶。这就是真相缺失的最后一环。我决定借助奥古恩·布拉特办公室里的电话簿继续调查一番。她的办公地点在一片共享办公空间里，位于一座写字楼的二层。

一个警惕的秘书告诉我布拉特今天早上非常忙。我使出所有套近乎的技巧，才得以在前台给她打了个电话。

"有什么我可以帮忙的？"她的语气很谨慎。

"我在想希耶的事。她在这个案子里是关键人物。"

"不再是了。"

"不是了？"

"她推翻了之前的证词。"

"真的吗？"

"她承认这么说是为了帮助扬·埃吉尔。"

"那她是怎么改变主意的？"

她低头看着手表。"十二点会召开新闻发布会，韦于姆。到时候一切都会被公开。你必须出席。"

"希耶现在在哪里？"

"在农场的家里。但……"

"怎么了？"

"不要试着去找她。她不跟任何人说话。"

"我更想找她的养父母聊聊。"

"我能问问你想聊什么吗？"

"这个……还有遗产继承的问题有待解决。据我所知，阿姆利德女士是里贝克唯一的继承人。"

"这跟案情有什么关系？"

"还有很多事情跟案情有关系。包括一九七三年的走私生意。"

"这又怎么……"她打住了话头,摇了摇头。"告诉我……你到底代表哪一方?"

"目前而言,我代表你的同事,延斯·朗厄兰。"

"啊哈,"她听起来不是很满意,"这样的话,如果你要去拜访阿姆利德一家,我必须也在场。"

"好的,那……什么时候去?"

"总之新闻发布会之前是来不及了。"

"这么说,你也打算要去一趟?"

"是的,我是这么打算的。如果到时候我能忙完今天的事情,那我……"

"那就到时候见吧。"

"必须的。"

她点点头,走开了,只剩下那个红头发的秘书。她在一旁听见我和奥古恩·布拉特之间的对话,看起来并没有放松一丝警惕。我跟她挥手告别,出门了。

没有什么我可以做的了,只能等着传说中的新闻发布会。路过桥边时,我在一家咖啡馆买了几份报纸和一杯咖啡。

现在这桩双重谋杀案已经被挪到了各家报纸的末版。其中一个标题是《真相呼之欲出》,另一个标题是《双重谋杀案告破》,末尾没有问号。没有人发现这个案子跟安斯加·特维腾谋杀案之间的关系。只有《菲尔达时报》的赫尔基·豪根暗示此案与"一九七三年在本地肆虐的特大走私网络"有关,但也没有细说到底是什么关系。

即便如此，警察局里召开新闻发布会的会议室还是挤满了人。他们把三张桌子拼在一起作为发言席。座无虚席。我冲赫尔基·豪根点点头，他坐在前排，面前放着一本摊开的笔记。远处的一张报告桌边，坐着《菲尔达时报》的记者。我倚着窗框站在一扇窗边，背对着窗外的天光。

斯坦道尔探长连同一名警官和克里波的一名警探走了进来，闪光灯顿时闪成一片，每个人都兴奋不已地看着他们。

斯坦道尔似乎有点窘迫。那个警官看起来像是占据了主导位置。这个年轻人戴一副平光眼镜，胡子经过了精心的修饰，看起来活像个新出道的律师。而那个体格健硕的克里波警探似乎把一切都当成工作日常，看不出什么情绪起伏。

延斯·朗厄兰紧跟着他们也进来了。他迅速扫视了一圈台下的人群，然后在门边占据了个不引人注意的位置。看见我之后，他冲我点点头，示意会后要找我聊聊。

斯坦道尔举起一只手，屋子里安静了下来。他面前的桌上放着一份打印的声明。他用不高的声音读了起来，内容是控告扬·埃吉尔·斯卡内斯谋杀了他的养父母，随后向一名警官开枪。调查结果非常清楚，因此警方认为可以提起诉讼。

然而斯坦道尔又宣布，在庭审之前调查还是会继续全力开展下去，以期取得更多证据。克里波的警探也点头表示赞同。

开放提问时，赫尔基·豪根立刻举起手。"但在安格达伦还发生了挟持人质的事，不是吗？"

斯坦道尔组织了一下语言才开口回答："在另行通知以前，他并没有被指控挟持这位邻近农场的女孩。证据表明，她是自愿跟着他的。"

"她会不会被指控是从犯？"

"目前不会，"斯坦道尔冷冷地回答，"但就像我刚才说的，我们会继续调查。"

警官补充道："目前没有足够的证据指向这个女孩。我们的初步结论是，当她与犯罪嫌疑人前往特洛达伦的时候，对于里贝克农场发生的事情并不知情。"

我看了看延斯·朗厄兰。他面无表情，但我一眼看出他内心的焦灼。我想要举手提问："但事实难道不是，这个年轻女孩其实认下了两项杀人的罪名？"我想要看提问之后记者团和桌子那头高级官员们的表情会是什么样的。但我很快就压抑住了自己的冲动。我自认为跟这房间里的一些人关系还不错，这种举动无疑会毁掉一切。

下面的提问逐渐变少了，新闻发布会也就这么结束了。按照惯例，几家广播台和电视台记者围住了相关警员，忙着录制一些补充采访。除此之外，人们迅速退去了。

朗厄兰在门口大厅等着我。我把他拉到了角落。"我有一些信息要跟你分享，朗厄兰。"

"这么快？我的天哪。快说吧！我现在需要知道一些！"

"昨天有一个线人告诉我，克劳斯·里贝克在农场里藏了一大笔钱。是他从走私团伙里昧下来的，因此肯定不能存进银行账户。"

他惊奇地看着我。"一九七三年弄来的一大笔钱？他可以花一辈子吧？你觉得现在还剩下多少钱？"

"我不知道啊……但这很可能就是他们招来强盗的原因，无论钱有没有被抢走。"

"没，没错……"

"还不止这样，你接着听我说。这个线人还说，走私团伙的幕后黑手不是别人，正是斯韦恩·斯卡内斯！"

他难以置信地看着我。"我们那位斯韦恩·斯卡内斯？"

"正是。"

我急不可待地把前一天晚上哈拉尔德·戴尔跟我透露的消息都说了出来，每当故事出现一个戏剧性的转折，我都能看见他大脑在飞速运转的样子。但他似乎并没有想象中那么兴奋，当我说到泰耶·哈默斯坦的时候，我明白了原因。

"该死的，韦于姆。如果这是真的，那韦贝卡当年真不应该进监狱！这件事想想就让人难过。我回奥斯陆以后，一定得尽快找她好好谈谈。"

"是的，但这只是案子的一部分。现在警察应该把哈默斯坦找来问询。"

"嗯，我跟他们说过了！问题是他们太拘泥于现有的证据了。"

"啊哈。你也找过他们吗？"

他忧愁地看着我。"是的。不得不说，即使是简单了解一下，都会发现形势对我们很不利。"

"什么！你为什么这么说？"

"首先，武器上留着指纹。没有别人，全是他的指纹。他的手上还有残留的火药。”

“是的，但我们都知道他逃跑时朝警察开过枪。”

“是的，没错，我们可得好好利用这一点。但除此之外……他还在犯罪现场留下了脚印，在地板上的血迹里。而他的鞋底也沾上了血。克劳斯和卡丽都是被这把枪杀死的。房里没有破门而入的痕迹。事实正好相反。备用钥匙好好地挂在过道的橱里。扬·埃吉尔有自己的钥匙。此外希耶也推翻了之前的证词。但是！”他竖起一根手指。“关于上一周发生了什么——特别是上周一发生了什么，她的说法还很模糊。”

“那关于克劳斯·里贝克可能进行过性虐待的说法呢？”

“现在她声称，那也是她编造出来的，是为了让之前那份伪证看起来更可信。体检也证实了她的说法，虽然从专业角度看来，她已经不是处女了。”

“嗯，我也听说了。她已经经历过人事了。”

“而且说实话，就算她被她舅舅性虐待过，我也不觉得这对扬·埃吉尔有利。如果事实就跟现在看起来一样，他和希耶是爱人，那他就更有谋杀的动机了。”

“没错，你说的是对的。那……我们现在该怎么做？”

“首先，我会坚持要求警方对泰耶·哈默斯坦进行问询。我会要求他们确认他周日晚上的不在场证明，警方去做这件事要比你和我去做方便多了，韦于姆。这样我们就不用纠结在这件事上了。除此之外，现在我还没有别的计划。”

“审查会议几点开？”

"他们跟我说，三点半。"

"这是公开的吗？我能去吗？"

"没说不公开。但媒体不能报道审查会议的内容，所以如果你想知道案子进展怎么样了，最好还是去一下。"他看了看手表。"但现在我得去见见扬·埃吉尔了。我们回头再聊。"

我们很快告了别，他匆匆回到了里面的警察办公室。

当我走出警局大楼时，正好看见奥古恩·布拉特往大桥的方向走去。我跟在她后面快走了一段，终于在河对岸的人行道追上了她。当她看见我突然出现在她身边，露出了一个喜忧参半的笑容。

我没有浪费时间。"准备好出发了吗？"

她转了转眼睛。"不！还没好。"

"听着……我们有两条路可以选，布拉特小姐。"

"是女士。"

"别管这个了。我可以自己去找希耶和她的养父母，我也可以带上你。你更喜欢哪种？"

"我也可以让警察把你抓起来。"

"以什么罪名？"

她被难住了。于是我们开着各自的车，一起踏上了前往安格达伦的旅途。当我们在阿姆利德农场停好车走出来碰面时，没有人感到重逢的喜悦。

38

阿姆利德农场内外都被打理得很好。起居室的墙壁一片洁白，装点着寥寥几幅挂画。其中包括一系列家庭照片、一张航拍照片，以及一张经典风景画：暮色笼罩着峡湾，太阳低垂在海平面上。

克拉拉·阿姆利德用的餐具是白色的，装点着粉色小花和金色镶边。十分钟内她就做好了咖啡，盛了一碗饼干，切了一小段面包，配上金灿灿的农场黄油和山羊奶酪片，一样样端了上来。

她身材娇小，看起来能干而灵巧，有点像雪貂，锐利的目光似乎能把起居室和厨房里的一切都尽收眼底。

希耶闷闷不乐地坐在靠窗桌边的小凳子上。奥古恩·布拉特紧挨着她坐在一张圆凳上，低声向她解释新闻发布会上通报的案情进展，以及之后会发生什么。

而我也第一次有机会细细打量这个年轻女孩。她穿着一条褪色的紧身牛仔裤和一件深蓝色的V领毛衣，脖子上绕着一条花朵图案的短围巾。满头深金色的头发扎成一条马尾辫。当我试图在她脸上搜寻特露德·特维腾的痕迹时，却一无所获。也许只有她抬头的样子吧。当她看向我时，不耐烦地点了点头，随即如同一名溺水者寻找救命稻草般转向奥古恩·布拉特的方向。

有人打开了房门，随即门廊里传来沉重的脚步声。克拉拉·阿姆利德快步走出去，跟她的丈夫解释发生了什么。他低沉地回答了些什么。门关上了，紧接着是热水管道里传来的隆隆声。

拉尔斯·阿姆利德走了进来，他已经脱掉了外套，换好了裤子，穿上一双居家鞋，法兰绒衬衫的领口敞开着，浑身散发出肥皂的气味。他的肤色光洁红润，耳朵上可以看见纤细的血管。他头发有点稀疏，眉毛却依然浓密，还有一双湛蓝的眼睛，眼神与嘴唇都显示他是一个决心坚定的人。

我站起身来，与他握了握手。他仔细端详着我。

"我能为你做什么吗？"

"坦白说，我想跟希耶谈谈。"

"坦白说？"

"是的，我想听她说说她看见了什么。"

"可以理解，但我想你刚才说了'坦白说'？想必你还有什么言外之意。"

我看了看希耶和她的律师。奥古恩·布拉特露出一个讥讽的表情。我压低了声音："我们能去厨房说吗？"

她默默点点头。我们走了出去，我顺手关上了房门。克拉拉和拉尔斯·阿姆利德肩并肩站在厨房尽头的料理台前，看起来像是准备好照一张全家福。

我看着克拉拉："据我所知，你是去世的克劳斯·里贝克的妹妹？"

她悲伤地点点头："对，我是。"她的脸冲着窗外。"我也在里贝克农场长大。"她的口音跟她丈夫一样重。

"你们还有别的兄弟姐妹吗？"

"是的，我们还有个弟弟，西格德。但他很小的时候就死在海上了。之后就只剩下克劳斯和我了。"

"但是卡丽肯定也有其他亲属的，对吧？"

"是的，肯定有一些亲戚。但她不是本地人，你知道吧。她家在摩尔海岸那边。她也没有兄弟姐妹。我能确定的就是这些了。"

"那应该是你继承他们的遗产了？"

她看了丈夫一眼："是的，我想应该是这样。如果他们没有留下遗嘱的话。"

"你跟你哥哥之间关系怎么样？"

"我想，关系算很好了。虽然我们不是那么相像。"

"怎么说？"

"这个，你知道……"

"比如说，在这座农场里，我们都坚守着儿时的信仰。"拉尔斯圆润低沉的声音插了进来。

"里贝克农场的人不是这样？"

"至少他们从不去……教堂。"

"我们从不谈论这些，"克拉拉安静地说，"但我们还是有自己的看法。"

“还有……有传言说克劳斯·里贝克牵涉进了七十年代初的巨型走私团伙。”

她噘起了嘴，脸也随之微微扭曲，脸色看起来更加阴沉了：“我们也听说了这样的传言。”

“只是传言吗？”

“我们从来没谈论过这些。”克拉拉重复道。

“但我们时不时会看见有车来来往往，”拉尔斯说，“而且车上载的货物都不少。是丰田海狮那种车。”

“你们没有跟他交易过？”

“我们从不碰那种东西！”

“当然不……但你也知道希耶的生父是谁。”

克拉拉点点头：“是的，我们当然知道。”

“他会不会来过这里——我的意思是，去过里贝克农场？”

她又看向她的丈夫。他缓慢而僵硬地耸耸肩：“他有可能来过吧。但那是希耶来这里之前很久。他也死了，你肯定也知道。”

“是的，我知道。但她的母亲还是时不时会来这里？”

这次是克拉拉开口回答：“是的，但并不经常来。她就住在代尔。”

“那不是很远。”

“不，不远。”

“你是不是不欢迎她来？”

她稍微挺了挺背：“这么说吧，我们不认为这对希耶有好处。”

“为什么？”

"因为！"拉尔斯大声又清晰地说道。

一时之间没有人说话，我们都回味着他说的这两个字。然后我决定换个话题："你们应该听说了，希耶曾说……克劳斯和她。"

克拉拉的反应很激烈，我能看见她死死抓住料理台的边缘，支撑自己的身体。"这……不可能。"她的声音低沉而紧张。

拉尔斯看向我的眼神中也带着怒火："这些事你们既作在我这弟兄中一个最小的身上，就是作在我身上了。[1]"

"你的意思是……"

"如果希耶说的是真的，那他就将在地狱里受无尽的火焰灼烧之苦！"

"所以你们对此也一无所知？"

"她从没跟我们说过这件事，一个字都没有。"克拉拉说。

我点点头。"那也许……"我用手势示意我们可以回去了。克拉拉端起咖啡壶，开始给每个人斟满咖啡，还问希耶想不想要一杯果汁，希耶只是摇摇头。

奥古恩·布拉特端着一杯咖啡坐在圆凳上。我和克拉拉、拉尔斯围坐在桌边。希耶盯着地板，房间里一片寂静。

克拉拉和拉尔斯交握着手祷告了一番，然后克拉拉递给我们一碟全麦面包三明治和一碟饼干。

还是没有人说话。

1 《圣经·马太福音》第 25 章 40 节。

我看着奥古恩·布拉特。她也看着我。她的眼神谨慎而冷静。

最后，我开了口："希耶……"

她抬头看了我一眼，然后又垂下了眼睛。

"周二晚上我们在山谷里见过面。之后我还没有找到机会跟你谈谈。但我正在尽力帮助扬·埃吉尔。如果你可以跟我说说——用你自己的话来说——到底发生了什么，会对我们很有帮助。"

她模糊不清地咕哝了几句。

"你说什么？我没听清。"

"没什么好说的。"她安静地说，口齿并没有变得更清晰。

"在特洛达伦的时候你有很多话要说的。我相信现在也是一样。"

"能说的我都说过了。"

我身体向前倾了一些。"你都说过了？所有的事情都说了？还是只说了一部分？"

她没有回答。

就在我竭力为下一个问题组织语言的时候，她打断了我："他们一定得在场吗？"

"你是说拉尔斯和克拉拉？"

"是的。"

我看向她的这对养父母。克拉拉满脸绝望，而拉尔斯看起来像是要气炸了。我低声说："这种情况很常见。孩子或者青少年都不习惯在父母面前表达自己的意见。"

"他们不是我的父母！"

奥古恩·布拉特把手放在希耶的胳膊上，一只小巧、稳定的手。

"我们可以出去！如果不得不这样的话，"拉尔斯恼怒地说，"我们不是想干涉什么。只是我们一直在照顾这个女孩，一直是我们。自从她五岁那年，在这个世界上无依无靠。"

"我不是无依无靠的！我有妈妈！"

拉尔斯没有理睬她。"哦是的，她有她的妈妈。我们都知道她会对她做什么。"

克拉拉抓紧了他："拉尔斯……别这样……如果她不希望我们在这里，这……"

"是的，这就是我说的。我们可以出去。完全没问题。我们可以把咖啡也拿出去吗？"

克拉拉冲我们抱歉地笑笑，把拉尔斯推搡进了厨房，然后示意我们可以随意一些。

我站起来，在他们身后关上房门。"现在你可以说了，希耶。"

"我跟你说过了，没什么可说的。"

"肯定有的。跟我说说扬·埃吉尔和你的事情……"

她不高兴地说："我们是好朋友。我们一起长大，不是吗！然后他就成了我的男朋友。"

"真正的男朋友？"

她情不自禁地坐直了："你什么意思？"

"呃，我的意思是……"我瞥了奥古恩·布拉特一眼，她拒绝为我提供任何帮助。"你们上过床吗？"

她睁大了眼睛看着我，好像问出这个关乎人类天性的问题是一样不可饶恕的罪行。她的脸涨得通红，然后僵硬地点点头，低声说："是的，很多次。"

"……嗯，你没有采取任何，呃，避孕措施？"

"是的。"她简短地说。反正这也不重要。

作为回答，我尽力露出一个友好的表情，表示他们这么做很明智。奥古恩·布拉特又傲慢地看了我一眼。

"上周末……周日晚上你们也做了。是吗？"

"是的。他们在警察局也问过同样的问题。我不知道这有什么……"她情绪爆发了。

"……有什么重要的？是的，这很重要。毕竟，那天晚上发生了一起谋杀。"

"是的，但扬·埃吉尔当时跟我在一起！"

"整晚都在一起？"

她点点头。

"你确定？你肯定睡着过，不是吗？我想你们不会一整晚都在做吧？"

奥古恩·布拉特警告地咳嗽了一声。我扬扬下巴，以示抱歉。

"我想，他也睡着了。"

"但他说，他在你们上学之前悄悄回家了。"她没有回答，我又接着说："你们是不是怕被人发现？我是指，被你的……被拉尔斯和克拉拉发现？"

"他们晚上从不来查房。我们听见他们在睡觉了，所以从另一边溜出去，穿过了马厩。我的房间在房子的另一头。"她解释说。

"之后发生了什么？"

"你知道发生了什么！周一总是有很多作业要做，所以我们不见面，但他周二没有去学校。所以我去他家找他了。我真不该这么做的。"

"你看见他们了吗？卡丽和克劳斯。"

她摇摇头。

"那你怎么……在山谷里，还有后来，说出那种话？"

她的泪水落了下来："这都是为了他！我要跟你说多少遍？我这么做是为了他。但这不代表着我认为是他杀的人。我只是……他是我的男朋友，我想帮他……"

"所以你把克劳斯·里贝克称为老猪猡，而且你也知道这么说暗示着什么？"

她那张满是泪水的脸上露出一个叛逆的表情。

"那他到底是不是？"

她没有回答。

"他有没有想染指你？"

她依然拒绝回答，我说："你为什么不回答？因为这都是捏造出来的？你撒谎，就是为了证明自己做过一些实际上并没有做过的事情？你现在有没有意识到……你这么说，实际上是给了扬·埃吉尔作案动机？甚至可以说，是非常强烈的动机。"

但她似乎已经进入了另一种状态。出于某种原因，她决定保持沉默。

我疑惑地看了布拉特一眼，她只是耸耸肩。她没有什么要说的。

是因为我说了什么吗？因此她受到了刺激？

最后，我站起身来说："那……我想我没有更多的问题了。希望你可以渡过这个难关，希耶，也祝你一切都好。"

她摇摇头，眼中饱含泪水，目光呆滞地凝视着我。我等了一会儿，但她还是没有开口。于是我让她和奥古恩·布拉特单独呆在一起，独自走进了厨房。

克拉拉和拉尔斯坐在桌子的两边，面前摆着一杯冷掉的咖啡。看起来，他们都没有动过这杯咖啡。拉尔斯凝视着半空，克拉拉看见我走进来，紧张地站了起来。

"你们知道希耶和扬·埃吉尔是男女朋友吗？"

拉尔斯的嘴唇扭曲了。克拉拉回答道："是的。哦不。当然，我们经常看到他们俩在一起。"

"她说他上周日整晚都在你们家里。在她卧室里。"

拉尔斯的脸色阴沉着。克拉拉说："是的，我们听说了。但我们根本不知道发生了什么！要不然我们肯定直接去把他们分开了。"

"希望你们现在不要因为这件事情去质问她。她已经压力很大了。"

她点点头。两人都没有说话。

"你们对扬·埃吉尔的印象是什么样的？"

"我一直不喜欢他！"拉尔斯咆哮着说，"打从一开始他就不对劲了。"

"他们小时候就玩在一起了，"克拉拉说，"但最近他们一直在别的地方碰面。我想，我们大概有一年多没跟他联系过了。"

拉尔斯赞同地点点头。

奥古恩·布拉特从起居室走了进来。她看着我说："你可以走了，但我要再多留一会儿。我想再跟希耶聊聊。"

厨房桌边的两个人点点头。

"那我走了。"我说。没有人挽留我。也没有人陪我走出农场。

在打开车门坐进去之前，我环视了一圈。安格达伦坐落在群山环抱之中，像一片宁静和平的凡间天堂，跟上周在这里发生的戏剧性事件截然不同。

我凝视着特洛达伦，再次思索起在这片土地上发生过的事情，从过去到现在。从某种意义上来说，这两件事如同一体两面，给两对情侣带来悲惨的命运：一八三九年的马兹·安德森和玛丽亚·汉斯·多蒂尔，以及一九八四年的扬·埃吉尔·斯卡内斯和希耶·特维腾。空中依然有鸟乘风滑翔，远远看去，阳光仿佛刺穿了它们的胸膛。也许在为他人顶罪而遭受了漫长的监禁之后，只有死亡才是唯一的解脱。死亡，太阳系的中心，世间万物都围绕着它，永恒地运转着。

39

回到弗尔德后，我试着联系延斯·朗厄兰。联系不上。他跟扬·埃吉尔在一起，并且明确表示外人勿扰。任何人都不行。

于是我又对斯坦道尔发起了最后一次进攻。我跟他说我有事情告诉他，可能对破案有帮助。因此他坚持要让一名克里波的代表也出场。

还是新闻发布会上那个体格健美的警探。"托尔·弗吕登贝格。"他的脸上带着一丝好奇，有力地握了握我的手，并自我介绍道。然后他站在一堵墙前，抱起胳膊，等着听我说。

我把我调查到的一切信息都跟他们说了一遍，包括一九七三年走私案和本周这起案件之间可能的关联。我还跟他们说了泰耶·哈默斯坦、斯韦恩·斯卡内斯的联系人，以及克劳斯·里贝克有可能在农场里隐匿的那一大笔钱。

他们耐心地听着。等我说完，斯坦道尔开口说道："你昨天就跟我们提到了泰耶·哈默斯坦。我能跟你保证，我们已经走程序找他来问询了。但我们同时也看了一九七三年的结案报告。"

"报告怎么说？"

"谋杀案的当天，他人在卑尔根。"

"跟谁在一起？同伙吗？"

"当时的警探认为他的不在场证明是成立的。所以无论如何都没有办法翻案了。"

"那这次呢？他上周日有没有不在场证明？"

"我们还没有查到这里。但是我说过，我们正在找他来问询。我们不会漏过任何线索的。你还有什么要说的吗？"

"让我说回克劳斯·里贝克的事情。你们有没有查到一九七三年以来，里贝克有没有进行过什么大额的消费？"

"我一两天前也跟你说过，韦于姆。克劳斯·里贝克不在我们的记录里。"

"奇怪。但是你也同意这笔钱也可能是杀人动机吧？"

"如果这笔钱真实存在，是的。但目前为止，我们还没有找到相关证据。而且房子里也没有入室抢劫的痕迹。"

"对于这一代人来说，睡觉时开着门应该很普遍吧？"

"不再那么常见了。过去几年里，这种不愉快的事情发生了好几次，就是你说的入室抢劫。就连本案的嫌犯也说，他们家的房门在睡觉时总是上锁的。"

"嫌犯？"

"是的，他马上就是——确切地说现在就是嫌犯了。"

我看了弗吕登贝格一眼："那你呢？是你做的决定吗？你对这个结果满意吗？"

"我们在克里波不会说满不满意，韦于姆。我们搜集事实和证据，然后交给警察和律师来决定是否起诉。但我可以保证，在出现其他可靠的证据之前，这个案子里的所有事实都指向同一个结果。"

"韦于姆，"斯坦道尔柔和地说，"我们非常尊重你对这个案子付出的努力。我们也知道你出身社会服务署，扬·埃吉尔曾经是你的一名案主，但……"他拿起一个一直放在桌子上的灰绿色大文件盒。"我跟我的同事讨论过，但通常来说我们不会被允许这么做，给你看这些……"

他打开文件，抽出一叠彩色大相片，然后从中挑选出四张，并排摊在桌子上，示意我凑近一点看。"这些是犯罪现场的照片，韦于姆。我得提前警告你，口味有点重。"

我慢慢把自己的椅子挪过去，然后低头看去。

我从没见过他们活着的样子，但我立刻认出了他们是谁。在一张巨大的全景照片里我们能看见他们俩：克劳斯·里贝克躺在床上的一摊血泊里，嘴巴和眼睛都毫无生气地张开着。还有卡丽，他的妻子，背对着摄像师，身体奇怪地扭曲着，脸冲着侧面，上半身向后弯曲，后脑勺上有一个清晰的弹孔，她的睡裙上则有一大块深色的血迹。

第二张照片是克劳斯胸部以上的特写。子弹穿过了羽绒被，他那双玻璃般的眼睛瞪视着天花板，眼神中空无一物，只有死亡的阴影。

另外两张照片是卡丽。她身材健美，一头深金色的头发里夹杂着缕缕灰丝。跟克劳斯相反，她脸上的表情带着无尽的恐惧和绝望，用这张脸可以做出一张最具有代表性和观赏性的死亡面具。而她不自然的姿势也有很大的信息量。她被打中了后背，撞上了墙壁，然后滑坐在地板上，但中途被床柱挡住了。之后，她就一直保持着这个动作，身体向后弯折，睡裙的裙摆堆在了腰上，从床沿上可以看见她那双雪白的大腿。

这些照片拍的根本不是卧室，而是一间屠宰场。一阵混合着愤怒与恐惧的强烈情绪席卷了我的全身，愤怒的是竟有人犯下如此残暴的罪行，恐惧的是犯罪的人依然未知，但一定是这几天里跟我交谈过的某个人。

"我们已经搞清楚事情发生的顺序了，"弗吕登贝格用一种足球比赛评论员的语气说，"第一枪打中了克劳斯·里贝克的胸部。他当场死亡。他的妻子惊醒了，慌乱之中想要从窗户逃跑。因此她是在背部中了两枪，都是致命伤，但她没有立刻死亡。凶手又朝克劳斯·里贝克的胸部开了一枪，不过此前他已经死了。之后凶手发现卡丽还活着，就又给了她脑袋一枪，我们称之为'致命一击'。"

"我的上帝哪！"我叫了出来。

"你当然喊上帝，但……他这时候可能正看向别的地方。"弗吕登贝格一本正经地说。

我看向斯坦道尔："你们为什么给我看这些？"

"这样你就可以理解这个案子有多严重了。这样你就可以确信我们会尽一切可能来破这个案子。而且我们相信，我们正在解开这个谜团。我百分之百相信，我们没有抓错人，韦于姆。"

"百分百相信？一点点怀疑都没有？"

"完全没有。"

我看着托尔·弗吕登贝格。他的脸上毫无表情，好像在说，相信或怀疑对他而言毫无意义。只有事实。

当天下午晚些时候，当我在听审会上坐在汉斯·哈维克旁边听取报告时，我几乎要允许自己被他们说服了。

警方律师一层一层地介绍和分析案情，主要的证据还是法医和尸检报告。最有力的证据无疑是扬留在凶器上的指纹，他衣服和皮肤上残留的火药，犯罪现场的鞋印，以及他靴底的血迹。

"两天了就查出这些？"延斯·朗厄兰讥讽地评论道，但几乎没有人理睬他。

他们也提到了希耶的供词，虽然现在她撤回了，但这依然可以解释扬·埃吉尔的犯罪动机。此外，还有一份关于扬·埃吉尔的性格分析，可以说是简短而肤浅；分析主要来自学校医务室和社会服务署，其中不可避免地也提到了他六岁时悲惨的童年经历。

关于案情的结论毫不含糊。检察机关提请法庭批准他们起诉扬·埃吉尔·斯卡内斯犯下谋杀其养父母卡丽和克劳斯·里贝克的罪行，并且在两天后对上门拜访里贝克农场的警官开枪、试图对公务人员造成严重人身伤害。他们要求延长对扬的关押期限，直到调查结束，并且前四周要对他进行单独关押。

延斯·朗厄兰有力地反击了这些指控。他表示武器上的指纹、犯罪现场的鞋印和靴底的血迹，都有可能是他周一那天放学回家发现犯罪现场时留下的。在惊吓之中，他害怕肇事者回到这里，于是他抓起了来复枪，上了膛，躲进起居室里。到了周二，当警官出现在门口，他以为是凶手之一回来了；又或者是在慌乱之中，他害怕自己会被当作凶手，于是举止失措。

朗厄兰接受了关于扬·埃吉尔"惊慌之中"朝警察开枪的指控。但他同时辩称，他的这一举动是有原因的，在当时的状况下扬·埃吉尔已经饱受惊吓。

他没有评价希耶在这一场悲剧中扮演的角色，但他指出，检方的控诉中有太多有待厘清之处，法院应该"毫不犹豫地"驳回起诉扬·埃吉尔·斯卡内斯的要求，并将他释放，直到调查结束。同时，他也强调了这个年轻男孩的年龄：刚刚超过有刑事责任能力的岁数。

在短暂的控辩交流中，警方问朗厄兰，当他说"肇事者"时，指的是什么人。朗厄兰回答说，他根据目前的调查状况分析，很可能是一两个"未知的持枪人"，他还要求警方之后也将注意力放在这个方向的调查上。随后，他提请法官注意一个事实：有一名"已知来自卑尔根的暴力犯罪分子"在谋杀发生当天就在这一带活动。而这一提请被警方律师拒绝了，斯坦道尔警探表示：目前为止没有找到证据证明这位相关人士在谋杀发生时就在这一带附近，同时警方也注意到了这项提议，并将带相关人士来警察局总部进行问询，在听审会结束后就会付诸行动。

除此之外没有其他什么可说的了，听审会暂时中止了。在会议上，我看了扬·埃吉尔好几次。他心事重重地坐在一张桌边，眼睛盯着地面，只有几次抬起了眼睛。他坐在那里的样子仿佛发现自己突然出现在一个完全陌生的地方，而周围的这一切，发生在邮局三楼这个寒冷房间里的事情，都跟他毫无关系。我情不自禁地又会想起一九七四年二月的那天，我和西西莉接去奥森的那个小男孩。他还是同样的那个小男孩，只是长大了十岁，重了三十公斤——如果我们愿意相信检方的控诉——也变得更加危险了。

在短暂的休庭之后，再次开庭了。法官的裁决毫不令人意外。他批准了控告扬·埃吉尔·斯卡内斯谋杀养父母、试图伤害警官的申请，同样也批准了检方提请在庭审前羁押扬·埃吉尔、并在前四周单独关押的申请。

一切都结束了，在扬·埃吉尔和延斯·朗厄兰一起走出去的时候，我和他对视了一眼。他的表情让我震惊而心痛；他的表情充满了仇恨和鄙视，如同一根冰锥般刺穿了我的心脏。仿佛是我伤害了他。仿佛我是唯一一个伤害了他的人。

40

汉斯·哈维克和我一同走回酒店。我们都没有开口说话。我们同样沮丧。

"现在我得去喝点东西，"走进大堂时，他说，"我房间里有瓶酒。你要一起吗？"

"为什么不呢？让我先查查有没有……"

前台没有留给我的口信。我开始考虑是否应该打给她，但汉斯有点等急了，不断把重心从一只脚换到另一只脚，这让我不好意思让他再等下去了。

他的房间跟我的一模一样。行李架上放着一只打开的箱子。房间里唯一一把椅子上挂着一件脏衬衫。

他拿起衬衫，丢进行李箱，拿出一瓶喝了四分之一的图拉多威士忌。然后他走进洗手间，拿出两只高脚玻璃杯。

"你坐椅子上。"他边说边把高脚杯放在桌上，倒了满满两杯酒。我没有表示反对。

他拿起一只酒杯，举起来跟我碰了一下，开始喝了起来。然后他拿着酒杯，倒在了床边上。木头床架在他庞大的身躯下发出了一阵呻吟。

"有时候你就是会这样，沮丧到家了，瓦格！"

我点点头："我懂这种感觉。"

"一切都太糟了，你会忍不住问自己：我们这他妈的是在干什么？我们对任何人有任何用吗？"

"这么多年了，你总该看到过一些成效吧？"

"是啊，我们有点……作用。"尽管他体型还是那么庞大，但不知怎么的，躺在床上看起来像是缩小了一圈。他有一双很长的腿，但他缩起肩膀的样子，像是一只雌鸟正在保护一窝刚出壳的雏鸟，这让他宽阔的上半身看起来窄小了很多。"像这样一个个案。扬·埃吉尔·斯卡内斯……小强尼，我们几乎是从他刚一出生就接手了。"

"你们也是？"

"是的，别忘了我是跟着延斯·朗厄兰的。顺带说一句，他的学习成绩非常出色，我认识的其他人根本不能比。"他露齿一笑。"他一毕业，就在奥斯陆一家鼎鼎有名的律师事务所找到了工作，给初级律师当助手。那是一九六六年秋天——应该没错——他接了第一个案子。一个毒品案，一对年轻的情侣在弗莱斯兰机场被捕，他们随身携带了一大包毒品。实际上，所有毒品都在男人身上，巴克努力让那个女孩脱罪，因为她根本不知道这段旅行有什么隐情。但这个女孩……也就是梅特·奥尔森。我其实对她挺熟悉的。"

"嗯？"

"他们称她为哥本哈根公主。"

"是的，这我听说过，但……"

他挥舞着胳膊，像是要驱散我尚未出口的疑问。"你知道那些年是怎么样的，瓦格。地狱一样的几年，我们中很多人都染上了大麻，还有其他致幻药物。我自己的历史也不那么清白。你呢？"

我不好意思地笑了。"也不清白，我想我抽过几管，但……"

"怎么？"

"这么说吧，我的问题是我没抽过烟，所以光是吸进去对我来说就够难的了……"

"好吧……之后，我开始在社会服务署工作，又遇到了她。我们第一次找她做评估的时候，扬大概只有六七个月大。当时她快死了，于是扬被送去一个婴儿之家住了一阵子。不过我们给了她机会，一两年后，她又把这个机会给浪费了。"

"那是一九七〇年，"我说，"我和艾尔莎·德拉格松去罗瑟根接他。"

"看看，你跟我一样，完全被卷入他的人生了。你跟我和其他人一样。"

"其他人？"

"或者也没有其他人，如果你明白我在说什么。"

"我不太明白。"

"这么说吧，听着……"他突然饶有兴致地研究起了自己的杯子。杯子差不多空了。他俯下身子，把它倒满了。接着他又给我满上了。这次，我还是没有拒绝。这是一瓶不错的威士忌，色泽金黄，入喉顺滑。

"这个男孩的妈妈嗑药把脑子都嗑坏了，甚至忘记带他去做出生登记。从一开始他的命运就走上了歧路。根本就应该把他从她身边带走。这样的话你我今天也就不会坐在这里了，瓦格。我很确信一点。幼儿在出生后前几年受到的创伤会是致命的。你和我都知道这一点，在我们这行干过的所有人都知道。"

"没错。但也有例外。还有人是完全相反的，比如有些含着银汤勺出生的人最后也活得非常潦倒。"

"是啊，是啊，当然了。后来他又出现了——过了多少年？六年之后？"

"在艾尔莎和我把他从罗瑟根小区接出来三年半以后。"

"没错，但他那时候六岁半。他找的养父母运气也不太好。"

"运气不好，也许吧。你从大学时就认识韦贝卡·斯卡内斯了，不是吗？她运气一直不好吗？"

"也不是，也许是她丈夫运气不好。他落下的把柄太多了，而且他也从来没有在家里给过扬童年应有的稳定和宁静。"

"嗯。我记得你说过，你们曾经算是朋友，不是吗？"

"有那么一阵子。但这段友情突然就结束了，就在他和韦贝卡在一起之后。"

"为什么会这样？"

"这个么，"他耸耸肩，"有时候事情就是这样的。"

"你知道我昨晚查出了什么吗？根据可靠消息，斯韦恩·斯卡内斯在当年的酒精走私网络里扮演着一个核心角色。那天在酒吧里我们聊到过这个走私网络。"

"没错，但那天我们说的是克劳斯·里贝克。"

"是的。但里贝克只负责在这里分销。就在本地。斯卡内斯则是整个组织的幕后黑手。"

"斯韦恩？"

"没错。他负责跟德国的货源联系，跟运送禁酒的货轮谈好生意，然后禁酒就被运上了小船、汽艇、渔船之类的，流入峡湾地区，西挪威地区到处都有买家。但还不止这些……"

他伸手去拿酒杯："还不止这些？"

我给他简单地总结了一下整个事件，包括安斯加·特维腾的被杀，特维腾与安格达伦双重谋杀案之间的关系，这两天我跟梅特·奥尔森、特露德·特维腾和泰耶·哈默斯坦等人之间的交谈。

他向我俯过身。"我认识哈默斯坦。一个该死的混蛋。"

"我也是这么觉得的。"

"他有个儿子，一直在奥森之家进进出出的。现在大概十四岁了。"

"一个儿子？谁生的？"

"我不知道我能不能……好吧，不管了，去他妈的。今天我们都打开天窗说亮话吧。那孩子的妈妈是个站街妓女。爸爸是泰耶·哈默斯坦。那个男孩从一个领养家庭被转到另一个，哈默斯坦也一直阴魂不散。最近一次是周一早上，我刚从安格达伦回到家，发现他就在我家门口，等着杀我个措手不及。"

我坐在这里，看着他："你刚才说什么？你说这周一早上，哈默斯坦在卑尔根，在你家门口？"

"怎——怎么了？"他迷惑不解地看着我说。

"那这样……哦，该死，汉斯，你给了他一个不在场证明。去他妈的。"

"不在场证明。你的意思该不会是……你们之前在怀疑哈默斯坦？"

"这很奇怪吗？"

"他是那种会杀人的人，没错。但这跟克劳斯和卡丽·里贝克有什么关系？"

"反正他也是酒精走私那伙人的一员。根据我的线报，他还在一九七三年给斯韦恩·斯卡内斯打过威胁电话。"

"威胁？代表谁威胁？"

"这个……"我在空中挥舞着双手。"德国的幕后大佬？我怎么知道？但……你必须跟警察报告，汉斯。"

他看着我，眼神里满是沮丧："看来，这是钉死在扬·埃吉尔棺材上的另一根钉子吧？"

"恐怕是这样。该死！有时候你恨不得……"

"是的，是会这样，不是吗。你知道我现在有多恨自己吗，瓦格！我真是太内疚了，太内疚了……"

"天哪，汉斯！谁能猜到事情会发展到现在这样？"

"是啊，但我们之前应该考虑得更周全一些。"

他又从杯子里灌了一大口酒，猛烈地摇着头，像是要让酒精快点扩散进脑部细胞。"这些都够让人失望了。我们拼死拼活地帮助这些小孩。最后我们得到了什么？双重谋杀！"

"没事，没事。放轻松，别这么悲观……"

我们不再说话，又斟满了酒杯。我也开始感到一丝醉意。灯光开始变得朦胧，房间好像也变得又长又窄。

汉斯出了房间，去尿尿。他走回来的时候，我看见他也有点踉跄。他沉重地坐在床上，重压之下的床板差点断成两截。

"我要跟你说点你不知道的，瓦格……"他坐在床边，双手捧着酒杯，突然做出一个戏剧性的手势，然后又握住了杯子。"关于我一生的故事，由独一无二的汉斯·哈维克·佩德森为您呈现。"他用英语说。

"佩德森？"

"是的，你知道吗？哈维克是我妈妈的姓。我从十六岁开始用她的姓。我可没什么要感谢我爸的。一点都没有！"

"你不必这样……"

"我要说！你听着。我爸，卡尔·奥斯卡·佩德森，是一个无可救药的酒鬼。我只记得这么多。他在我四岁的时候就死了。我印象最深的就是每次他喝个烂醉回家以后都会打我妈，然后我妈就会压低了声音哭泣和尖叫。我那时候太小了，都不记得他有没有打过我。后来我就跟一个行尸走肉一样的妈妈生活在一起。她吃药的剂量越来越大，动不动就要上医院，到后来基本上都没办法照顾我了。而且我们还很穷。一贫如洗。那是战后头几年，挪威还没有现在的国家福利制度，你想想得有多穷吧。"

"你父亲是怎么死的？"

"酗酒。死的时候四十九岁，比我妈妈大很多。我想这也是他们之间的问题之一。有很少的几次，我跟妈妈会谈起这件事，她坚信我爸很嫉妒她。她自己死于一九五四年，只有三十八岁。她注射了太多精神镇定剂了。那年我十五岁，发誓长大以后一定不要跟他们一样。我永远也不要受穷，不要喝醉……"他看了看手中杯子的底部。"也不要对身边的人那么残忍。"

"这么说，我好像从来没有……你有家庭吗？"

"家庭！"他悲伤地笑了，"没有。我设法避免组建家庭。而且当年跟韦贝卡也……好吧，就这样。"

他挥挥手，算是翻篇了。"她选了延斯——后来又选了别人。她从来不朝我瞧上一眼，瓦格。相信我。在她眼里，我就像一件家具。"

"好了，好了……但你可以为自己感到骄傲。你的出身很悲惨，但你还是熬出头了。你甚至选择把自己的生命奉献给帮助……处于类似困境的儿童。这就足以证明，每个人都有希望。扬·埃吉尔也有。"

"小强尼的希望？"他烦躁地看着远方。

"母亲去世后，是谁帮助了你？"

"事情很复杂。但我毕竟还是有家人的，我妈妈那边的家人。她去世后，我被允许跟一位舅舅和舅妈生活，一直到中学毕业。我上了大学，搬进了自己的公寓。我有助学贷款，每天晚上还去打工，再加上一些其他的经济来源，也就差不多能自力更生了。"

"我说的就是这个意思……你熬出头了。"

"嗯，熬出头。我不知道。我觉得现在有点扭曲，实话跟你说。"他抓起酒瓶，又给自己倒了一杯。他还准备给我也倒点，但这次我成功阻止了："不用了，谢谢。"也许他应该把瓶塞给塞回去。他的眼神都开始发直了。"我跟你说，瓦格。等我回到卑尔根……我就要提交报告。"他绝望地抡着胳膊。"提交辞职报告。"

"什么？你不是说真的。这只是醉话。"

"醉话？我他妈没醉！"

"当然没醉，所以你滑到床底下了。"

"我说真的！这个案子……我们做过的一切，是如此失败……这让我下定了决心。我不干了。我退出。我要给自己找点其他事情做做……"

"做什么？"

"不知道，我会给自己找点事做的……"他冲我靠过来，像是要告诉我什么机密大事。"你知道吗，瓦格……这些政府规章、法律法规……如果能都抛在脑后，那他妈的该有多好。实话实说。有一说一，还有……"

他被自己的话逗笑了，但这是一种低沉而苦闷的笑声。

"你累了，心情也不好，汉斯。我保证，等你回家了就不会再这么想了。你得积极一点。想想这些年你帮过的人，那些每年圣诞节给你寄贺卡的人……"

"哈！你说到点子上了。要不要我告诉你，这些年我帮助过的人里面，有多少人会给我寄圣诞卡片，啊？"他伸出右手，用拇指和食指比了一个零。"这么多，瓦格。就这么多。"

"我收到的比你也多不到哪里去，如果这能安慰你的话。"

"多谢了。真他妈的够安慰。"

他坐在那里摇晃着脑袋，活像一只巨大的泰迪熊，一个可爱的特大号玩具，曾经陪伴一个孩子度过童年，但孩子长大后就再也不需要他了，把他遗弃在了福利院里。

他喝得烂醉了，我注意到他已经开始不停眨眼睛了。

我慢慢站起身。"我想我得走了。"我大着舌头说。

他的眼神飘向我。"好。谢谢你陪我，瓦格。我想我要去打个盹。"

"去吧，汉斯。明天见——或者在命运的下一个路口见。"

他挥挥一只手，口齿不清地说："拜。"

"再见。"我还能清晰地发出每一个音节。

他站起来，不是为了送我，而是跌跌撞撞地走进了厕所。在我关上门之前，听见那里传来一阵呕吐的声音。心情并没有因此变好。

我下楼去了前台，那里有一条给我的留言：回来之后给我电话。格蕾特。

41

　　我不止是给她打了个电话。聊了两句之后，我决定上门去找她。我叫了辆出租车，走进寒冷的夜色之中。我仰起头望着天空，在我头顶几千万米的高处，笼罩着那黑暗而庄严的穹顶，上面点缀着几颗苍白的星辰，正闪闪烁烁。这在孙菲尤尔地区可不常见，就跟前几天我看见的大太阳一样不常见。

　　当我来到霍恩斯，沿着陡峭的斜坡往格蕾特的房子走去时，不得不承认自己的平衡能力不是很好。她从窗子看见了我，早早就等在门廊上。我还没来得及开口，她就严厉地瞪着我问道："说实话，是不是喝酒了？"

　　我东张西望着，想找些好笑的话题来打打岔。但我脑海里一片空白，空白而黑暗。汉斯·哈维克走了，也关掉了那盏发出光芒的灯。

　　那天晚上我的表现并没有什么值得称道之处。我记得我引用了埃米尔·扎托佩克[1]的名言："如果你想赢得胜利，那你就去跑一百米。如果你想体验人生，那就来跑马拉松。"

　　她回答道："如果你想跑马拉松，那你得先改善一下身材，瓦格。"她放弃了。

次日早上我醒来时头痛欲裂。我跟她告了别，她表现得很友好，但我能感觉到我们之间的距离突然拉远了。又或者她也深受那种混合着负罪感和绝望的复杂感情的困扰。正是这种感情深深折磨着汉斯和我。

她开车把我送回了酒店。她停好车，问道："你准备回家了吗?"

"是的，这里没什么可做的了。至少没我什么事了。而且现在也没人给我付酒店钱了。"

有那么一两秒钟，我的脑海里浮现出一种可笑的想法：也许你可以邀请我住你家……但要么是她没有想到，要么是她并不喜欢这个主意。总之她只是探过身吻了吻我的脸颊，说："也许我们以后还能再见，瓦格……"

"我也希望如此，格蕾特。"

但事情并没有这样发展。

在酒店前台，我问了问延斯·朗厄兰的去向，被告知他已经回奥斯陆了。我试着给他的办公室打电话，只有答录机的声音，让我在周一到周五的工作时段再打去。我又打了查号电话，问到他家里的电话，家里也没人接。

我收拾好自己那点行李，在前台退了房，上车离开了。在山腰高处的弯道，我停下了车，坐在路边向远处眺望。从那里，我可以看见安格达伦山谷的最深处。我看见清晨的迷雾之中，弗尔德安详地躺在高山之间。我看见霍恩斯的居民区，小小的机场跑道后面的造船厂，还有新建

---

1 埃米尔·扎托佩克 (Emil Zátopek, 1922—2000)：出生于捷克斯洛伐克，20 世纪最伟大的长跑运动员。

的工业建筑和商业大楼。我看见古老的白色教堂，并暗自叹息：一切都在改变。没有什么保持着原先的样貌。我们做这一切又有什么意义？这种想法刺痛了我："不，没有意义。现在你听起来像那个该死的汉斯·哈维克了。振作起来，伙计！还有事情等着你去做……"

我发动了引擎，接着往卑尔根驶去。除了在拉维克和卡纳维克的码头上了两次厕所，一路都没再停下。

一路上，两个画面轮流占据了我的脑海：其一是一天半之前，格蕾特·梅林根索求无度地跟我纠缠在一起；其二是扬·埃吉尔被带出法庭时，像一头受伤的动物一样盯着我。

4 2

车开过狭窄的弗尔德，卑尔根如同乡村地带一般豁然开阔。峡湾蜿蜒着穿越城市，向远处延伸。四周环绕的山脉上笼罩着绵绵细雨，交织成一层泛着银光的面纱。我直接回了家，洗了一个长长的热水澡，来到港口码头吃了一顿丰盛的午餐，又走回了家，躺下好好睡了一觉，醒来时已经是第二天，也就是星期天了。

下午时分，我信步走进办公室，打开电话答录机。留言的人都少不了一番长吁短叹，恨不得我时时刻刻都坐在办公桌前，只为了等着第一时间接起他们的电话。有个挪威语说得很差的女人，发来一段又长又臭的语音，说是她的伴侣跑了，想要我帮她把他找回来。还有个玛丽安·斯图尔特维特想跟我聊聊。我拨打了她的私人号码，不巧她正在家庭聚餐。我们约好第二天下班后在她的办公室见。我又给延斯·朗厄兰打了个电话。这次他在家。

"韦于姆……我之前打到酒店找你，他们说你不在。"

"不，我当时……也许是坐在汉斯·哈维克的房间里喝酒吧。"

他无声地笑了。"真的吗？你有这么难过吗？"

"难道你不是？"

"不，不。我只希望他们延长关押期限。真正的战场在法庭上。在此之前，我希望你能找出所有关于这个泰耶·哈默斯坦的信息和动向。"

"问题就在这里，恐怕我要先跟你说一个坏消息。"

"怎么了？"

我跟他说，汉斯·哈维克告诉我，周一早上他跟哈默斯坦在卑尔根起了冲突。

"在他家？卑尔根？"

"是的。"

"真该死。"

"我也是这么想的。"

我几乎能听见他思考的声音。"无论如何，韦于姆，我还是希望你继续调查下去。把精力集中在哈默斯坦身上。这是目前我们最好的一张牌。"

"你还是会负责我的花销吧？"

"当然，韦于姆。反正最后案子都要移交给警方，你就慢慢来吧。"

挂上电话，我坐在窗边向外眺望。我们都听说过初级律师可以很快发家致富，没想到如此盆满钵满。如果继续这样下去，我的债主们可就不用发愁了。

第二天下着雨。雨势不大，时有时无，我只需要把夹克的领子竖起来。看来，冬天真的要到了。天光开始昏暗，白昼变得短暂，还要过好久好久才能盼到另一个夏天。不过这都不重要。我有自己的事情要忙。

首先，我给维加德·瓦德海姆打了个电话，他是我在卑尔根警察局关系最好的警探。我跟他说我可以给他提供一些关于过去几桩案子的信息，跟现在安格达伦双重谋杀案的调查也有关联。我请他在档案里找出关于其中两桩案子的文件：一九六六年秋天梅特·奥尔森和另一个叫大卫的男人被诉案，以及一九七四年的韦贝卡·斯卡内斯被诉案。

"我有什么好处？"

"我说了，我这里有一些信息。我想你会感兴趣。"

"是吗？"

"如果你可以把有关泰耶·哈默斯坦的资料也都找出来的话。"

"哈默斯坦？一直很难找到他的把柄啊。"

"我知道。如果你有什么七十年代松恩-菲尤拉讷地区酒精走私大案的档案，我就可以给你点好处。"

"不太确定能找到什么有用的。"

"那我可以告诉你。"

我跟他约好，午饭后我会去警察局找他。在此之前，我跟西西莉·斯特兰德在一家咖啡馆一起喝了杯咖啡。从角落的那张桌子可以俯瞰市中心的广场，我想象着我们是这座城市的男女祖先，对于这里发生的一切全知全能。我们对于自己做下的错事一无所知。

西西莉坐在那里，认真地听我告诉她在弗尔德发生的一切。我尽可能只谈论跟案件调查相关的事情。我只轻描淡写地提了几句特洛达伦的疯子，尽管他给我留下了极其深刻的印象。此外，我把格蕾特·梅林根称为"我们社会服务署在那里的同事"。当我告诉她我面对面地见到了扬时，她的眼中闪烁着泪光。我又一次想起了我们之间曾经有多么的亲密，一九七四年的那个春夏之交，她跟我和扬几乎像一家人般生活在一起，而汉斯·哈维克则是那个友善的舅舅。

"不过……他们真的认为是他干的?"

"公诉人显然是这么认为的。而且不得不承认，证据对他很不利。"

"但他为什么要这么做? 这太残忍了。"

我耸耸肩。"那个女孩，希耶，之前声称自己遭受过他养父的性侵。大概这个动机就够了。"

她怀疑地看了我一眼。

"顺便说一句……我在那里也了解了一些关于斯韦恩·斯卡内斯的新情况。"

"斯韦恩·斯卡内斯?"

"是的，你听我说。"

我又跟她说了一遍斯卡内斯、走私案、安斯加·特维腾被杀案和哈默斯坦之间的关系，以及他在双重谋杀案发生的第二天出现在孙菲尤尔的事情。

"第二天?"

"是的，而且他还有汉斯·哈维克给他提供在卑尔根的不在场证明。"

我把一切都原原本本地告诉了她，最后她看起来困惑不已，其实我比她也好不到哪里去。在追查过程中，一切都那么奇怪。线索指向了四面八方，而且没有任何两条是重合的。案情还是一团迷雾，连我这样受过训练的侦探都看不分明。但我相信，真相肯定有迹可循。

"你这边有什么新情况？"最后，我问道。

她耸耸肩，把剩下的咖啡一饮而尽。"没有。我想一切都还是老样子。恐怕你听了之后，该怀疑我们在忙些什么了。我们到底有没有作用。"

"那天汉斯在弗尔德也是这么说的。我要把对他说的话再说给你听：是的，有用。你可能会失败一两次，但你成功的次数一定要多得多。不是吗？"

"嗯……但你辞职不干了。"

"我不是辞职不干，西西莉。我是被委婉劝退的。而且现在，我正在用自己的方式继续做同样的事情。"

"就是当一个私家侦探？"她语气里带点讥讽。

"是的。"

我们沿着宽阔的大理石台阶走回大马路上。在我们小时候，乘坐自动扶梯上到坡顶，对于卑尔根的小市民来说就是最接近于游乐园的项目了。那时候就竖在路边的一排棱镜现在还是老样子，我们从镜中看见自己的倒影，看起来了无生气，像是一对感情破裂，只能选择分开的夫妻。

在人行道上告别时，我飞快地拥抱了她一下。然后在湖边散了会儿步，又在图书馆消磨了一会儿时间，等着去见维加德·瓦德海姆。在本地出版物区域，我找到了一九七四年报纸的微缩胶卷，重温了一遍韦贝卡·斯卡内斯案。然而并没有找到什么新的灵感。

快到一点钟，我赶往警察局去见瓦德海姆。我到他办公室之后，他敲了敲隔壁的一扇门，把头伸进去说了什么，一位叫做西西莉·林格莫的女同事加入了我们。

"西西莉是当时负责审问韦贝卡·斯卡内斯的警官，我想她跟我们一起更好。"他解释道，我点点头。

我跟西西莉·林格莫打了个招呼，我之前见过她，但还没有正式认识过。她大约五十出头，身材高大，但绝没有超重。一头发灰的棕色头发看起来没有染过，握手时坚定有力，让人感受到她发自内心的热忱。

"过去几年了，不是吗？"她说，"斯卡内斯夫人肯定已经出狱一段时间了。"

我点点头。"据说她住在斯基，就在奥斯陆旁边。"

"要我说，她绝对是人畜无害。"

"所以你认为当时她应该被无罪释放？"

"不，不。就算是过失杀人，也是杀人。但是跟很多女人一样，她当时的生活显然很不愉快。"

我们都坐了下来，她接着说："在家庭之中，她们长期遭受着暴力，无论是直接的还是间接的。一旦她们决定自卫，事情往往就演变为——谋杀。"

"但这些因素也在审判中被考虑到了，不是吗？"

"一定程度上，是的。但一个接一个的证人都站出来为丈夫辩护。控方律师显然发挥得很出色。"

"听起来，你是站在辩方的立场。"

她冷冷地说："如果你亲眼目睹了一切，肯定也时不时会这样想。我们调查员才是这些案件的受害者。我们比律师更接近真相。比起案件的其他受害者，我倒认为被告才是真正的受害者。"

"没错，我也记得案子里的几个证人。那段时间我也上庭旁听过几次。"

瓦德海姆清清嗓子，加入了谈话。"你在电话里说搞到了一点新消息，韦于姆。"

"是的，听我说。"我粗略地跟他们讲了一遍斯韦恩·斯卡内斯和走私团伙的事情。他们全神贯注地听着。最后，瓦德海姆说："但你说的一切都是这个戴尔的说辞，他之前还是斯卡内斯的雇员。没有切实的证据，没有笔录。"

"他有任何理由要撒谎吗？"

"也许没有吧。但你又怎么确定呢。一个前雇员，在工作场合跟老板起了冲突，找到一个机会回击……"

"是啊，但斯卡内斯都死了十年了。你怎么回击一个一九七四年就进了坟墓的人呢？"

"是啊，你说的没错，当然。"

我重新转向西西莉·林格莫："当年你在审问韦贝卡·斯卡内斯的时候……你对这段婚姻的印象是什么样的？"

"我之前说过了。而辩方律师的主要申诉点是，韦贝卡·斯卡内斯是一个长期遭受虐待的家庭主妇，不小心把丈夫推下了楼梯，又不巧导致了死亡。从她口中，你能感受到这是一段非常不幸的婚姻。她是那么焦躁。她在婚姻中一点都不幸福，丈夫根本不理解她。最重要的是，她还暗示说，他已经出轨无数次了，到最后甚至连象征性的掩饰都懒得做了。"

"很经典的案例。对了，我见过她。那个秘书。贝尔热或者博尔热夫人，或者是小姐？"

"哦，这都成历史了。她被判刑了，上诉也失败了。现在她出狱了。所以这些新的信息又有什么用呢？"

我耸耸肩。"在我的词典里，正义这个词很重要。"我说。

"是啊，但这有什么意义呢？丈夫死了，你自己也这么说。妻子坐了牢。那个儿子……"

"没错。那个儿子，或者确切地说，养子。他还活着，目前被拘押了，被控在安格达伦犯下了双重谋杀。"

她看了瓦德海姆一眼。"是的，你之前提到过。"然后她又冲着我说："就是那个男孩吗？"

"只是这几个案子里的巧合之一罢了。"我为他们梳理了一遍整个故事，包括克劳斯·里贝克、斯韦恩·斯卡内斯和走私团伙的事情。"还有一件事，"我说，"我在跟扬·埃吉尔谈话时，谈到了一九七四年发生的事情。他说了一件当时没有说的事情，警方和法庭上都没有记录。"

他们一下子竖起了耳朵。

"他声称，当他坐在客厅里玩玩具的时候，听见门铃响了。有人跟他父亲争吵了起来。"

"是啊，是他妈妈。"瓦德海姆说。

"但她不需要按门铃，她有钥匙。"

"是啊，是啊，但她知道丈夫在家。"

"不，这说明不了问题。至少还有一个疑点。那天有人造访了斯韦恩·斯卡内斯的家。比方说，那也许是泰耶·哈默斯坦。"

"哈默斯坦！所以你这么想知道我们这里有没有关于他的记录。"

"总之，这个哈拉尔德·戴尔说，一九七三年初松恩–菲尤拉讷郡的私酒生意倒闭之后，斯卡内斯欠下了一大笔债，这个哈默斯坦因此上门威胁了他好几次。"

"但当时为什么没有人提到这些？"

"当然是因为戴尔太怕死了。而且，如果你们相信传言是真的，安斯加·特维腾的死就足以证明哈默斯坦能做出什么事了。但你今天早些时候在电话里也说了，瓦德海姆，要抓到他的把柄太难了。"

"现在也是一样。现在你也仅仅是怀疑而已。在我们这里，需要切实的证据。"

"我明白。那你们这里能查到他的什么老底吗？"

瓦德海姆叹了口气，递给我厚厚一本材料。"瞧瞧。这是我们的朋友泰耶·哈默斯坦的记录。又厚又重，令人不爽。其中大部分是些鸡毛蒜皮的小事，像是经常动手威胁人。用他们经常形容美国鱼雷的话来说：重量级选手。"

我张开手掌："你说对了。"

"但从没犯过大案。只是些小事。他短短地坐过几次牢。"

"是的，我还记得一九七〇年有一次。"

他点点头，思绪飘向远方了。"最长的一次是两年。"他翻阅着档案里的纸页。"从一九七六年到七八年。我能看到有很多关于比格斯塔谋杀案的材料，但他在卑尔根有一个相当有力的不在场证明，所以又是毫发无伤。"

"不在场证明来自一起喝酒的人，对吧？"

"是的，但同时也有几个……附近的居民。他们买啤酒的小店店主。跟他鬼混的妓女。"

"如果你找到合适的人，跟他们施压，这很容易搞到。或者如果你愿意撒钱，也可以。但你们也没有费神去验证这些不在场证明，看得出来。"

"确实，当时没这么做。现在想做也晚了。"

我点点头。"那我让你查的另一个案子呢？那个要更早一些。"

"没错。"他拿出另一本相比之下薄了很多的文件，打开了它。"一九六六年十一月，诉大卫·佩特森和梅特·奥尔森案。他被判八年，她无罪释放。宣判后，他就上吊自杀了。"

"是啊，我知道……但……他们在海关是被随机抽查的，还是他们本来就有嫌疑？"

他又开始翻阅。

"她认为他们是被告发的。"我补充道。

他从文件夹里拿出一些文档，一直翻看到最后一张。然后他点点头。"是的，没错。这里记载了，有人打来的匿名电话。八月三十日，十三点零五分。当天下午他们就被捕了。"

"电话？从哪里打来的？哥本哈根吗？"

"不，从卑尔根。"

"从卑尔根！有人想起来要去查一下这个电话吗？"

他又点点头。"这在法庭上肯定会对辩方有利。但他们只查到是火车站里的一部公用电话。"

"但卑尔根的什么人会他妈的想要告发他们？那些毒品不是要被带到这里的吗？"

"这里，或者是更远的地方。我们永远不会知道了。但回忆一下，韦于姆。那是一九六六年，新型毒品才刚刚面世。还在盛行的是药物浪漫主义，大麻天堂、性与毒品和摇滚之类的。没有人预见到了后果，预见到这会给下一代人带来怎样的悲剧和痛苦。"

"你是想说明什么？"

"这个么，我是说……当时的毒品交易利润非常可观，这可是一块被很多人虎视眈眈的肉骨头。"

"你的意思是……可能是同行竞争者？"

"某个人。任何人。我怎么知道？"他双手一摊。"无论如何，有人打来电话，警察又打给海关。他们在海关被拦下来，之后的故事我们都知道了。"

"所以这其中的共同点是什么，瓦德海姆？"

"我也不知道。"

"你还看不出来吗？是走私。"

"走私？"

"是的！梅特·奥尔森和这个大卫·佩特森，在弗莱斯兰机场被捕；

安斯加·特维腾，在比格斯塔被谋杀；斯韦恩·斯卡内斯，在卑尔根摔落下楼梯；然后是里贝克夫妇，大约一周前在安格达伦被杀。"

"你是要直接得出结论了吗，韦于姆？你也可以把这几个案子归为完全不同的类型。前两个案子的共同点确实是走私。但第一个是走私毒品，第二个是私酒，当时这可是两个完全不相干的市场。只是斯韦恩·斯卡内斯……他死于婚姻危机，动机可能是家庭暴力，也可能是出轨。"他看了看西西莉·林格莫，后者正在赞同地点着头。"这个安格达伦双重谋杀案看起来是源于性侵，换句话说，是家庭纠纷。你看，这样看来它们几乎毫不相关了。要我说，我们现在没什么可以做的了。"

"但还有哈默斯坦，他跟这几个案子都有牵连。"

"有这种可能吗？我们现在手头只有关于一九七三年特维腾谋杀案的传闻。"

"他还跟梅特·奥尔森住在一起！"

"在她染上毒品之后。一九六六年她还跟大卫·佩特森在一起。"

我向前倾身过去。"至少再帮我个忙吧，瓦德海姆。他一回城……就把他抓来……问问。跟他聊聊。"

他怀疑地看着我。"跟哈默斯坦聊聊？就凭这个证据？很难，韦于姆。很难。"

"那我就只好自己出手了。"

"你愿意冒这么大风险？"

"如果其他人都不敢，那……"

4 3

玛丽安·斯托维特还在一九七四年那间办公室里接待了我。过去这些年里，河对岸建起了布吕根博物馆和全新的雷迪森SAS皇家酒店。但除此之外，还是相同的那片风景。她也没有怎么变。她还是让我想起二十世纪五十年代早期的好莱坞明星，一头亮丽的头发，光芒四射又有些老派：夸张点说，就像是丽塔·海华斯[1]。只不过她的着装远远没有那么性感，脸上的皱纹也肯定过不了哥伦比亚电影公司这关。

我向她介绍了一九七四年她治疗扬·埃吉尔之后发生的一切，她聚精会神地听着。有几次，她甚至把手里的什么东西掉在了摊在膝盖上的笔记本上。

等我说完，她赞同地点点头，好像是我通过了什么考试。"不得不说，很经典的案例。"她说。

"什么意思？"

"制造出一名精神变态者的艺术。"

"你是说——扬·埃吉尔？"

她肯定地低下了头。"我想我们上次谈论过这个。他当时就已经展

310

现出生命早期受到情感创伤的一些征兆。在专业上我们称之为反应性依恋障碍。但愿父母们都能明白出生后的前几年对于孩子们来说有多重要，瓦格！"

"在这个个案中，父母双方甚至都缺席了。好吧，至少一方是。而他出生时，妈妈还在吸毒。"

"更典型了。照料者的频繁更换造成了之后这一系列问题，特别是主要照料者，也就是妈妈，状况不够稳定，长时间吸毒。在这种环境中成长起来的幼儿，个性就建立在这种拒绝型的关系上。他们在家里以及在成长过程中最经常接受的情感模式塑造了他们的性格——通常会带来悲剧的结果。"

"明白了。如果你要在这个案件中担任品格名誉见证人[2]……"

她打断了我："毫无疑问，我不能担任见证人。在过去的十年里，我都没有追踪他的成长轨迹。我只是给你一些普适的建议，瓦格。但是总的来说，在这种背景中成长起来的孩子，青少年时期犯罪的概率不低。而且受害的经常是亲子关系中的养父母，因为他们有意或无意地让孩子感到了失望。"

"但这种犯罪应该很少像这个案子这么戏剧化吧？"

"是的。更常见的是流氓罪，还有偷车之类的盗窃行为。也可能是其他反社会行为。比方说撞坏养父的车。有时候车上的养父、养子，甚至是路上搭车的人会因此丧命。如果人们能意识到……"

1 丽塔·海华斯（Rita Hayworth, 1918—1987），美籍西班牙裔舞者，好莱坞女演员。
2 在法庭中对涉讼的一方人格名誉作证的见证人。

"听起来你不太适合待在辩方证人席上。很遗憾，控方可能更适合你。"

"我们还是得看调查结果是什么样的，然后才能得出最终的结论……"

"当然，对扬·埃吉尔来说，最大的问题在于凶器上没有除了他之外其他人的新鲜指纹。他会不会没有意识到触碰凶器的后果？"

"你的意思是，如果他不是凶手？会不会是在凶手作案后，他不小心闯入凶案现场，没多思考就捡起了武器？然后又出于恐惧或是担心被冤枉，在躲避警察时随身携带？"

"差不多这个意思吧。"

"根据我对这种人格的观察，他不是没有可能在一时冲动之下采取过激的行动。"

"好的。那么，至少还有一丝希望尚存，如果这称得上是希望的话。"

我们在一片略显尴尬的沉默中对坐了一会儿。我发现她在打量我。"你看起来有心事。是有什么困扰吗？"她说。

"没什么特别的，只是我也有个十三岁的儿子。在他出生的头两年，我对他也没怎么尽心尽力。我不知道你是不是还记得，我们……在他两岁的时候分开了。"

她温柔地笑了。"你跟他相处有问题吗？"

"我没觉得有什么问题，没有吧。"

"那你担心什么呢？天哪，现在我们身边有那么多人离婚……还有那么多破裂婚姻中的孩子！如果他们都因此行为失调，那这个社会大概要迎来一大拨精神变态者了。我说的只是少部分非常悲哀的灵魂而已，瓦格。而且其实这件事，有一部分也是基因决定的。"

她把一只手放在我的手上，拍了拍以示安慰。"你大可以放心。你的孩子肯定没事的。"

"但我不只是担心他。我也没法忘记扬·埃吉尔。我在他生命中三个不同的阶段遇到了他。第一次他是一个无助的小婴儿，第二次他是一个可怜却充满攻击性的六岁小男孩，而现在，他是一个精神崩溃的青少年。一九七四年，西西莉、汉斯和我照顾着他，就像……就像一对夫妻和一个舅舅，我们都觉得……他本可以成为我们的孩子，玛丽安！我们共同领养的孩子。"

"但别忘了我说过，反应性依恋障碍源于出生后的前几年。一名你一无所知的养子，很可能是一枚定时炸弹。有很多跨国领养的案例，我们可以从那些来自贫民区甚至是战争地区的孩子身上看到这一点。当时你就了解这个孩子的出身背景，知道情况不大妙。如果生母在怀孕期间吸毒，就意味着他出生时就可能有缺陷，请允许我这么说。出生后，他小小的身体离开了母亲温暖的子宫。身边没有父亲，而母亲也经常缺席——因为他暂住在婴儿中心。就算母亲在身边，也基本没法好好照顾他。"

她俯过身，一双锐利的眼睛紧盯着我。"无论是西西莉、汉斯还是你，都没有办法改变扬·埃吉尔，瓦格！"

"你真是个无可救药的失败主义者，玛丽安。"

她悲伤地看着我："恐怕不是。只是数据统计。还有经验。"

"汉斯也是这么觉得的。他告诉我……不是我多嘴，他想放弃了。他再也无法面对这些失败，我们接的这些无休无止的个案，付出的努力却好像都白费了。"

"但也有很多成功的治疗啊。"

"我也是这么说的。但他还是选择放弃。他想彻底休息一下。"

"那么……"她举起双手。"我们每个人都有想休息的时候。顺便问一句，你的生意怎么样？"

"作为私家侦探？"

"是的。"

"我就快干满十年了。至今还没有破产，虽然好几次已经很接近了。"

她又笑了，同情地点点头。然后她站起来。"如果你还需要我帮忙，你知道哪里可以找到我。"

我们友好地拥抱了一下，我离开了。在下楼梯时，我忍不住思考真实的她到底是什么样的。但这很可能会像许许多多无解的谜一样，永远找不到答案了。

44

我们最终一无所获。

在过去的一两个星期里，我花着国家的钱当我的侦探。我给一九七三年为哈默斯坦提供不在场证明的杂货铺老板打了个电话。他已经退休在家吃起了养老金，无论是哈默斯坦还是他曾为哈默斯坦提供的证言，总之十一年前的事情他都假装记不得了。我又试着去找提供不在场证明的妓女，但她在事发几年后就消失得无影无踪，也没有人在乎她去了哪。

"大概又是一起无声无息的死亡事件。"瓦德海姆评价道。

"天哪，瓦德海姆！她是我们调查哈默斯坦时重要的认证。"

"我很怀疑他们跟一九七六年的案件有关，韦于姆……"

寻找他当年的酒友也没什么用处。有些人死了，其他人在酒色无度地度过漫长而无用的大半生之后，脑子也坏得差不多了。唯一能跟我聊上两句的，是一个正在戒酒的酒鬼佩德·詹森，当我提到泰耶·哈默斯坦的名字之后，他吓得屁滚尿流，谈话过程中一直不可抑制地发着抖，典型的戒断症状。毫无意外，想要推翻他当年提供的不在场证明也不可能了。

延斯·朗厄兰打来电话，弗尔德和卑尔根两处警局传讯哈默斯坦也没有什么有用的信息。汉斯·哈维克证实，在安格达伦谋杀案的次日早晨在卑尔根遇见了哈默斯坦，为他提供了一个不在场证明。虽然这个证明不是百分百无懈可击，但根据渡轮公司的夜间航线，他不太可能连夜从弗尔德赶到卑尔根。

"除非你还藏着张王牌，韦于姆。"

"恐怕目前没有。"

"嗯，我怕的就是这个……"

一周半之后，哈默斯坦回到了城里。我试着找他聊了聊，结果乌青着一只眼睛离开了，花了两个礼拜才完全消退。我离开时，他警告我说，如果我再多管他的闲事，他会彻底修理我一番，而我永远没法用两条腿走路了。我考虑了一下安斯加·特维腾的下场，决定认真对待他的这份承诺。最后我只好认栽，给朗厄兰打了个电话，跟他说我的调查走进了死胡同。似乎再也没有线索可以追查下去了。他在电话那头似乎没什么反应。

"扬·埃吉尔怎样了？"我问道。

"不怎么好。我们没法让他开口说话。就算是我去单独找他也不行。"接着我们就结束了对话，也结束了这段雇佣关系。我给他寄去账单，跟其他客户完全不同，他的款项很快就打进了我的账户。这年冬天和一九八五年春天，我一直追踪着这个案件。先是在古拉厅的西挪威法庭，然后到了五月底，双方都要求上诉到高院。在古拉厅审理此案时，我尽可能参加了每一次开庭。其中有一次，证人席里有一位武器专家，他拿着击杀了克劳斯和卡丽·里贝克的那把枪。那是一把一九三八制式毛瑟枪，七点六二口径，枪膛里可以上五颗子弹。对子弹和弹道的鉴定证实了这就是安格达伦双重谋杀案中的凶器。所有的子弹都打了出去。最恐怖的一幕是，一个面无表情的警察拿着这把来复枪，向人们演示如何打开保险栓，拉出枪膛，一枚枚填上子弹。"每次射击之后都要上膛吗？"警察点点头。"我们认为克劳斯·里贝克先被击中，胸部中枪，他的妻子惊醒后试图逃走。她的背部中了两枪，然后枪手转向里贝克，再次朝他的胸部开了一枪。最后从卡丽·里贝克的身后朝她的头部来了致命一击。"凶手这一系列残忍的行径被用这种方式赤裸裸地复述出来，法庭上弥漫着一股死一般的寂静。当他描述最恐怖的细节时，只有旁听席的远处传来几声微弱而紧张的咳嗽声。最后，当警察用幻灯片展示几张之前我在弗尔德看到的现场照片时，气氛更加可怕了。那些触目惊心的照片显然让旁听席上的人们大为震惊，随后在休庭时，从走廊到旁听席依然沉浸在一片阴郁之中。

　　我跟一名来自当地报纸跑法庭的记者聊了聊。他相信扬·埃吉尔·斯卡内斯差不多完了。我不知道该如何有力地反驳他。于是有生以来第一次，我选择了沉默。重新开庭后，朗厄兰立刻继续发动猛烈的攻击。他想知道某几个人是否有可能卷入了这桩案子。那名警官又来到辩护席，把那把来复枪举在胸前，说："这是这起凶案中唯一的凶器，除了死者之外，上面唯一的指纹来自被告。""克劳斯·里贝克的？""是的，但是凶杀之前几天的指纹了。"

但朗厄兰没有放弃。他紧紧盯着证人席上的警官问道："万一凶手戴着手套呢？出于什么样的原因，你们没有考虑到这一点？"警官也紧盯着他，像是在警告朗厄兰，不用他告诉自己怎么办案。"来复枪上没有手套的纤维。""如果是塑料手套呢？"警官对着他傲慢地笑了，耸耸肩说："当然，这不是没可能。但也不太可能。""为什么？""因为在我们看来，本案的凶手毫无疑问已经找到了。"包括我在内，所有人的目光齐刷刷地投向扬·埃吉尔。他还是坐在那里，目光一直僵直地投向远处。"毫无疑问？换句话说，是不是你们这个部门带有成见？"朗厄兰接着说。"更准确地说，法医报告已经排除了其他可能性。"警察说道，我注意到法官在面前的本子上记了些什么。但朗厄兰还是不罢休。从那十位陪审员的表情中可以很明显地看出，他这是在做无谓的垂死挣扎。法官们依然态度专业地认真聆听他的陈词，但也并没有表现出一丝一毫被打动的迹象。他对于扬·埃吉尔的悲惨人生进行了一番详尽的描述，从他出生后的头几年，到一九七四年在养父母家发生的悲剧以及随之而来的分离，但这一切似乎只能起到反作用。玛丽安·斯托维特的一位同事提供的证词也是一样。在这份证词中，我能认出好些几个月前在她办公室里听见的理论和术语。朗厄兰决定传唤希耶作为目击证人，但同样，这位证人也帮了控方律师不少忙。当控方提到针对克劳斯·里贝克性侵的指控时，希耶不得不承认这是她情急之下编造出来的，只是想帮帮她男朋友。"明白了。当时你承认自己是凶手，是否也是出于同样的目的？""是的，是这样，但是……"希耶大哭了起来，"我这么说只为想帮他。""是否可以这样理解，你同样也认为是他做的。"控方律师面对着陪审团，用陈述一种事实的语气说道。很明显，他们在这场战斗中大获全胜。虽说希耶的证词打动了陪审团，而关于性侵犯的控诉也让他们深感同情，但他们同时也意识到，这也很有可能是他犯下如此暴行的动机。于是，这更坐实了他的罪名。朗厄兰又试图指出其他的一些可能性，也因为警方调查没有发现足够的证据而纷纷被无情地粉碎了。他口中趁夜闯入里贝克农场的歹徒没有留下任何破门而入的痕迹，周围的邻居或路人也都没有提供相关的证据。随后朗厄兰又提到了克劳斯·里贝克在二十世纪七十年代早期卷入当地私酒买卖的事实，指出谋杀很可能跟至今未破的安斯加·特维腾谋杀案有关。但控方律师只是简单地否决了这一说法，他们说现在在处理的是一九八四年十月份这一桩独立的案件，跟已经过去十多年的罪案并无关系。朗厄兰的总结陈词精彩绝伦，堪称演说中的大师之作，但本质上只是含混不清地复述了此前的几点论据。陪审团退场之后，庭上只剩下了势均力敌的三方：巧舌如簧的朗厄兰，干巴巴陈述事实的控方律师，以及冷静地回顾着此前双方主要论点的法官。扬·埃吉尔再次被带入法庭，他的目光第一次投向了旁听席。我们的目光再次相遇了，我也再次感受到那股令人难以理解的仇恨，仿佛他把自己沦为此番境地的所有原因都算在了我的头上。

第二天，陪审团准备好了裁决。扬·埃吉尔·斯卡内斯的全部罪名都成立，法官退庭准备他的审判结果。那天，我跟朗厄兰在走廊里聊了两句。我感谢了他付出的努力，问他估计扬·埃吉尔会被判多少年。"现在很难说，韦于姆。五年到十五年都有可能，而且我恐怕刑期可能偏长。""十五年！""是的，恐怕是。"这位向来野心勃勃的大律师满脸消沉地别过脸去，仿佛这个结果对于他个人而言也是一个沉重的打击，沉重到难以承受。陪审团宣读裁决的时候，扬·埃吉尔选择不出席。在法官宣判的时候，他坐在座位上，眼皮都没有抬一下。朗厄兰几次弯下腰，低声跟他说了些什么。也许是在解释那些复杂的法律术语是什么意思。他被判包括拘留时间在内总共十二年半的监禁。从他一片空白的脸上可以看出，他一个字都没听懂。在法官小组退庭时，庭上全体人员起立，这位重刑犯依然僵坐着，直到他的律师搂着他的肩膀才勉强站立起来。在古拉厅的审判期间，这个案子被各家媒体详细地报道了好几轮，其中包括了安格达伦农场的新照片，克劳斯和卡丽受害现场的手绘复原，以及脸部空白的凶手画像。直到高院最终裁定，并下达了与前院一致的判决，嫌疑人的名字才被媒体公开。随之而来的是报纸上关于本案的大量讨论。很多评论员认为量刑过轻了，正是当今法律体系的过分宽松，纵容了这些犯下重罪的违法者。

延斯·朗厄兰也就此写了一封信，他强调了被告人的年轻，同时再次提到，包括他在内的很多人认为，去年十月倒数第二个星期天，那个致命的夜晚，安格达伦农场到底发生了什么事情依然扑朔迷离。在那封信的结尾，他写道：我们真的可以肯定凶手或行凶团伙现在没有逍遥法外吗？这句话让我又感到了一阵不安，一阵在此后很多年里从来没有真正消失过的不安。十年后九月的一天，西西莉给我的办公室打来一个电话，约我见面。这阵沉睡已久的不安，终于燃起了熊熊的火焰。

45

在过去的这些年里，我时不时就会想起扬·埃吉尔。我一直相信，我们远远没有查明事情的真相。还有好几次，我几乎就要拿起电话打给延斯·朗厄兰了，因为我认为他应该还是扬的律师。但我始终没有打给他。"这有什么意义呢？"我问自己。

但现在她出现了，西西莉。她就坐在费耶维恩缆车站旁边的长椅上，阳光洒在她身上。她透过那副圆眼镜看着我，告诉我，我在他的死亡名单上。

我坐下来，看着她。"我们能把事情再捋一遍吗？"

她点点头。"当然。"

"扬·埃吉尔出狱了？"

"保释了。他被关了十年，今年五月被放出来了。"

"他们把他关了这么久才放出来。是出了什么问题吗？"

"他不是个模范囚犯。好几次他放探亲假都回去迟了，作为惩罚，假释期也被推迟了。"

"那他现在在做什么？"

"这个，我想这是另一个问题。善后辅导中心给他安排了一份工作，但他很快就不去了。是一份汽修厂的活。后来他又断断续续打了点零工，但恐怕他跟很多其他出狱的犯人一样……在监狱中建立的关系往往会延续到出狱以后，我担心的是他已经跟奥斯陆一些半组织化的犯罪团伙扯上了关系。"

"明白，说下去。"我不耐烦地催促。

"他住在一家收容所。类似于一家私人的福利机构，非常理想化。实际上这家收容所的创始人还是我们的一位老朋友，汉斯·哈维克。"

"汉斯！原来他在做这个。他跟我一样，也没办法彻底改行。"

"是啊，但你听我说。这周一，收容所里发现一具男人的尸体。是在周末被杀的。"

"好的，但这跟扬·埃吉尔又有什么关系？"

"有一个收容犯发现了尸体，报告给汉斯，汉斯立刻报了警。按照流程，警察检查了收容所的每一个房间，调查有没有人听到或是看到什么线索。扬·埃吉尔不在房间里。但他们在他房间里找到一些东西……"她犹豫了一下，才接着往下说，"一根染血的棒球棍。"

"这很难不让人想起以前那些不愉快的传闻。"她沉痛地点点头。"还有，他们还查出死者跟扬·埃吉尔是认识的。换句话说……所有的证据都显示，他有重大嫌疑。他们正在进行内部问讯，但要不了几天就会上报纸。"

"好吧……好的。我得再调查调查。但你刚才说什么来着——死亡名单？"

"是的，死亡名单。说是死亡名单也许有点太戏剧性，但那个跟他生了个孩子的女人就是这么告诉我的。"

"生了个孩子！他有……"

"之前一次探亲的产物。孩子的妈妈……他们住在医院里。"

"熟悉的情节。"

"就跟他小时候一样，没错。"

"这个该死的诅咒真的太难打破了！这个女人……她的话可信吗？"

"她是希耶。"

"希耶！该不会是那个希耶吧……"

"就是她。"

"哇哦，不得不说，那她真的很专一。她都说了些什么？"

"她说，扬·埃吉尔说过好几次，他至少要杀死两个人。这两个人正是让他沦落到今天这个地步的罪魁祸首。"

"让他沦落到今天这个地步！但看在老天的份上，我从没……"

"当他从妈妈身边被带走的时候，你不就在现场吗？就是他第一次离开妈妈的时候？"

"没错，但并不是我……"

"我认为你在他心中代表着他痛恨的社会服务系统。在他的整个童年，我们都密切关注他的一举一动，后来又再次控制了他的人生。无论如何，汉斯认为我们应该警告你。"

"你说——有两个人。"

"是的。另一个人几天前死了。被一根棒球棍反复击打，直到……"

她在阳光下打了个冷战。

"几乎面目全非。"

"但按照我的理解，应该查出他的身分了吧？"

"是的。"

"是谁？"

有那么一瞬间，她的目光凝望着我们脚下的峡湾。然后她又看向我，脸上露出一个坚定的表情："你认识他的，瓦格。"

我立刻警觉起来："是吗？快点，到底是谁？该不会是……"

"泰耶·哈默斯坦。"

4 6

第二天是周五，我们乘坐早班机来到奥斯陆。乘务人员带着微笑为我们送上早餐时，哈当厄高原正好如同一块灰色、蓝色和棕色的拼贴布般，在我们的下方徐徐展开。

西西莉正坐着喝咖啡，突然开口说道："一九八四年，在弗尔德……"

"嗯？"

"你有没有在那里碰到我的一个同事——格蕾特·梅林根？"

"嗯。在那里时一直跟她在一起。但我后来再也没见到过她。就那么一次。"

"就一次？"

"是的，当时……"

"她说了你不少好话。"

"你跟她见过面？"

"几年前在一个论坛上。"

"好吧……你知道这是怎么回事。有些人会重逢，还有一些人就从你生命中消失了。突然之间已经过去了十年，一切都晚了。在这么久以后再遇见，总是有点尴尬。"

"别这么说。"她用余光看了我一眼。"瓦格，你现在是不是还……一个人？"

"你是不是想问……"

"你不必回答。我只是好奇。"

"好吧，但其实我还是单身。我没有去弗尔德找她，她也没来卑尔根。就像在梦里遇见的公主。"

"我不是这个意思……"

"没关系。我很理解。但我在那里时，格蕾特她跟我说过一个很有趣的故事。是关于传说中的特洛达伦的疯子。人们认为他犯下了谋杀罪，但其实凶手另有其人——至少按她的话来说，是这样的。"

"但……"

"是啊，同样的，太晚了。他在一八三九年就被判刑，之后坐了四十二年牢。"

"四十二年！"

"之所以量刑这么重，是因为他一直赌咒发誓要报复他的父母，因为正是他们，特别是他的母亲作证，他才被定罪。因此他一直被关在阿克什胡斯，直到多年之后他的父母都去世了。我一直在想，这跟扬·埃吉尔的经历在冥冥之中有些相似。"

她惊讶地看着我："哪里相似？不会是因为他也是无罪的吧？"

"也没有人知道特洛达伦的疯子是不是无罪的。当然，他们有可能确实都有罪。还有复仇的事情。唯一的区别在于，现在的谋杀犯不会被关四十二年。只要表现良好，他们很快就能出来。比人们预想的要快得多。"

"不过……你还是没有回答我的问题。你真的认为他无罪吗？他，小强尼，为了自己没有犯过的罪而坐了牢？"

"还有他的母亲。"

"母亲？你指的是韦贝卡·斯卡内斯还是……"

"是的，韦贝卡。他的养母。也许她认下了谋杀丈夫的罪名，也许那不是误杀，而她认为是扬干的呢？"

"所以你的意思是，她是为了他坐牢？"

"是的。如果说真凶也另有其人呢？"

"为什么说也？"

"没错。"我露出一个大胆的神情。"我从来都不认为扬·埃吉尔是一九八四年那起双重谋杀案的真凶。我总是觉得当时我们忽视了一些什么。"

"但警方掌握的法医报告非常充分，也对他非常不利，不是吗？"

"是啊，没错，西西莉。他们的证据确实很充分。"

我们即将到达福尼布机场，乘务人员开始收拾餐具，并要求我们确认安全带已经系紧。

"那你呢，西西莉？你生命中的白马王子有没有出现？"

她露出一个微笑："其实也不算白马王子……是的，我找到伴儿了。我们已经在一起生活四年了。"

"也许我也应该搬到奥斯陆，大概也能找到个伴儿。"

她咯咯笑了："也许吧。"

"所以我不能指望去你家沙发上过夜了？"

"恐怕这不太合适。"

"好吧。那我去讨好下托马斯吧。"

"你儿子？"

"是的，他还在上大学。让我试试看能不能睡他的沙发。"

她微笑着说："那一切都没问题了吧？"

"也许并不是。"

"你说得对，也许并不是。"

飞机缓缓滑向奥斯陆。在我们右手边，卡尔·约翰大街如同一条肮脏的带有绿色勾边的灰色地毯，沿着王宫的台阶徐徐展开，一直延伸到中央火车站。更远处，弗朗纳公园里的绿树已经染上了点点秋色。飞机轻轻颠簸了一下，降落在福尼布机场，很快这座机场就会关闭所有民用航线。我们排成一列鱼贯而出，很快就坐上了开往奥斯陆市中心的大巴。

她皱着眉看着我："那你准备怎么办，瓦格？"

"我要想办法在扬·埃吉尔找到我之前先找到他。"

"你知道这可能很危险吧？"

"是啊，但我又能怎么办呢？坐在卑尔根，等着他找上门，手里可能还拎着一根棒球棍？"

"我得去上班，但……你打算从哪里开始？"

"我打算先去托马斯和玛丽家里放下行李。然后，我要再查查这桩谋杀案。我是不是应该联系汉斯？"

"至少他能带你在收容所转转。但我不知道你能不能进案发的那间房。"

"很有可能。"

"等一……"她从手提袋里拿出钱包，递给我一张小小的名片。"这是汉斯的名片。上面有他的手机号什么的。"

"太好了！多谢。你的手机号是多少？"

"写在这背面吧。"她从包里拿出一支圆珠笔，匆忙地写下电话号码。

我接过名片，辨认了一下那串号码，然后点点头，把它塞进贴身的口袋里。我们在国家剧院下了车，又在人行道上站了一会儿。她看起来神情凝重。

"保重，瓦格！"

"我以前遇到过比现在更危险的状况，"我说，"包括在奥斯陆。"

她点点头，飞快地抱了我一下，往市政厅的方向走去。我先给托马斯的家里打了个电话，看有没有人在家，然后叫了一辆出租车前往弗里德恩伦德加塔。我从奥斯陆搬走时，他和玛丽就搬到了这一带。

我按了按门铃，托马斯立刻接了起来。门禁系统弹开了。我走进这幢巨大的大楼。他已经在走廊里等着了。他没打招呼，一上来就说："下次来之前最好提前打个招呼。我现在本来应该参加一场讲座的。"

我微笑着道歉。"是啊，对不起，但也是事发突然。这次没有客户给我买单，所以……"

他点点头："你能睡在沙发上吗？当然啦，进来吧！"

他们在比斯莱特时住的是一居室，现在搬进了这间三居室还带厨房厕所的公寓。

托马斯带我简单参观了一下，从卧室里给我拿了一把钥匙，说等我收拾好了，可以把沙发打开变成一张床。我点点头，表示感谢，他迅速出门，在这个惬意的秋日骑着自行车去学校了。

他一出门，我立刻给汉斯·哈维克打了个电话。

"瓦格！你还是决定出现了……是不是西西莉联系了你？"

"是的。又是扬·埃吉尔出事了。"

"永远的问题儿童，小强尼。"

"我听说你还在这行混？"

"是啊，但现在是自己干了，瓦格。我没有别的野心，能帮一点是一点。在孙菲尤尔的经历，真的很难熬。"

"而且看起来一切都还没结束。"

"你是说……"

"那桩谋杀案。扬·埃吉尔。而且听说就发生在你的收容所里，是吗？"

"是的，太惨了。"

"你介意我过来看看吗？"

"来收容所？当然可以。没问题。"

"你能进那间出事的房间吗？"

"原则上不行。"

"原则上？"

"是啊，但也没人没收我的钥匙。等你来了再细说。你知道地址吗？"

"知道，西西莉给了我你的名片。"

"好的。那就在那里碰头吧……大概一点钟，你可以吗？"

"应该可以。"

我们说了再见，挂上了电话。我拿上钥匙，离开了公寓。

47

现在是一点零五分。汉斯从街对面看到我，走下了他的黑色奔驰，穿过马路紧紧地握了握我的手，露出一个真诚的欢迎的微笑。"见到你真好，瓦格。你他妈一点没变。"

"嗯。"我说着，用手指挠了挠头发。"你也是。"

"是吗？没变得更壮实点？"

他说得也许没错。汉斯一直身材健硕。现在他似乎又重了些，几乎称得上是肥胖了。他的头发略显稀疏，但他的笑容却是一如既往的灿烂，在弗尔德时他脸上的那一抹苦涩也无影无踪了。一番寒暄之后，他的脸上只剩了真诚的关切之情。

"真是说来话长，瓦格！那孩子肯定是霉运当头。"

"你跟他有联系吗？我是说他坐牢时。"

"不，没有。完全没联系。但我一直在救世主墙上贴着告示，五月份的时候他按照告示找来这里，问我能不能给他一个房间住。我想，他看到接待人是我时，肯定比我更意外。"说着，他走向自己的收容所。那是一座黄色的建筑，看起来最近翻新过。"我在一楼有个小办公室，负责处理这里的所有事情。门房、图书管理员、精神导师——跟以前一样。"

我看着大门："但你是这里的业主。"

"是啊。"

"你肯定搞到了一点钱。"

突然，他看起来几乎是不好意思了。"那是……继承的遗产。"

"你继承了这幢房子？"

"不，不是的……天哪，瓦格！安格达伦那座见鬼的农场……后来发现卡丽和克劳斯的遗嘱上指定了我是继承人。"

"你？"

"是的，虽然我从来都没兴趣成为一个该死的农民！我敢肯定这是为了耍耍他的妹妹和妹夫。你还记得吗，阿姆利德农场的那对。他们是彻彻底底的基督徒，而克劳斯简直跟他们正好相反。按理说克拉拉应该是排在最前面的继承人，而且农场也必须继续经营下去……所以我就把农场卖给他们了。我用拿到的钱买下了这栋楼，过了一阵子又买下隔壁的几栋。在大城市里，这么做最为保险。"他咧开嘴笑了，但很快又恢复了严肃的神情。

"但说实话……之前的职业生涯让我伤透了心，所以我决定……尽己所能帮帮别人。所以我开了这座收容所，让那些正在重新融入社会的人可以用最低的租金住进这里。戒酒的，戒毒的，诈骗犯，各种人我这里都有。总之，就是一个前社会工作者在寻找存在的意义。"

"你可以在卑尔根做这件事啊。"

"是啊，当然。但我在那里的精神包袱太重了。我得离远一点。越远越好！"

"越远越好，就是来到奥斯陆？"

"对我来说，够远了。我在卑尔根有太多不开心的回忆了。"

"我也是。"

"那我们真是不一样的人，你和我，瓦格。"

我耸耸肩，挤出一个微笑。"我想我们肯定是……"

在进入那座建筑之前，他东张西望了好一会儿。他脸上的神情给我留下了深刻的印象，与其说是关心，还不如说是恐惧，仿佛他也在扬·埃吉尔的死亡名单上。

我们走上门口的小路，右转来到门前。他帮我开了门，我走了进去。一股油漆味扑面而来。一架宽阔的楼梯通往二楼。右手边的一扇门上，写着大大的"康托尔"字样，看起来以前是个小商店，现在则充当他的办公室。

他打开办公室的门，引我进去。这是一个小小的房间，一角摆着张书桌，另一角摆着沙发和椅子。墙边的书架上摆满了文件、参考书和红色皮面的挪威法律全集。窗台上放着一盆灰扑扑的绿植，叶片奋力向着阳光生长。书桌上方挂着一份当地汽车经销商送的日历，展示着一九二六年至今的各款奔驰车型。

"你离开这个就没法活了，是吧？"我说着，一屁股坐在沙发上。

"要是没有政府补贴的话，真的不行。我还得靠其他产业的收入来补贴这里。"

"明白。跟我说说扬·埃吉尔吧。到底发生了什么？"

他那张友好的脸上又掠过一丝阴影，看上去像是恐惧。

"发生了什么？就像我在电话里跟你说的……他五月份来到这里，一直住到现在。"

"我听说他本该在一家修车厂工作的。"

"是啊，但工作不大顺利，他没法早起，而且那里的工作要求也不是很高。所以他时不时还打点零工。"

"什么样的零工？"

"嗯，搬家之类的，帮运输公司搬搬东西……我不是很清楚。总之，他房租付得一直很及时。从不拖欠。"

"他跟黑帮组织有联系，是吗？"

"谁跟你说的？"

我耸耸肩："大多数进去过的人都这样啊，不是吗？"

"是啊，恐怕是这样的。这么说来，当代监狱系统算得上是一流的训练机构了，"他苦笑着说，"也许他跟他们确实有牵连吧，但我自己倒是没发现什么迹象。"

"你平时一直守在这里？"

"不，不是。平时我在这里的工作时间是十点到十二点，如果有什么事务性的问题都可以联系到我——供水供电之类的。但原则上来说，租客们应该尽可能自己解决这些问题。我还跟一家保安公司签了协议，他们会定期来这里巡视，帮我们避免治安犯罪问题。"

"那一天中剩下的时间你都没事了？"

"这样就好了！不，剩下的时间我还有别的产业要打理。纯粹是生意，但收益不错。"

"你做这些开心吗？"

"是啊，但我们不是要说扬·埃吉尔的事情的吗？"

"是啊，没错。我们越说越远了。我听说他当爸爸了。"

"看来，西西莉跟你说了不少啊。"

我只是点点头，他接着说："是的，是他跟希耶生的。你肯定还记得她吧，一九八四年的时候。"

"那还用说。"

"嗯，我就知道这么多了。他们生了个小男孩，社会服务署一直留意着。"

"你跟她见过吗？"

"不。她从没来过这里。那个小男孩也没来过。"

"泰耶·哈默斯坦生前也住在这里，对吗？"

"是啊。扬·埃吉尔的出现是个巧合，但泰耶来这里，是因为他听说这里是我开的。"

"泰耶？你这么称呼他？"

他露出一个和善的笑容。"也许你不知道，瓦格，但……泰耶·哈默斯坦信教了。"

"信教了？发生了什么？"

"按他的话来说，他找到了耶稣。"

"上帝啊！谁能想到？之前每次遇见他，他都威胁说要把我揍成猪头！"

"你知道的……总有些个人原因起了很大作用。他的妻子去世了。梅特。你肯定还记得……"

"他们结婚了？梅特·奥尔森和他？扬·埃吉尔的妈妈？"

"是的，但不久后她就死了。她有卵巢癌，扩散得很快，都没法手术了。他们给她用了细胞毒素，但她太虚弱了，救不回来了。在她生病期间，他信了耶稣。他就是这么说的。"

"他们当时生活在奥斯陆？"

"不，在克罗夫塔。扬·埃吉尔被关在乌勒斯莫。我觉得这就像是她命运中的羁绊，无论扬·埃吉尔去哪里，她就跟去哪里。她被允许去监狱里探视。我想她是他唯一的亲人了。他的养母离开他的生命很久了，之后的养父母都被杀了——按照判决，还是他亲自动的手。"

"韦贝卡·斯卡内斯也住在这里——我似乎还记得。她出狱后搬来了这里。"

"很有可能，但……我没听说他们有联系。但扬·埃吉尔和他的生母之间第一次产生了联系。但他和泰耶的关系很差。我认为扬·埃吉尔一直无法接受泰耶和他妈妈结婚，更糟的是，当他终于可以保释出狱，他最亲近的妈妈突然离开了。永远离开了。"

"她是什么时候走的？"

"去年秋天。她就被葬在那里，乌伦萨克。终于结束了她漫长而悲剧的一生。又一个无家可归的灵魂。"他半坐在书桌的边缘说道，然后重重地叹息了一声。

"那他发现哈默斯坦也住在这里时是什么反应？"

他沉思着点点头。"我认为我得单刀直入，所以就直接告诉他了，他如果想住去别的地方也可以。但他没有，之后我就介绍他们见面了，让他们握了手，发誓要做好邻居。当然，我能感觉到他们之间并不友好，但我从没想到事情会变成这样！"

"能跟我说说发生了什么吗？"

"细节不是很清楚。毕竟当时我也不在这里。肯定是周末的什么时候发生的。一个住客发现了他的尸体。"

"嗯？"

"他叫诺瓦尔德·克里斯滕森。他发现周六都没看到泰耶。于是他去敲了他的门，门没有锁。当他打开门……呃，我敢跟你保证，瓦格，现场不忍卒睹。诺瓦尔德给我打了电话，我立刻开车来了，但我立刻意识到得先报警。泰耶·哈默斯坦救不回来了。"

"怎么……"

"他躺在地上。有人把他的脸砸了个稀烂。要不是他的衣服和身体，肯定认不出这是谁。地板上到处都是血，他身边就扔着一本《圣经》，内页朝下放着。"

他看见我疑问的神情，补充道："泰耶一直随身带着《圣经》。每次我碰见他，他都坐着，翻着《圣经》。每次他都要给我读一小段新的经文，就像是他新获得的精神食粮。在之前漫长的罪恶生涯中，他犯下了太多的错，只有这样才能给他安慰。"

"嗯……但他没有跟你倾诉过之前他都犯下过哪些过错吧？"

"没有，但他一直在后悔，他在卑尔根的时候是个很不称职的父亲。

我不知道有没有跟你说起过,我跟他之前打过交道?"

"我怎么会忘记?一九八四年他靠这个才拿到了不在场证明。"

"是啊,但扬·埃吉尔已经为那起双重谋杀坐了牢,而现在手头又犯了一条人命……"

"这次警察也很确定吗?"

他的眉毛拧了起来:"他们在他的房间找到了染血的棒球棍,瓦格。而且这男孩消失了。一开始他们不知道他的背景。他们打了几个电话给弗尔德和卑尔根,就起了怀疑。我给了他们希耶的住址。他也不在那里。但他们已经开始全面搜捕他,希望不用多久就能找到他。"

"希耶的住址,你能也给我一下吗?她是不是还用特维腾这个姓氏?"

"是的。他搬进来的时候,我在登记卡上备注了她的地址。能跟……亲属保持联系总是好的。"他转过身,拉开写字台的一个抽屉,拿出一个小小的灰色卡片盒。他翻找出一张卡片,看了看,起身递给了我。

"在伊达伦。就在教堂旁边。"

"好的,我会找到的。"

"但你要……"

"我只想跟她聊两句。"

"我只想问你……这有什么意义呢?你是在调查什么吗?"

"不,这更像是一种预防措施。"

"预防?"

"是的。你之前不是说有一把房间钥匙吗……谋杀是在哪里发生的?"

他看着我，面色纠结。"没错，我是有一把。但理论上这把钥匙已经被警方封存了。"

"封存得很严实吗？"

"不，只用了透明胶带。但我们不能……我只能让你站在走廊上往里看一眼。"

"但如果能对房间有个概念会更好。"

"但我还是不明白……这其实是警方的职责，瓦格。你我都没什么可做的了。"

"确实没有。但你知道，我们都对这个孩子有感情，他还是小强尼时就认识我们了。"

"是啊，我也是。"

"延斯·朗厄兰现在还是他的代理律师吗？"

"不……我想他现在已经爬得挺高的了，跟我们不是一个阶层的了。我猜你肯定在新闻里看见过他吧，是吗？这位明星律师接了不少重磅案件。霍尔门考伦山谷有别墅，山里也有湖边小屋，你能想到的他都有了。向他致敬。但你如果找他有事，也许可以试着请求他接见一下。"

"也许会吧。"

"祝你好运。"

"那我们现在可以去看看那间房了吗？"

"好的，那……让我拿一下钥匙。"他打开一个抽屉，拿出一把钥匙，指指门口。"但我不知道这样好不好。"

我也觉得不大好。但我还是跟他上了两层楼，来到犯罪现场。

48

上到二楼，我们停在一扇被警用胶带封住的门前。但门锁没有被封住，汉斯拨开塑胶带，插入钥匙，轻轻一扭，门锁应声而开。推开门，我们就置身于那幕悲剧上演的舞台中央了。

小小的前厅和里面那间房间之间的门敞开着，站在门口我们可以看见一间宽敞的带家具的起居室。我一眼就看见地板上用白色胶带勾勒出一个人形轮廓，头部的位置有一大摊深色的血污，周围也散落着星星点点的血滴，一直延伸到我们所站立的位置。

"凶器肯定滴着血，"汉斯说，"反正警探是这么说的。"

"看起来，他们肯定在他的衣服上也找到血迹了。"

"是的，他肯定浑身是血。"

"有人见到他吗？进入或者离开犯罪现场的时候？"

"据我所知，没有。"

"那这个诺瓦尔德·克里斯滕森呢？可以找他聊聊吗？"

"问题是你要先找到他。周一的时候他说去尿尿，就再也没回来。"

"又一个失踪人口。"

"我敢说，诺瓦尔德肯定会回来的。他所有的东西都还在这儿呢。"

我们就这么站着，盯着那摊血污。不需要闭上眼睛，我就可以想象出案发时那根棒球棍是如何劈头盖脸地落下来，泰耶·哈默斯坦中了第一棍之后又是怎么轰然倒地，他毫无生气地躺在地上，棒球棍继续砸在他脸上，把他打得面目全非。凶手一定对他充满了难以言喻的恨意。

"恨——或者怕。"我自言自语。

"你说什么？"

"让人做出这种事的，不是恨，就是怕。"

他点点头："你看够了吗？"

"可以了。"

他小心翼翼地锁上门，尽量不碰到那些胶带。我们沉默着下了楼，他送我出了大门，又仔细地扫视了一下门口的街道，然后对我说："你现在打算去……"

"我得去找一下希耶。你知道的，我们是老朋友了。"

他严肃地看着我，握了握我的手，说道："那么……如果你有什么想找一位老同事聊聊的话，就打我的号码。祝你好运！"

"你也是。"我说着，跟他挥手作别。

也许是受到楼上犯罪现场那种死亡氛围的影响，我陷入了一种阴郁的情绪之中，像是被什么东西拉扯着坠入一座深不见底的黑暗深渊。而且自从离开埃里克斯街的那座建筑，我就有种被什么人跟踪着的感觉。一路上我好几次都扭过头观察来路，但无论是人行道还是车流中，都没什么可疑的东西。但那种若有若无的别扭感觉一直如影随形，我身处其中的这座中等大小、乏善可陈的欧洲首都，突然变成了某种无可名状的恐怖与危险之地……

这条大街就在伊达伦地区的边缘，我要找的这个地址，紧挨着一座简陋的芥末色尖顶教堂。希耶·特维腾住在一间地下室里，走廊尽头右手边那间就是。我站在她门口侧耳倾听。里面有孩子的哭声。

我按响门铃。里面立刻有了动静，孩子的哭声也止住了。打开门，她怀抱着小小的襁褓站在那里。孩子的脸涨得通红，嘴巴也大张着，但哭喊已经变成绝望的抽噎，像是意识到再哭也没有什么意义，没有人能为你带来慰藉，每个人都忙着抚慰自己忧伤的灵魂。

希耶惊讶地睁大了眼睛，伸手想要把门关上，但我及时伸出一只脚挡住了门。

"还记得我吗，希耶？"

"我他妈当然认出你了！我问你，你要干什么？"

"只是找你聊聊。关于扬·埃吉尔。"

"你对扬·埃吉尔和我造的孽已经够多了！我不想听你说。"

"是啊，我想他……一定很恨我。"

她脸沉了下来："那还用说！"

"但还是让我进去吧！我们不能一直站在这里……对孩子不好。"我用头示意了下那个婴儿。他突然安静下来了，像是听得懂我们在说什么。

她含混地咒骂了一些什么，然后不再看我，转身进了屋。我关上房门，跟了进去。

房子不大，一个房间加一个小厨房，一面半遮半掩的帘子下面放着张小床，上面堆了许多玩具。看来这里是孩子白天的活动区域。家具都有些破烂，一张边缘磨破的绛红色镶灰边沙发，一把陈旧的、皱巴巴的皮质埃科内斯椅，一张被杯子、瓶子、啤酒罐子砸出无数圆形痕迹的咖啡桌。桌上现在只有一个蛋壳色带红色图案的咖啡杯，杯口染上了咖啡渍。此外还有一个孩子用的带盖塑料水杯。

"是个男孩？"

她微微点头。

"叫什么？"

"索夫。"

"好名字。"

她的脸扭曲了一下："你不是来这里闲聊的吧？"

"不，当然不是。我能坐在这里吗？"我指了指那把皮椅。

她挥了挥空着的那只胳膊，抱着索夫坐在了沙发上。他开始翻着眼睛，发出一阵咕噜噜的声音。"他有疝气肿。"她解释道，仿佛我还是来自社会服务署或者其他公共机构的人。

"他看起来挺开心的。"我的语气并不是很令人信服。

"是啊，很意外——他确实很开心。"她的眼神中闪耀着挑衅的光芒。

"上次见面，大概是十一年前了吧。"

"信不信由你，我可没忘！"

"当然，我相信你没忘。"

我看着她。她现在应该是个二十七岁的成年女性了。虽然只见过短短几次面，但还是依稀能分辨出那些女孩时期的相貌特征，不过现在她更像她的妈妈了：那略带攻击性、容易受到惊吓的特质，对于这种挣扎在底层的人来说，无疑更添折磨。当年的马尾辫不见了。她的头发剪得短而有型，正好衬出一张瘦窄的脸庞，一张苦闷的嘴，一双透着尖锐光芒的蓝眼睛，她看起来就过得不幸福。

"能跟我说说扬·埃吉尔和你的事吗？"

"凭什么？"

我俯过身："我是来帮你的，希耶。"

"上次你也是这么说的！但你跟其他人一样，都是在骗人！"

"我没有骗过任何人。我做了自己能做的。但我做得远远不够。证据太不利了，我也没办法。"

"扬·埃吉尔说你让他失望了。他说应该在特洛达伦时就开枪把你打死。这世界上就会少一个混账了。他被关起来，都怪你。"

我的肩胛骨之间一阵不舒服。"天地可鉴，他不能怪我。那里还有那么多警察。不管怎么样，他都会被捕。是他让他们把我从卑尔根叫过去的。"

"是啊，正是如此！"她的眼中溢出了泪水。"因为他相信你，在卑尔根时，你就像……就像他的父亲。"

"是吗？"

"然后你让他失望了，比任何人都让他失望。"

"但是，天哪……"

"没错，如果你相信他说的话，最好现在就开始祈祷。等扬·埃吉尔找到你的时候，可就不妙了。"她一边流着泪，一边露出一个扭曲的笑容。

"我跟西西莉聊过，"我说，"她告诉我，他有一张……他有没有跟你说过要去找谁报仇？"

她紧抿着嘴唇打量着我，眼中露出胜利的光芒，好像在欣赏我这个手下败将。"也许吧。"她低声说，声音几不可闻。

"你说什么？"

"我说，也许！你听不见吗？他要把你，还有睡了他妈的泰耶·哈默斯坦都弄死！那个开收容所的家伙也不剩什么时间了。"

"汉斯·哈维克。"

"是啊，那个继承了里贝克农场，弄走了所有钱的家伙。"

"没错，你的意思是不是说……他也在他的名单上？"

"名单？"

"是的，一张他要复仇的名单。"

"没什么名单。只是一些要解决的事情。"

"据我所知，他已经解决哈默斯坦了。"

"那又怎么样。他们说，他以前也杀过人。"

"你知道那件事？"

她的眼睛发着光："一九七三年，杀了我爸。扬·埃吉尔告诉我的。"

"听着，希耶。跟我说说……你跟扬·埃吉尔之间到底发生了什么？为什么他要在现在开始……这个任务？"

她的脸上一片空白："我不知道什么任务。我只知道二十岁时我搬到

346

东边，可以离扬·埃吉尔近一点。我知道他在坐牢。等他可以开始保释出狱，他就来家里找我，我们……我们关系一直很好，扬·埃吉尔和我。我们是同一种人。没什么可以隐瞒的。"她那张悲伤的脸庞上笼罩着一层温柔和喜悦的光芒。"然后……大概两年前我怀孕了。索夫出生了。有生以来第一次，扬·埃吉尔多了一个理由，要好好表现、尽早出狱开始正常人的生活。但不应该……"

"你们打算住到一起吗？"

她摇摇头，安静地说："不，他不这么想。"

"为什么？"

"你去问他！"

"但他会来这里看你，不是吗？"

"就几次。没有我期望的那么多。我不知道，但……他好像很害怕。很怕跟他在一起，很怕跟他待在同一个房间。"

"你是说……索夫？"

她恼怒地点点头："是的！他的亲儿子！"

"他可能怕的是……他不是一个好爸爸。"

"而且他停不下来！一直躁动不安。像是有什么事情一定要去做——跟我在一起时，总像是在其他地方有其他人和其他什么事情。最后我受够了，宁愿他走了！我等他等了这么久，他终于出来以后却不能好好过日子。他必须去一个别的地方……"

"所以他去了收容所？"

"是的，他去了那里，遇到了哈默斯坦。你可能还不知道，他妈妈去世了。一年前走的。"

"是的，我听说了。你跟她有联系吗？"

"完全没有！"

"但她也住在这附近。你去探视的时候肯定遇见过她吧？"

"就见过一次。但我问他这是谁，他只是说：红十字会来的人。我能怎么说？很多组织总是会派人去探监。她去世之后他才告诉我她是谁。"

"知道了。让我们再说回去。哈默斯坦。你刚才说，他又遇见了哈默斯坦。然后发生了什么？"

"你都知道了。他们说，他把他给杀了。当然，他们来过这里了，那些警察。"她凝视着虚空，仿佛在回想当时的画面。"周日晚，他来了这里。"

"真的吗？上周日？"

她点点头："他说，我只是想跟他谈谈，但太出人意料了。我问，跟谁？哈默斯坦！但他死了，什么都没法跟他谈。我问他发生了什么。然后他绝望地看着我：不是我干的，这次也不是！但没人相信我！——不，他们会相信的，扬·埃吉尔！我说。他回答说，不会的！就跟上次一样。然后他突然换了一种语气：但我会杀死他们，他们所有人！然后他开始报那些人的名字。"

"他也提到了我？"

"是的，你和……"

"还有其他几个人？"

"是，没错……但现在我只能记得你。"

"延斯·朗厄兰，有吗？"

"那个律师？"

"不，不，没有。当然没有！他还是他的律师，而且一直在帮他。"

"但他说……这次也不是他？"

她默默点头。我看着她。那个小男孩已经靠在她的胸口睡着了。不知怎么了，我脑海里响起了一首甲壳虫乐队的歌：麦当娜女士，孩子在你脚边，不知道你怎么解决生计问题……

我们眼神相遇了，我说："告诉我……从这里离开后他去了哪里？"

"周日那天？"

"是的。"

她的眼神移开了："不知道。他没跟我说。"

"你确定？"

"当然！"

"希耶……如果他跟你联系，那……"我拿出一张名片，在背面写下手机号码，从桌面上推向她。"让他打这个电话找我。我一直带着手机。就说我想找他聊聊。告诉他，我能帮他。"

她毫无兴趣地看着那张名片："也许吧。但我觉得最好别惹他。"

"只是让他联系我。就说这很重要。"

"告诉我……你为什么要自己找死？就这么等不及？"

"是啊，"我说，"我等不及。这个案子里已经死了很多人。事情应该有个了结了。"

"这个案子？"

"是的，这个案子。"我感到自己内心深处涌起一股怒火。"你还不明白吗？你们难道都不明白？这一切都是有联系的，从一开始就是。你比任何人都应该想到……"我的视线从她的脸上往下移动。"你有个孩子要照顾。"

我们的视线再次相遇。她的眼中充满了愤恨和泪水，而我的眼中燃烧着熊熊怒火。

"没错！"我站起身来。"我现在不能为你做什么，希耶。"

她没有离开沙发："你已经做得够多了的！多管闲事！我再也不想见到你了！永远！"

"你知道上次我听见这话是在哪里吗？"我一边扣着外套走向门口，一边压低了声音说。我回头最后看了她一眼。你们租房子时是哪里来的钱？真的以为是大风刮来的吗？

她故意不看我。我耸耸肩，离开了。

来到大街上，阳光斜照在伊达伦地区。我的目光落在教堂那座出名的尖顶上。

突然间，路边一辆深灰色的沃尔沃打开了两扇车门，走出两个男人，猛地向我冲来。他们亮出证件之前我就知道他们是谁了。经典的便衣警察形象：皮夹克，牛仔裤，下巴上两天没刮的胡茬，半长不短的头发。

"姓名？"其中一个问道。

"为什么要告诉你？"

"出示证件。"另一个命令道。

我大声叹了口气，摸出驾驶证，递了过去。

一个警察认真地看着，另一个一直紧盯着我。

"韦于姆？瓦格·韦于姆？"

"看出来了，你不怎么识字。"

"介意跟我们去警局走一趟吗？"

"我可以拒绝吗？"

"不能。"

"那你还等什么？走吧。越快越好。"

49

安妮-克莉丝汀·博斯约探长坐在一张巨大的书桌后面，交叉着手指，从无框眼镜后面向我投来不友好的目光。她的头发比我记忆中短了些，衣着倒还是那么保守：朴素的白色衬衫，漂亮的蓝色裙裤，合身的灰色夹克。标准的金发职业女性。

她的脸上挂着标志性的微笑，嘴唇紧紧抿成一个弧度，简直像个卡通人物。"瓦格·韦于姆，私家侦探，"她用一种尖刻的语气说，"我之前还希望再也不要见到你了呢。"

"恐怕我的愿望不是这样的。"

她怀疑地抬起眉毛："真的吗？"

"我们上次碰面还挺愉快的，不是吗？"

"不，并没有。除非是我记错了，你上次并没有带来关于死亡和毁灭的消息。我希望这次你不是为同样的事情而来。"

我两手一摊："说实话吧，没事我也不想来警察局凑热闹。是你的同事坚持让我来拜访一下。"

她叹了口气。"你被人目击离开一间处于我们监视中的公寓。你能告诉我你去那里是做什么吗?"

"我有什么理由要告诉你?"

她看着桌上的电话:"我们完全可以把你送到地下室,花上好几个小时反复问你这个问题。"接着,她抬起眼睛:"但如果我们可以在更友好的气氛中解决问题,那就要愉快得多了,你觉得呢?"

"边喝边谈怎么样?"

她勉强笑了笑:"咖啡?"

"大楼里的咖啡机做的咖啡? 不,谢了。"

她继续盯着我。

"好吧,我觉得没什么理由不……我拜访过一个叫希耶·特维腾的女人。她和我的一位前客户生了个孩子。"

她的身体向前倾了一些,睫毛纹丝不动,眼神中是不加掩饰的警惕。"扬·埃吉尔以前是你的客户? 什么时候?"

"当我还在社会服务系统的时候。二十一年前。"

"啊哈。明白了。"

我为她简单介绍了一下我与扬·埃吉尔之间的种种,从他三岁那年开始,一直到十年前最后一次在法庭上见到他,以及为什么我现在会来奥斯陆。

"他想杀你?"她不可置信地看着我。

"她没跟我这么说。"

"我想,她是不希望火上浇油吧。"

"也许不是,"她认真地看着我,"我要警告你,韦于姆。"

"警告？"

"更确切地说，我要警示你。"

"我明白这其中的区别。"

"你把自己搅和进了一帮相当肮脏的家伙中间。他们很危险。"

"危险人群？你说的是谁？扬·埃吉尔？"

"恐怕我不得不告诉你，自从他保释出狱以来，我们目击了好几次他跟一些所谓的不良分子在一起。我可以很确切地告诉你，他很快又要惹出麻烦了。"

"是吧！容我问一句，是什么样的麻烦呢？"

她冷冷地看着我："告诉我……你知不知道这个国家有组织的犯罪率正在上升，韦于姆？特别是在首都。"

"略知一二。"

"不管是关在里面还是被放出来都没什么区别。无论如何你都已经是组织的人了。乌勒斯莫发来的报告显示，扬·埃吉尔在监禁期间和奥斯陆当地一个相当臭名昭著的组织建立了很紧密的关系。他在被放出来之前，我们就盯上了他。"

"放出来之前？是什么意思？"

"嗯……放探亲假的囚犯时不时会被利用来开展工作。他们有不在场证明，至少刚出来时是这样。如果发生了抢劫、有人被殴打，或者是什么更严重的案子，我们不总会去核查谁正好在放探亲假。"

"更严重的案子，比如谋杀？"

"是的。尤其是帮派内部的谋杀。还有内讧，帮派斗争。分赃不均。

毒品。走私酒精。卖淫。而在这一切背后——还有主谋。是啊，有些人就算被关着，也可以在监狱里操纵一切。我们称之为，乌勒斯莫总裁。我可以给你报上一连串人名。还有些主谋有非常值得尊重的身份作为掩护。商人，餐厅主，企业家。如果你想查的话，从任何税务报表上都查不出他们真正的收入来源。"

"我知道的。我们在卑尔根也有这种现象，不过规模要小一些。"

"目前，只是目前，韦于姆。挪威还是大规模组织犯罪的处女地。最糟糕的还在后面呢。记住我说的话。"

"但你……你是不是说扬·埃吉尔也是其中一员？"

"我们有确切的证据可以证明这一点。有一点，监狱是这个专业最好的大学。"

"那我们该怎么处理该坐牢的人？"

她叹了口气："这是个很重大的课题，韦于姆。要么是投入更多资源，加强预防犯罪的措施，包括对犯罪环境的监控。要么就直接把他们关起来，把钥匙一拔就走人。就这么两个选择。"

"但实际上，我们只有一种选择。"

她苦笑了一下："我也这么认为。"

"你是不是在暗示，谋杀泰耶·哈默斯坦是一项组织任务？"

"有可能。哈默斯坦自己就是犯罪网络的一份子。"

"我的线人告诉我，他已经洗手不干了。据说他信了教。他被杀时手里还拿着《圣经》。"

"是的，犯罪现场找到了一本《圣经》。没错。但我们还是得参考档案里关于哈默斯坦的资料，里面很大一部分来自卑尔根。就算他后来信了教，也需要为过去做的事付出不少代价。这些犯罪团伙可是不会忘记之前的事情的。而且他们会小心行事，不会让罪与罚之间看起来有太明显的联系。”

我坐在那里，思索着她所说的话。突然之间，脑海中灵光一闪。

“告诉我……你说你们在监视伊达伦的这间公寓，所以把我传唤了过来。”

“没错。”

“这么说，之前跟踪我的就不是你们的人了？”

“据我所知，不是。你认为自己被跟踪了？”

“也许吧。我后背觉得毛毛的，总觉得有什么事情即将发生，一件我不会喜欢的事情。”

“那你在过马路前得多看看两边了。”

“那……你对我有什么建议吗，安妮-克莉丝汀？”

对我这种亲密的语气，她明显表现出了不悦。“回家去吧，韦于姆。越快越好。对你来说奥斯陆多留无益。”

“好多年前我就意识到这一点了，但……”

她用鼻子吸了口气，微微抬起头，透过那副闪亮的眼镜看着我：“怎么？”

“我刚才想到，我得先拜访一个老朋友。”

“是谁呢？”

“朗厄兰，律师。延斯·朗厄兰。”

50

　　我乘坐地铁来到贝赛鲁德站，出站时已是暮色四合。我稍微找了一番，就找到了延斯·朗厄兰位于霍尔姆斯博士大街的那栋半独立别墅。一堵坚固的砖墙将别墅与外界隔开，大门处的门禁系统非常复杂，难以打开，我差点考虑要把它摇晃开。

　　别墅四周种满了高大的榆木，轻易看不见里面。建筑风格混杂了民族浪漫主义和实用主义，看起来有点怪怪的。这个地段的风光可以说是千金难换，至少是对我们这些口袋里没有个数百万的人来说，这里俯瞰峡谷的风光简直令人目眩。

　　我沿着碎石子小路来到坚固的绿色大门前，按了按门铃，通知主人我来了。

　　开门的是一个娇小而机灵的亚裔女人，身穿一条闪闪发亮的青绿色连衣裙。她温柔地笑着，用唱歌般的语调问我："你好？有什么可以帮忙的？"

　　"朗厄兰先生在家吗？"

　　"稍等片刻。"她说完，试图关上门，但我多少有一些造访这种豪宅的经验，抢先伸了一只脚进去。我用力推开门，走了进去。她丝毫无法阻挡我。

她等着我，一两秒钟后我忽然意识到，说不定她会功夫或者空手道，那就要命了。于是我立刻说："我就在这里等。"

她站了几秒钟，露出冷笑，一言不发地转身离去了。我看着她穿过宽敞的过道，沿着旋转楼梯走到楼上，衣料下浮现出又小又紧实的臀部。

她很快又下来了，后面跟着延斯·朗厄兰。他从楼梯顶部看见我，皱了皱眉，远远地喊道："韦于姆？"

"正是。"

"你来这里到底要做什么？"他一边问一边向我走来。

"我敢肯定，你能猜到。"

他点点头，像是在法庭上："扬·埃吉尔。"

"扬·埃吉尔。"我说。

"去我书房吧。"他说着，挥手指向西边。"让林帮你拿外套。"

林向我深深鞠了一躬，帮我脱下夹克，优雅地挂在手肘上，用一种展示皇家斗篷的姿态挂进了衣橱。

还没走到书房，楼梯上传来一个女人的声音："怎么了，延斯？"

我们不约而同地看过去。她站在楼梯上，苗条、优雅，身穿黑色短裙和一条轻盈的灰色丝绸衬衫，上面的黑色印花像是某位天才艺术家不经意间的笔触。她的腿非常美，经过精心打理的头发充满了不经意的时髦感，铁灰色里夹杂着深色的挑染。

"工作的事，亲爱的，"朗厄兰说，"这边走。"他不容分说地对我说。

但太迟了，我还是认出了她。

就算隔着这么远，我还是一眼就看出了她。"韦贝卡……斯卡内斯？"在说出她的姓氏之前，我有意停顿了一下。

她一言不发，继续走下楼梯。

"我的妻子。"延斯·朗厄兰加重了语气说。

自从我上次见到她，已经过去了二十年，而这么近距离地接触，还是那个下午在朗厄兰之前的家里。

"我们以前见过？"她端详着我的脸，问道。

"是的，在卑尔根，那时你的前夫……去世了。我当时在社会服务署工作，而……"

"哦，对了，我记得你了。"她打断了我。她跟我握握手："韦贝卡·朗厄兰。"

"瓦格·韦于姆。"

"见到你很高兴。"她的语调里毫无感情。她还是那么美，魅力四射，笑容迷人。但她的眼睛里却多了忧虑和距离感，苦熬的岁月也在她的嘴角边刻下了两道深深的法令纹。她优雅地抚弄了一会儿铁灰色的头发："你想跟我丈夫讨论些什么？"

"是……"

"是关于小强尼吗？"

"是的，我不能……"

"那我也想加入！"

朗厄兰沮丧地挥舞着手臂："那我们还是去起居室吧，"他说，"那里更舒服一些。"他转向如同影子般站在背景里的亚洲女人："林，能帮我们煮一壶茶吗？"

"没问题，朗厄兰先生。"林说着，轻盈地退下了。

过道的一面墙上，装饰着一个鹿头标本。"这是你的猎物吗？"走过时，我问道。他摇摇头："买下这座房子时就有了。没有任何一任房主想带走它。"

虽说在我目睹的每一场官司里，延斯·朗厄兰都是输的一方，但在过去十多年里他的事业称得上是迅猛发展，这一点，从他这个理想之家就看得出来。他还是那副瘦削的样子，发际线高了不少，头发里也出现了更多的灰色，而我从前也从没看见过他脸上这种疲惫的神色。

如今，他已经是全国最受欢迎的辩护律师之一，出现在报纸上的次数几乎跟首相一样多。

我们走进的这间起居室，几乎跟我在卑尔根的整座公寓那么大，或许还要再外加一个小花园。镶木地板上颇具艺术性地陈列着各种名贵家具，比如经典帝国风格的书橱，玻璃后面几乎看不见一本平装书。巨大的窗外已是一片暮色四合、万家灯火的景象，奥斯陆峡湾如同一条深蓝色的绸带优雅地蜿蜒。更远处，一架飞机悄无声息地从福尼布机场起飞，如同一部默片。过了好一会儿，远处才传来一阵微弱的马达轰鸣声。

韦贝卡·朗厄兰引着我们来到一张小小的咖啡桌前，这张酒红色和棕色相间的小桌子不仅造型典雅，还被擦得光可鉴人。"请坐，韦于姆。"她指了指桌边四张高背椅中的一张。多年前那根戴着一枚窄婚戒的手指，如今戴着一枚钻戒。两枚戒指就像是两个不曾谋面的远房亲戚，一个富裕，一个贫穷。她的脖子上挂着一根简洁的金项链，挂坠是一枚类似于三角形的珍贵宝石，正好点缀在她脉搏跳动的位置。

我们坐下了；她那双优雅的长腿撇向身体的左侧，而朗厄兰的坐姿要更随意一些，一双长腿支在桌子的一侧，几乎是在这种椅子上能摆出最随意的姿势了。面对他们二人，我觉得自己就像是来面试应聘的园丁。

"这真是意外之喜。"我漫不经心地说着，脸上挂着淡淡的微笑。朗厄兰无声地瞪了我一眼。

韦贝卡说："哦，你说我们俩？我可以解释。"

"韦贝卡。"朗厄兰说。

"当然，当然……我们没什么不好意思的，不是吗。"她充满柔情地拍拍他的膝盖，然后转头看着我："从大学开始，延斯和我就很熟了。实际上，我们那时候也在一起过。"

"是啊，我记得有人跟我说过。"

"但后来，你知道的，我们分开了几年。我跟斯韦恩结了婚，然后就发生了那一连串悲剧。但是一九八四年弗尔德出了事，延斯从那里回来以后就来找我，把一切都告诉我了……"她甜甜地笑了。"我的心里似乎有根弦被拨了一下！从那时候起我们就在一起了。"

我看了朗厄兰一眼："事情就是这样吗？"

他看起来无动于衷。"有什么区别？这跟你有什么关系吗？我没指望你会来这里，没有邀请，事先连个招呼都不打，就这样闯进我们的私人生活？"

"不，我来当然是有原因的，还是……你怎么称呼他的？小强尼？"

韦贝卡开口回答了："对我来说，他永远不会变。他们后来在孙菲尤尔的时候……开始用别的名字称呼他。"

"你后来见过他吗？"

她吃惊地瑟缩了一下："你这是什么意思？"

"不，没事，我的意思就是你之后有没有见过他……一九七四年以后？"

她缓缓地摇着头，像是在拒绝一个年幼的孩子："不，从没。你必须理解。他……"

"怎么说？"

"嗯，在当时发生了那一切之后。我坐了牢，韦于姆，不要忘记这点！如果没有延斯，那……"她的脸突然挂了下来。她的心扉被打开了，从中涌出了无尽的绝望与悲伤。

"那……"

"韦于姆！"朗厄兰突然从椅子上站起来。"你他妈的是在干吗？她都跟你说了，从那个男孩六岁半开始就没再见过他。那之后发生的所有事情……对她来说都是历史了。"

我看着他，陷入了沉思："事情就是这样的，朗厄兰。这个案子的根源要一直往前追溯。追溯到很久以前。"

"这个案子！哪个案子？"

"你知道警察正在通缉他吗？"

韦贝卡睁大了眼睛，吃惊地看向她的丈夫。他冲她短暂地点点头，又转向我：“所以呢？”

“他被怀疑犯了又一桩谋杀，这次是在奥斯陆。”

“谋杀？”韦贝卡几乎是在喃喃自语，“杀了谁？”

“一个叫泰耶·哈默斯坦的。你知道这个人吗？”

她摇摇头。“完全不认识！他是谁？”

楼梯上传来叮当的一声，林端着一只银托盘走了上来，托盘上放着茶杯、茶碟、勺子、一只造型优雅的茶壶、装着糖的碗和一碟新鲜的柠檬片。像是有人打了个充满魔力的响指，韦贝卡立刻切换进完美女主人的模式，帮助林摆放好茶杯和茶碟，给我递来糖和柠檬，然后叮嘱林，在给我们倒好茶之后，她就可以离开，让我们自己动手了。

林离开后，我看向朗厄兰：“但你是记得泰耶·哈默斯坦的，不是吗？”

“确实。但我们从没找过他，至少不是为了跟小强尼有关的案子。”

“没错，我不得不遗憾地说，在这一片我们是一片空白。”

“也许因为他跟案子确实没有关系。”

“你还坚信这一点吗？”

他抬着眉毛看着我：“难道你不是？”

“你跟他见过面吗？”

“没见过面。我跟他一起参加过一次警察的审问，但是在一面双向玻璃镜后面——这就是我跟他距离最近的时候了。他从没上过庭，就因为那个该死的不在场证明。”

“是的。现在他被杀了，凶手很可能是扬·埃吉尔。我想，他应该没联系过你吧?"

"扬·埃吉尔?没有。"他坚定地摇摇头。

"你最后一次跟他说话是什么时候?"

"韦于姆……实际上,我一直定期去拜访他。因为他确实很需要有……有人定期去拜访。换句话说,需要私人关系。当然,他今年春天申请假释的时候我也帮了一把。但那之后我就没有见过他了。我是说,等他假释以后,大概是五月。"

"换句话说,你一直准备着要帮他的?"

"是的,我还是他的律师,如果你问的是这个的话。"

"在他这一生里,你都是他的律师。"

"一生?"

"是啊,在他出生之前,你甚至还是他妈妈的律师。我想,有一次你自己也告诉过他。"

"嗯。"他轻蔑地看了我一眼。

"一九七一年他被韦贝卡和斯韦恩·斯卡内斯领养的时候,你肯定也出了一把力,不是吗。"我看了韦贝卡一眼,她赞同地点了点头。

"是的,但这是因为我认识他们俩——大学同学,跟你说过的。不过,我跟韦贝卡更熟一点。然后,就像你说的那样,我帮他妈妈解决了……一点麻烦。"

"你当时确定,他是找了一个好人家吗?"

"我说过,我很了解韦贝卡,不是吗!"

我又转向韦贝卡,她的眼神游移了一下,然后眼睛亮亮地看着我:

"怎么了？"她说。

"是一个好人家吗？"

"韦于姆！"朗厄兰又一次打断了我们，"这不关你的事，也不关其他任何人的事。事已至此，别再纠结了！"

他转向韦贝卡："不要回答他问你的任何问题！"

他对着我，继续说："直到一九八四年去弗尔德之前，我才正式成为他的律师。"

"是啊，没错……但我相信你一直关注着他的成长，在远处以各种方式关注着他的动向。"

"是的，因为我觉得自己对他有责任。无论是对……他的亲生母亲，还是因为一九七四年发生在斯韦恩和韦贝卡身上的事情。"

"我们可以稍后再说这个，不过……"

"怎么？"

"让我们先谈谈一九八四年的事情。"

"你到底在忙活些什么，韦于姆？"

我无视了他的话："你肯定知道，那是个很戏剧化的案件，他的养父母，确切地说是他的养父，克劳斯·里贝克其实背景很复杂。"

他顺着我的话说："你指的是关于酒精走私的传言吗？"

"是的，还有十一年前另一起血腥的谋杀，警察当时对泰耶·哈默斯坦就有所怀疑。也许幕后就是克劳斯·里贝克，或者圈子里的其他什么人。"

"另一起谋杀？"

"是的，当时我们就查到了这里，但你在法庭上没有就这一点做文章。为什么不呢，朗厄兰？"

"你是在想……"他在高背椅里坐直了身，可以看出他对于我们话题的走向颇为不安。

"你们现在到底在说些什么？"韦贝卡突然吼道。

"你从没告诉过她？"我说。

"告诉我什么？"她问道。

我又转向她："你难道没有发现什么蛛丝马迹……你不知道你当时的丈夫，斯韦恩·斯卡内斯，是松恩-菲尤讷郡地区酒精走私圈主要的幕后大佬吗？"

她难以置信地瞪着我："你在说什么？走私？！"

"斯韦恩·斯卡内斯是他们的头头。他在德国有联系人，联系走私货物进来的货船做交易，组织松恩-菲尤讷郡当地的分销网络，他的得力助手就是公司里的技术员哈拉尔德·戴尔。他可是赚了大钱。"

"大钱！然后发生了什么？你能告诉我吗？"

"不。因为你们俩当时富得流油，不是吗。"

"并不比其他人更有钱。我还是第一次听说这个！"

"但你的这位丈夫，他从一九八四年开始就知道了。"

她转向朗厄兰："这是真的吗，延斯？你知道这一切，却一个字都没跟我提过？"

"我……我不想让你卷进来，韦贝卡。而且，这从没被记录在案过。"

"无论如何……"

"这整件事里未经证实之处太多了……"

她的眼中充满了泪水，嘴唇微微颤抖着说："我简直无法置信！这么多年，你竟然一直瞒着我，延斯！你怎么能这样？"

他们就这样盯着对方，随着时间的流逝，眼神越来越疏远。

"也许你们没有告诉对方的事情还有很多。"我说道，他们不约而同看向我。

"比方说，一九七四年发生的事情。"

他们全神贯注地等着我开口。

51

"你又要胡说什么啊,韦于姆?"朗厄兰恼怒地喊道,"你惹的麻烦还不多吗?"

"麻烦!我只希望人们可以别再撒谎了。也不用再为了别人的过错而受罚,无论是不是出于道义。"

我迎向她的目光:"我想朗厄兰跟你说过一九八四年的事情了,但我还是觉得有义务提醒你,当我在弗尔德警察局跟扬谈话时,他告诉了我一些事情,斯韦恩·斯卡内斯被杀那天发生的事情。"

朗厄兰站了起来:"韦于姆!我想你现在应该走了!"我没动弹。韦贝卡也没有。她朝着她丈夫抬起一只胳膊,声音颤抖着说:"不要……延斯。我想听听他想说什么。"

朗厄兰依然站着。

我说:"他从弗尔德回来后跟你说了,不是吗?他甚至还跟我说,这是重审那个案子的关键。我们说的是你那个案子。"

"是啊,他说了,但我说……我记不清了……所有的细节都记不清了。扬肯定也是记错了。"

"而这……也许不是全部的真相？"我试探地说。

她犹豫了一下，然后用一种几不可闻的声音开口了："不，不是全部。"

"什么！"现在，大吃一惊的是朗厄兰了。他震惊地看着妻子，颓然倒在了椅子上。"但你总是说……"

"是你，一直坚称我应该自首，延斯。你说如果我们可以说服他们这是过失杀人，我的量刑就会轻一些。"

"然后你真的自首了！但是，天哪，我没想到你没有做过也会承认！"

她艰难地吞咽着。当她开口时几乎都找不到合适的措辞，只能断断续续地说着："再告……告诉我一遍，扬说了什么？"

"过去太久了，我不记得确切的措辞了，但他的主要意思是，当时他单独跟爸爸，也就是你的前夫在一起。他的养父。他当时坐着玩火车。然后他听见门铃响了。你的丈夫去开了门，之后他听见有人激烈地争吵。请注意，是一个男人。然后一切又安静下来了。后来他来到客厅，然后……实际上我不知道你回家的时候，他到底知不知道发生了什么。我不记得他有没有跟我说了。但重点是：有人来了，跟你丈夫争吵，又走了。是谁？"

她没有看着我们，而是看着我们两人中间的某一点："你……你们都知道我为什么这么做。"

我向前俯过身子："做什么？"

"自首。"

"我一直怀疑……"

"因为我肯定是扬做的。为了保护他……免遭刑罚。"

"但那天他对我说了一句话。他说：是妈妈做的！"

"是吗？"那一刻，她的眼中似乎闪着泪光。"他一动不动地站在楼梯上时，我告诉他要这么说。我蹲在他面前，看着他的眼睛，重复了几遍：不要难过，小强尼！是妈妈做的……"

"是妈妈做的。"我重复着。从一九七四年二月那天开始，这句话就一直在我的脑海里回荡着。

她那双满含泪水的眼睛看着她的丈夫，默默点了点头。

"明白了，"我说，"但问题是……你能跟我说说到底发生了什么吗？"

"不。我不比别人知道得多。"

朗厄兰和我都等着她接着说下去。

"我……我出门了。去看医生。回家时，我打开门，然后……我一眼就看见扬站在大厅里的地下室门口。他站在门对面，背对着墙，感觉怪怪的，他脸上没有生气，也没有情绪，好像所有的表情都消失了。因为他做了件很可怕的事情。"

"做了，还是看见了？"

"我以为……他在冲动之下做了什么事，跟以前一样。他以前咬过斯韦恩，咬得都出血了。斯韦恩气坏了，给了他一顿鞭子……但扬一言不发。他一个字都没跟我说，那天没有，后来也……"她的眼中又涌上了泪水，直直地看着我。"这就是我最后一次看见他！你明白了吗？我再

370

也不能怀抱着他，再也不能帮助他，帮他免遭生命中的痛苦，是那些痛苦把他变成了这种人。那天，我失去了他。失去了他！"

"你刚说，你开了门？"

"是的！我没有按门铃。也有可能我按了，但没人来开门。我也没跟斯韦恩吵架。至少那天没有。我没有杀人。我没有跟他吵架，然后失手把他推下楼梯。"

"你编造出那番说辞，是为了让他的死亡听起来更加顺理成章？"

她默默点点头。

"他也没有家庭暴力，是吗？所有的证人都不相信这一点。"

她低声说："不，那也是撒谎。是借口。"

"一个谎言接着一个谎言又接着一个谎言，"我喃喃自语，"而你的律师……他是怎么想的？"

朗厄兰辩白道："我信了她的话。我总是相信客户！"

我转向他："但你和韦贝卡从大学开始就很亲密。你是要我相信她没有告诉你事情的真相吗？还是说，你选择了盲目相信她的话，是为了扬，也为了你自己？"

"为了……？"

"怎么？毕竟，他是你的儿子。不是吗？"

宽敞的房间顿时陷入一片寂静。韦贝卡瞪着我："你刚说什么？我不是很……"

"我跟你丈夫说，毕竟，扬是他的儿子。"我压低了声音，不带感情地说，好像在通报第二天的天气预报。"这大概能解释他对这个案子为什么这么上心，就像我说的那样，从扬一生下来他就在了！"

她看着朗厄兰，脸上挂着一副受到重创的表情。

她的声音再次低到几不可闻："这是真的吗，延斯？你还有什么没告诉我的事情吗？"

"韦贝卡，我……"这一刻，他雄辩的口才没了用武之地，所有的辩护技巧也都被击溃。他的脸上，只剩下深不可测的绝望。"我不能……告诉……不能告诉任何人！我从没告诉过……"他又转向了我："这家伙是怎么查出来的……我实在想不到！"

我仔细端详着他，开口道："我还记得，先是在弗尔德，然后在卑尔根，看见你们在审查会议上坐在一起……我突然意识到你们是有多像。同样的瘦高个儿，同样喜欢把头往后一仰。你永远不能忽略基因的力量。"

他挥舞着一只手臂，像是要否认一切。但我早不会让别人这样就轻易阻止我了。"我似乎还记得……第一次造访你在卑尔根的办公室，你是怎么描述梅特·奥尔森的……年轻，甜美，你这么描述她。你说这话的时候，语气里带着愉悦。还不止。真正让我开始起疑的，是时间因素。"

"时间因素？"

"一九八四年，当我在约尔斯特拜访梅特·奥尔森时，我犯了一个愚蠢的错误，我以为跟她一起在弗莱斯兰被捕的那个人，大卫·佩特森……就是扬的父亲。但扬出生于一九六七年七月，大卫和梅特是前一年八月三十日在弗莱斯兰被捕的。除非他们在此之后还能单独相处——我认为这种情况极不可能发生——大卫就根本不可能是孩子的父亲。"

我让他们消化了一下，才接着往下说："那么当时她跟什么人在一起？别忘了，十一月份案件开庭之前，她一直处于拘押状态。但我想，她一定见过她的律师，如果我没有搞错的话，甚至有可能单独见过，没有警察在旁边监督。"

他看着我，脸上露出一种茫然的表情。韦贝卡停止了哭泣，眼神在我和朗厄兰之间游移。

他开口了，声音几乎和她一样低："我不能……首先，我违反了律师的行为准则，这是我最早的案件之一，韦于姆。我甚至不是……这其实是巴克的案子。巴克是大律师，是我的督导。但是她怀孕的时候……她被释放以后，我才知道。我试图说服她，但她坚持要保住孩子。我对她说：我们之间不是认真的。"

"为什么不是认真的？"韦贝卡尖声说，像是鞭子抽了一记。

"因为……她不是对的人。她没有合适的……"

"地位，我们可以这么说吗？"我说，"一个嬉皮士女孩，跟着一个不体面的伴侣，走在从哥本哈根回家的路上。而且天知道她以前跟什么人……或者说跟多少人在一起过……你就是这么想的吧？"

他半站了起来。"不管怎样，事情就是这样。我们达成了协议。我从来没有登记为孩子的父亲。作为回报，我帮助了她和扬，这么多年来，我能做的都做了。"

"你现在还在帮助他吗？"

"我说过，能做的我都做了。"他消沉地低声说，几乎是在喃喃自语。

"这些年来她一直保守着秘密……我是说梅特，对吗？"

他又抬起头来："嗯，是吗？"

"她从来没有找上门来跟你要钱？"

"不，她没有！"

"我能理解她，"韦贝卡开口了，声音中饱含着苦涩，"至少她保存了自己的尊严！"

"至于你，到底帮上了什么忙？"我不依不饶，"你没有阻止他的养母为她没有犯下的谋杀案去投案。你没能阻止扬因双重谋杀而被判有罪，而这桩案子很有可能不是他干的。"

他绝望地看着我："那么，是谁干的？"

我挑衅地直视着他："是啊，谁做的？你他妈心里想的是谁？泰耶·哈默斯坦？"

"哈默斯坦死了。你告诉我的。"

"现在是死了。"

我的手机突然响了。先是韦贝卡，然后朗厄兰也跟着一起迷惑地环顾着四周。我拼命掏着内层的口袋，好像心脏病发作了似的。

我站起来，走到窗前。外面天已经黑了。太阳早已落山，但是周围的灯光和奥斯卡夏宫四周的泛光灯帮我定位出自己身在何处。我把手机举到耳边，打了个招呼。

他的声音断断续续的，好像也在寻找合适的措辞："我跟希耶谈过了。你说你想见我。"

是扬·埃吉尔。

5 2

"你在哪？"我问道。

"城里。你在哪？"

"跟你的律师在一起，延斯·朗厄兰。"

一阵沉默。

"你还在吗？"

"还在……问问朗厄兰，能不能借他的车。"

朗厄兰和韦贝卡注视着我。我放下电话，说："是扬·埃吉尔……他问我能不能借你的车。"

"我的车！"朗厄兰伸出手，"让我跟他说。"

他把手机举到嘴边说："扬·埃吉尔！发生什么事了？……那你为什么不联系我？在这种时候你需要律师！……好……不……但你想找他干吗？……那我也会来……为什么不行？……但是，我已经卷进来了。我是你的律师，老天啊！我这么多年一直都是。"

朗厄兰说话时，我一直看着韦贝卡。她的脸色随着我们猜测的扬·埃吉尔的回话不断变化，像是阴晴不定的天空。

"那好吧！但我不喜欢这个想法！我再清楚地重复一遍：我不喜欢这样。我甚至不知道那人有没有驾照……"他斜眼看了我一眼，我立刻点点头：哦，当然，这我还是有的。他怒视着我。"好吧，扬·埃吉尔……我会给他的。你自己保重。"

他把手机还给我，我举到耳边："还是我。"

他没有浪费时间："你知道优乐瓦尔体育场在哪里吗？"

"是，大概知道吧。反正我能找到路的。"

"街对面有一个梅赛德斯的展厅。停在展厅前面之后下车。一旦确定你是一个人来的，我就会来找你。"

"什么时候？"

"尽快。"

"我给你回电。"

"直接来吧，瓦格。这是最重要的。"话音刚落，他就挂上了。

我又看了看朗厄兰，"他跟你说了些别的什么吗？"

"他只说，要跟你单独说一些很重要的事。你听见我说我也想一起去了，但他说……"他的胳膊在空中绝望地挥舞着。"他让我不要牵扯进来。但我说，我早就牵扯进来了。"

"是，我们听见了。"

"他知道吗？"韦贝卡清晰地发问。

我们都看向了她："知道什么？"朗厄兰问。

她的眼睛睁大了："知道你是他的父亲。"

"不！没有人知道……直到刚才。"

"除了梅特·奥尔森，"我说，"而她一年前也死了。她会不会告诉了别人？"没有人回答，我又接着说："比如，泰耶·哈默斯坦？"

他哼了一声："据我所知没有。今天之前，从没人来问过我。"

"那你当时的督导，巴克，有没有听说过什么？"

他摇摇头。

"那……我现在就碰碰运气，去找他当面聊聊吧。"说话间，我感到自己的神经一阵紧张。"现在的问题是，我能借你的车吗。"

他又挥舞着胳膊："我同意了。我真是的！那个男孩正在被警方通缉，而我明知道还……"

"就算这样吧，这也不是你第一次破坏职业规范了，朗厄兰。"

"注意你的措辞，我随时可以收回我的恩惠。"

"恩惠？"

他抿紧了嘴唇，站起身来："跟我来。"

我跟上了他。韦贝卡依然坐着，沉浸在这一杯茶的工夫给她带来的震惊之中。

我试着跟她制造点眼神接触："再见，朗厄兰夫人。也许下次再见。"

她抬起头，但眼神却落在我的胸口："再……见。"

她坐在那扇巨大的窗前，像是一条久久坐在岸边的小美人鱼，余生都没有任何希望再回到大海。她被永远地搁浅在这里。

朗厄兰引我下了楼梯，让我在大厅里等着，他自己去书房拿车钥匙。娇小的林从墙后迈着急促的步子转了出来，仿佛知道我要走似的，手里已经拿好了我的外套。

朗厄兰回来了，跟我一起走出家门。他按了下遥控，巨大的车库门升了起来。里面停着两辆车。一辆巨大的路虎，以及一辆漂亮小巧的丰田小福星。

"你开韦贝卡的车吧，"他冲小福星的方向点点头，低沉地说，"更像你的风格，我想。"

"我会安全回来，"我说，"没问题。我甚至还能自己找到刹车。"

他没有笑，只是按了按车钥匙，关掉了警报声。他打开车门，朝里面望了望，似乎在确认里面没遗留什么私人物品。"我相信你会把车完好无缺地还回来，韦于姆。"

"如果我能办到的话。"我说着，接过车钥匙，坐上驾驶座。我把座椅朝后面调了一点，发动了引擎。车里开始播放广播，当地电台正在播放一些什么动感的音乐。我调低音量，抬头看着朗厄兰："我得跟你说回头见了。"

"我觉得还是不见了最好，但毕竟还是得把车拿回来。听着，韦于姆……"他朝我俯过身，脸上突然出现一种坚定的表情。"试着把扬·埃吉尔带回来。无论他做了什么，我必须跟他谈谈，这很重要。"

"作为律师和客户，还是……"

"好了，好了！我相信你会管好你的嘴的。如果……我希望是我亲自告诉他的的。明白吗？"

"明白。去优乐瓦尔体育场最快的路，是上环路然后朝东开，是吗？"

他点点头："祝你好运……"

"谢谢你。"

我小心翼翼地开出了车库，他走在我前面，打开大门。我开过他身边时举起一只手示意了一下。然后，我上路了。

就在我转上霍尔姆斯博士大街的时候，我注意到道路前方停着一辆黑色大轿车，车窗贴着遮光膜。我的胃里一阵痉挛，嘴里也口干舌燥。但是我看不见有没有人在里面，而且从我的后视镜里看过去，它一直停在那里没动。

我很快开惯了这辆车。这和我那辆卡罗拉没什么不同，但是如果他能借给我那辆路虎，我现在会更有马路之王的感觉。我时不时看一眼后视镜。我突然注意到身后一百米处出现了一辆黑色大轿车。从这个距离看，很难判断这是不是之前那辆，但我胃里的痉挛依然没有消失。

黑车一直跟着我上了环路。交通很拥挤，我后面跟了不少车子，已经看不见它还在不在了。当优乐瓦尔体育场出现在我的视野里，我向右一拐，停了下来。我坐在车里等待着，慢慢镇定下来。三十秒钟后，一辆黑色大轿车从我旁边开过，没有下环路，而是在一路向东开去。

我又等了几分钟，那车没有再出现。放心了。

我继续开车。经过体育场后，我向右边拐过一个加油站，把车开进了一个空荡荡的停车场。我在梅赛德斯展厅外面停下来，关掉引擎，打开车门走了出去。

我有点紧张，不停地绕着车踱步，以防有人盯着我看。我很不安。

环路上不时传来车驶过的声音，一种有规则的脉冲节奏。镇上的灯光把夜空染成一片昏黄，头顶传来飞机的轰鸣声，听声音是要落向福尼布机场。

我听到他走在碎石沥青马路上的脚步声。他从展厅后面绕了过来，仿佛一个带着狗夜跑的人。但他没有牵着狗，而是径直向我走来。

他戴着一顶棒球帽，低低的帽檐盖住了眼睛。从我上次见到他以后，他的身体又长了几分。在弗尔德，以及最后一次在卑尔根的法庭上见到他，他还是一副瘦长、青涩的身板，跟他的亲生父亲颇为相似。

在监狱里，他显然在健身房花了不少时间。他如今身材健硕，体格庞大，看上去也比以前更危险。他驻足在我前面，浑身散发出一种狂躁的、被压抑的力量，这种力量释放出来，可能在短短几秒钟内就会把我完全摧毁。

他睁大了那双深色的眼睛，从帽檐下盯着我，然后面无表情地朝我的车点了点头："进去。"

我照他说的做了，然后探身打开旁边座位的门。他重重地坐了进去，一时间整辆车差点都要翻倒了。"开车。"他说。

"去哪儿？我们是不是应该……"

"开车吧！"他粗暴地命令道，我觉得现在不太适合提出反对意见。

5 3

上了环路，我又努力了一次："我得知道我们要往哪个方向去。"

"我只能告诉你，我们要去一个清静点的地方。"

我往旁边看了一眼："你到底要找我干什么？"

"你自己心知肚明。"

"不，我不知道！你对哈默斯坦做的还不够吗？"

我们驶过一个路口，但他指着前方："他不是我杀的！"

"不是吗？"

"我找到他的时候他已经死了！"

"你什么时候……但你去找他做什么？"

"我跟他可不是偶遇。我当然知道他……他跟我妈妈结婚了。我的亲生母亲。"

"是啊，我听说你跟她重逢了。她来乌勒斯莫监狱看望你的吧？"

"我一眼就认出她了。"

"你认出了她？但你被带走时才三岁。"

"不是那时候，白痴！"

我感到一阵不安："那是什么时候？"

"在安格达伦时，有一天我们放学回家。希耶和我。我们走在路上，遇到一个女人，我还记得她盯着我们看。尤其是盯着我。后来我们嘲笑了她，希耶说：看见那个老疯子了吗？她肯定是疯了。然后我们笑得更厉害了。当她出现在乌勒斯莫，我立刻认出了她。当然没认出她就是我妈妈，只以为她是安格达伦那个疯子。这么说，我们当年嘲笑的是我妈妈。我自己的亲生母亲。不知道你能不能想象出我当时的感受！我几乎要哭了，一个成年人……而且感觉就是哈默斯坦把她变成这样的。从她后来跟我说的事情来看，事情就是这样的。"

"但什么……"

"然后我意识到，我已经消失了这么多年了。"他的声音在颤抖。他艰难地说出了这番话，比任何一次被告席上的自白都更难。"另两个所谓的妈妈从没爱过我，不像她。她一直没能跟我生活在一起，却一路找我找到了监狱里。不管怎样，在她生命的最后几年，我们还是度过了一些幸福的时光。"

一时间，车里陷入了沉默。他这番话中的感情实在太过于强烈，我都不知道该如何把谈话继续下去。还是扬先开了口："他说我应该去找一下他。"

"哈默斯坦？"

"是的。他说有重要的事情想告诉我。"

"有事要告诉你？"

"对我……还有很多其他人来说都非常重要的事。他成了基督徒，现在想为以前的事情还债。但那天晚上我去找他时，他……就躺在那里。什么都说不出来了。被杀了，死得很惨，到处是血。"

"你怎么进去的？"

"门没锁。"

"但如果不是你杀了哈默斯坦……"

"我跟你说过，真的不是我！"

"好的，扬·埃吉尔。我相信你。但那又会是谁？"

"他是为他给我带来的痛苦还债。"

"哈默斯坦？"

"在卑尔根，他杀了我第一个养父。如果说在安格达伦杀了卡丽和克劳斯的也是他，我也不会意外的！"

"你知道是他吗？"

"有任何人知道任何真相吗？我都为此坐牢了！"

"我的意思是，你知道是他在卑尔根杀了你养父吗？"

他没有回答，只是目视着远方。

我继续说了下去："但……无论如何，不是你养母做的，她同样也为自己没有犯过的罪而服了刑。"

他把目光从公路的远处移了回来，直愣愣地盯着我："你怎么知道的？"

"今天早些时候我跟她聊了聊。你知道她住在哪吗？"

"不知道。"

"那你知道她在奥斯陆吗？"

"我才不在乎她住在哪呢！她早就跟我无关了。"

"但你一定有兴趣听听她说了些什么吧？"

"当然！那她说什么？"

"她说，一九七四年那天她回到家，人已经死了。你站在走廊里，呆若木鸡。就这样。除了这个，她什么都不知道。她以为……"

"什么？她以为是谁干的？"

"是你，我想。"

他眨着眼睛："为了我！我简直不能相信。"

"总之不是为了泰耶·哈默斯坦。"

"她被关了多久？"

"你不知道？没有人告诉你吗？"

"没有！"

"她正好是在安格达伦谋杀案发的时候出狱的。"

他下意识地磨着后槽牙，我甚至能听见他蛀牙填充料的摩擦声。"好吧！"

"你是不是还坚称不是你……在安格达伦做的案？"

"这么多年我一直是这么跟你们说的！但没有人相信我。"

"我相信你。但当时我们找不到足够有力的证据翻盘。任何证据都没有。如果你没有碰凶器就好了！"

"我必须自卫，不是吗！我知道他们会怀疑谁……"

我又朝旁边看了一眼。他坐在那里，瞪着眼。尽管现在他已经长成一个体格健硕的壮汉，但他还是那个我在弗尔德警察局里见到的怒气冲冲的青少年。但他身上还是出现了一些前所未有的新特质，比如说在优乐瓦尔体育场停车场里他走向我时，身上那股压抑着的怒火。

我把注意力转回到路上，说道："有件事我不得不问问你，扬·埃吉尔。你为什么对我这么生气？我总是试着……"

他打断了我，用他特有的方言说道："你怎么问得出口！你和西西莉就像我的爸爸妈妈。跟你们在一起的六个月，是我一生中最幸福的时光。要不然你觉得我在特洛达伦被警察包围的时候，为什么会找你来孙菲尤尔？你还记得你怎么跟我保证的吗？你说，我不用害怕。还说，我不会被铐住的。但我下山后警察做的第一件事，就是给我戴上了手铐，从此以后我几乎就再也无法摆脱他们了。你让我很失望，瓦格，你和其他所有人。但你还假装是我的朋友。所以你就是最大的骗子！"

"但是……我从来都不认为是你干的，扬·埃吉尔，从来没有。"

"没有，是吗？"他几乎是在吼叫了，"那我为什么在乌勒斯莫被关了十年，现在坐在这里？你能告诉我吗，瓦格？你不是自以为聪明人吗。"

"不，我没法告诉你，扬·埃吉尔。这是一个悲剧，这个悲剧太沉重了，我不知道该说些什么。"

他指了指东方。"在这里转弯！那个方向。"

我照他说的做了，同时看了一眼后视镜。一时间，热血上涌。那辆车……就在两三辆车后面……不就是从霍尔姆斯博士大街开始跟踪我的那辆黑车吗？

我加速了。我们后面的车都跟了上来，但没有一辆想超车。

"在下一个十字路口右拐。"

我照他说的做了。两辆离我们最近的车直行了，只有黑车转了个弯，跟了上来。

"我怀疑有人在跟踪我们。"我喃喃自语。

"什么？"扬·埃吉尔在座位上扭动起来，把手伸进衣服里的口袋。"该死！"

黑色的车就跟在我们后面。我们正驶向一片巨大的工业园区。路的两边都是些仓库、活动梯、集装箱和停靠着的长途车。

当我们开近一个环道时，那辆黑车靠了上来。

砰的一声，它把我们撞进了环道的第一个出口。有那么一两秒钟，我脑海里浮现出延斯·朗厄兰对这辆车的担忧。但我无暇多想。光是要控制住方向盘就够我忙的了。

这条路的路况很差。沥青碎石的路面上坑坑洼洼。到了下一个环路，我试着向右绕出去，但那辆车里的人猜出了我的意图，突然转上另一条车道，伴随着刺耳的声音停了下来，迫使我滑向下一个出口。

扬·埃吉尔像条蛇般在我身边扭动："这他妈是怎么回事？"

黑车在我们身后突然加速，并开始撞击我们的保险杠。

我想看清开车的到底是谁，但外面太黑了，我还得留神平稳行驶。

砰！

那车又撞了上来，这次撞的是车尾，力道和准确性都到位，体格较小的小福星趔趄着向前滑了出去。

我又一次诅咒起不肯借我们路虎的延斯·朗厄兰。

"该死！"扬在我身边突然动了，他从衣服内袋掏出一把手枪，指着后车窗，像是随时要射击。

"扬·埃吉尔！别……"

"你只管开车！就他妈这样一直开！"

砰！砰！

车尾一阵咔嚓咔嚓的响声，像是有什么东西松脱了。我们的车继续向前冲去，砰的一声撞上一扇打开的铁制大门的柱子，刮蹭着大门滑过去，一头撞进了一片栅栏。我迅速扫视。我们身处一片集装箱之中；四周都是深蓝色、灰色和红色的集装箱。我迅速倒车、转弯，拼命想寻找一条出路。

突然，车轮下的沥青碎石路没了。现在我们开在一片砾石路上，只能颠簸着前行。在我们车后，那辆黑车还紧跟着，轮胎发出一阵阵刺耳的刮擦声。

"你他妈在干什么？我们在往陷阱开！"

"你想去一个清静的地方，不是吗。"我咆哮着。

我看了看四周，转动方向盘，试图掉头。那辆巨大的黑车再次撞向我们，这次撞的是侧面，把我们撞到了更远的地方。我换了个挡，试图加速越过他们，但他们还是紧紧跟了上来，一直把我们逼进五六个大集装箱之间；那里有一条巨大的装载坡台，坡道末端是一条倒刺铁丝围栏。小福星的发动机盖卡在了坡台的一根钢支架上。一瞬间，仪表盘上所有的警示灯都亮了，随后又熄灭了。引擎熄火了，我们的耳边只剩下汽车轮胎漏气的嘶嘶声。

扬·埃吉尔猛地砸开他那边的车门，把头伸了出去，手里还握着那把蓝灰色的手枪。随后，他下了车，两眼紧盯着车后。

我瞄着歪歪扭扭的后视镜，黑车也随之停了下来，如同一座横亘在我们与外部世界之间的巨大障碍物。

我们的周围应该是格鲁达伦地区，明亮的万家灯火如同星星般点缀在我们上方。一根高耸的烟囱正冒着白烟，飘来一阵刺鼻的气味，也许是在焚烧废料。我们身边的一片黑暗中，唯一的光源来自两根高高的高压电线杆。后面的车上下来两个男人，看他们的样子，跟扬·埃吉尔一样谨慎小心。但看不清他们的样子，只能辨识出两个高大的黑影。

他们手中闪着的暗光也很能说明问题了。他们也不是空手来参加这场派对的。

其中一个人大喊："下车，都下车！"

扬·埃吉尔已经下车了，我想他们指的一定是我。我重重叹了口气，胃里又是一阵痉挛。我尽力推开斑驳的车门，伸出双脚踩上碎石地面，慢慢下了车，然后学着扬·埃吉尔的样子，用一扇车门挡在身前充作盾牌。

"不许动！"那人又喊道。他转向另一个人，那人举着个手机，似乎正在说些什么。

"你他妈找我们干吗？"我喊道。

"闭嘴！"

"你在跟谁打电话？"

"我说了，闭嘴！"那人一边说，一边挥舞着一把武器威胁我们，看起来那可比扬·埃吉尔的枪大多了。就算是从这么远看过去，这武器看起来也不大友好，这种机枪无论是在犯罪之城奥斯陆还是在别的地方，在犯罪组织里都称得上是炙手可热。

他们说了些什么话，但我们听不见。我转向扬·埃吉尔："知道他们是谁吗？"

"只能肯定，不是警察。"

"不是，我也发现了。"

他一直盯着那两个带着武器的男人。我看着他站在那里，身材魁梧，手拿武器，帽子压得低低的，露出剃得极短的发茬——活脱脱一个不良少年，威胁着身边所有的人，包括我在内。可以清晰地感觉到他身上散发出的怒意以及被克制的暴力倾向，而那身不匀称的肌肉线条暗示着主人很可能长期服用了合成代谢类固醇。

而我的心里却依然记着一九七〇年七月的午后，在罗瑟根小区遇见的那个泪汪汪的小男孩。是我和艾尔莎·德拉格松去把他接了出来。一个问题突然浮现在我的心头：是我们把他变成这样的吗？还是要归咎于长达二十五年的监禁？监禁是为了把他改造成另一个人、一个更好的人，还是只是为了给他找一个他自己和我们都可以接受的地方待着？这就是我们努力的结果吗？

"你他妈的到底惹了什么事，小强尼？"

"不要这样喊我！"

"对不起，不过……他们追的是我还是你？"

突然，黑车边的一个人喊道："不是跟你们说过给我闭嘴了吗？"

我转过身："你他妈到底怎么了？你是觉得被冷落了吗？如果你愿意，我热诚邀请你加入我们的谈话！"

他把枪举起来指着我："我说，闭嘴！"

"你自己闭嘴！"扬·埃吉尔厉声说道，"我看见你了！敢移动一厘米，你就死定了！"

一时间，场面似乎都静止了。我已经做好了最坏的准备，局势却突然转变了。远处传来有车开过来的声音，然后一辆车从一片集装箱之间驶了过来，那是一辆巨大的黑色梅赛德斯。司机看见了我们就放慢了速度。车如同一匹黑豹般悄无声息地停在那两个男人和第一辆黑车后面。

车门开了，就着高压电线杆上洒下来的灯光，我看见他下车的身影。那是个高大、有力的男人。在灯光照亮他的脸之前，我就看出那是谁了。现在，我总算想明白了十一年前就该想到的事情。

5 4

"很高兴再次见到你，汉斯！"我喊道。

"这句话不如让我来说，瓦格。"他抿着嘴笑着回答。他警惕地盯着扬·埃吉尔和他的枪，扭头对另外两个人低声说了些什么。

"他们刚才是给你打电话！"

"不是我，还有谁？"

我绕着打开的车门走到一边，又向前走了几步。从眼角的余光里，我看见扬·埃吉尔抽搐了两下。

"瓦格！你在干什么？"他说。

"别紧张，扬·埃吉尔。我们现在在开阔的乡间。"

"开阔的乡间！你这话什么意思？"

其中一人手里拿的枪跟着我转了个方向，但汉斯举起一只手，开始发号施令。

"停在原地别动！"他冲我喊道。

"好的。"我一边说一边停下了。"我们是不是可以谈谈？"

"谈什么？"

"你心里清楚。谈谈所有的一切。"

他冷漠地看着我，默不作声。

"十一年前在弗尔德的时候我就该知道，当时你那么情真意切地跟我聊你的童年，说你小时候有多穷，你又是如何不想再穷下去了。"

"你那时候就该知道什么，瓦格？"

"为了不再陷入同样的穷困，你可以不择手段到什么地步。"

"我根本不知道你在说什么！我们现在要解决的是帮派之间的事，牵涉到扬·埃吉尔和我们。"

"牵涉到什么？"

"牵涉到两个帮派。你非要卷进来，实在是太傻了。现在我们得……"

"帮派斗争，你是想让我相信这个说辞吗？别用这种废话糊弄我！你知道自己在他的名单上之后肯定吓坏了，而且你的排名肯定比我高。"

"你说得太多了，瓦格。不过你这个人，一直都是这样。喋喋不休地说你那些愚蠢的念头。"

"哦，闭嘴，汉斯！你想让我把你撒过的谎一个一个都戳穿吗？我想，当时哈默斯坦也想这么做，毕竟是个洗心革面的基督徒了。他想为以前犯的事忏悔、赎罪。特别是对扬·埃吉尔的伤害，这孩子为他们坐了牢。他要忏悔的罪行可不止他自己的，他还有个同伙。不，确切地说不是同伙，你是幕后的大人物，汉斯，从一开始就是。"

他向我走近了几步。我向他走近了几步。我们死死地盯着对方；就像两个在决斗的西部牛仔。

"你说得太多了！全是废话。都是你自己臆想出来的。"

"那你听我说。"

"我他妈才没有时间——"

"我们可以从几天前说起。哈默斯坦跟你说，他再也无法保守秘密了。而且最糟的是，他想把真相告诉扬·埃吉尔。你用一根棒球棍打死了他，当扬·埃吉尔走进房间，你抓住机会把棒球棍藏进了他的房间。又一次，捏造了一个证据。"

"又一次？"

"我说的是安格达伦的来复枪。"

"老天啊，我跟卡丽和克劳斯的命案可没有半点关系。"

"真的没有吗？"

"我想你是活糊涂了，瓦格。你应该还记得，案发时我在卑尔根。"

"好—的—吧。理论上来说，当时你在回卑尔根的路上，但……"

"泰耶·哈默斯坦可以证明，你不会是忘了吧。"

"他再也无法证明了，而且……你们太取巧了。你和哈默斯坦互相帮忙，给对方制造了不在场证明，因为你们当晚实际上都在安格达伦。"

"你怎么证明？"他声音中满是讥讽。

"我脑海里总有种挥之不去的感觉，感觉总是有个细微之处不大对劲，而这就是里贝克农场案的关键。备用钥匙挂在门厅的壁橱上。谋杀的当天晚上也没有人破门而入，这也是指向扬·埃吉尔的间接证据之一。但你……据你说，你在几个小时之前离开了他们家，你有可能顺走了钥匙。到了夜里，你又回到了那里，有可能是一个人，也有可能带着哈默斯坦一起。你打开门，杀了人。"

"哦，没错！"他嗤之以鼻。"那我的动机是什么？"

"你可以继承农场。"

"好，这对我又有什么好处？"

"你会获得足够的钱，在奥斯陆站稳脚跟！但这还不是全部的原因。关键在于私酒——也就是我们一直在说的二十世纪七十年代的酒精走私网络，克劳斯·里贝克是主要分销商之一。克劳斯欠你钱。很多钱。你知道他把钱藏在哪里了，就藏在农场一角。归根到底，把他们俩都杀了你才能拿到钱。你主要是想杀了克劳斯，卡丽只是不幸嫁给了他而已。"

"真的吗？你自己知道你这番理论有多站不住脚，瓦格。说实话，我……"

我打断了他："你无法预见扬·埃吉尔无法控制自己，最后会导致那种不可收拾的局面。但你肯定知道怎么恰到好处地煽风点火。一九七三年，你利用哈默斯坦杀了安斯加·特维腾。想必，他从六十年代中期开始就是你和斯韦恩·斯卡内斯的忠实党羽，从你们着手搭建这一整套体系开始就加入了。"

"体系？"

"你和斯韦恩·斯卡内斯，一个人疯狂地想要摆脱贫穷的命运，另一个人疯狂地想赚快钱。开始只是贩卖大麻。后来是私酒。唯一的问题是，你们俩之间夹着一个女人。韦贝卡·斯托塞特。"

"韦贝卡从来都不是问题！"

"不是吗？从来都不是？一九七四年二月的一天，你上门找了斯韦恩·斯卡内斯，你们吵了起来，然后你把他推下了楼梯，摔断了他的脖子，是不是？那时候你们争吵的关键不是韦贝卡吗？"

"不，不是！那次也是钱的事情。"

鉴于目前我们所处的形势并不妙，套出他的这番话也并没有让我觉得太有胜利的喜悦。但可以看出，他对于自己的失言感到万分后悔。话一出口，他也只能继续说下去："他也欠我钱。每个人都欠我钱！真是倒了霉了！"

"没错。因为你就是始作俑者。刚开始的时候你是单枪匹马。你的大学老同学，斯韦恩·斯卡内斯后来才加入。他带来了完美的关系网，还附赠一个哈拉尔德·戴尔作为代理人。这真是绝佳的掩护。但后来松恩-菲尤拉讷郡的情势有点失控了，因为安斯加·特维腾告密了，这时候你拉了哈默斯坦入伙。也许一九七四年二月哈默斯坦也和你在一起？我都能想象出，你拉着斯卡内斯到窗边，然后指着窗外说：斯韦恩，你看外面那是谁在等着？我们是不是应该让他也进来？但你没拿到属于你的钱，因为你太心急了，把你的老朋友推下了楼梯。"

"看在老天的分上，那就是一个意外！当时的场面很混乱，就是……"

"是啊，你想说什么？就是像韦贝卡说的那样？为了你犯的罪而入狱的韦贝卡？"

"她自己选择为此顶罪，这能怪我吗？"

"不，并不能。但你知道她为什么这么做，而你只要有一点骨气，随时都可以去自首。而她也不是为此遭遇不幸的唯一的人。另一只替罪羊在这里。"我随手往身后指了指。

他的目光瞟向扬·埃吉尔，又看向了我。

"但我想，你对扬·埃吉尔犯下的罪行要比这个重得多，汉斯。"

"这话又是什么意思？"

"实际上，他成为现在这个样子最应该感谢你。是你毁了他妈妈的人生，梅特·奥尔森。"

他虚弱地看了我一眼："我？毁了她的人生！你他妈的这是在说什么？"

"难怪十一年前在弗尔德的最后一个晚上，你的负罪感那么重。"

"我还是不明白……"

"是你自己跟我说，当年你在哥本哈根就认识她了。她一直怀疑是一个被拒绝的追求者出卖了他们。但你最害怕的不就是在毒品市场上的竞争对手吗？因为一九六六年八月那通告密的电话不是来自哥本哈根，而是来自卑尔根的。你自己说，你也曾沾染过毒品，吸毒和贩毒之间的差距其实也没那么大。特别是对于一个急于改善经济状况的人来说。"

他的瞳孔急剧缩小了，流露出一种让我不太舒服的眼神。我知道我说的每一个字都是在找死。但现在停下为时已晚。我必须搞清楚所有的真相。"梅特·奥尔森靠着她的律师脱险了，但她的男朋友大卫·佩特森在牢里自杀了。第二年，梅特·奥尔森生了个孩子。那个出生在灾星下的男孩就是……扬·埃吉尔。汉斯，从他出生前你就开始左右他的命运了。他为你的行为付出了代价，整整三次。第一次，是你让他在成长最关键的婴幼儿时期有了一个状态极其不稳定的妈妈。第二次，你让他失去了后来的养父母。第三次，你让他为你犯下的双重谋杀坐牢。但现在，一切都结束了，汉斯！他再也不需要付出什么了！"

他恶狠狠地看着我："你怎么知道？你能做什么？"他把头往后一扭："你能看见那里的两个家伙，我说什么他们就会做什么。我给他们的酬劳可是相当丰厚。"

我看了看那两个手持武器的男人，他们站得很远，大概听不清我们在说什么。"是啊，我敢说，他们身手很不错。我一离开你的收容所，你就让他们跟上我了吧。但你要盯的其实不是我，而是扬·埃吉尔。"

他突然抬起头。我也抬起了头。我们都听见了同一个声音。另一辆车正开向这里。

我们望向大门，眼前出现了一辆车顶挂着出租车标识的白车。司机看见我们，立刻踩了刹车，轮胎在地面上摩擦着发出刺耳的声音。那两个持枪男子立刻也转了过去。

我听见扬·埃吉尔在我身后大叫："你这个混蛋！都是你的错！现在我他妈的就要……"

然后，一切都失控了。

55

出租车的一扇后门打开了。

汉斯喊道："兄弟们！不要……"

扬·埃吉尔先开了枪，但射击距离太远，他没打中。汉斯·哈维克闪到一旁，卧倒在地，同时那两个男人也开始朝我们这里还击。黑暗中，只剩下两边噼噼啪啪猛烈的交火声。

我还没来得及转身，就听见扬·埃吉尔发出一声哀号。他仰面倒了下去，胸口中了一枪。我本能地向他扑去，想要扶起他，但这时我也中了一枪。我的肩膀像是被一个铁锤狠狠砸了一下。我身不由己地转了半圈，沿着车的一侧滑了下去，重重倒在地上。我背靠大地，面朝夜空，看见漫天的星星，遥不可及。一时之间，我仿佛失去了知觉。随后疼痛汹涌而来，像是有一把铁锯，从我的左肩一直锯到了心脏，把我一分为二。

我听见远处传来车门被重重关上的声音，然后是急促的脚步声。

"当心！"我听见汉斯在大喊，但脚步声没停。

脚步声越来越近，最后停在了我身边。这脚步声好轻，像是踩着棉花。星星变大了，变成了太阳，它们也不在天上了，在我的大脑里。

我听见了她的声音："瓦格！天哪！怎么会这样！我一直不知道……他也骗了我，从开始到现在！"

我努力透过太阳的光芒看清她的脸，但我只能看见她那副圆眼镜的反光："西-西莉？"

她脸色苍白地扭过头："叫救护车！汉斯，你听见了吗？你去叫！现在！"

"发生了什么？你来这里干什么？"我听见了自己的回声。

"都是一些可怕的误会。我以为，汉斯肯定很担心你。"

"但……"

"直到那天晚上我才发现，我的……竟然跟……这种人……你一定要相信我，瓦格！我根本不知道他背地里在做什么！"

"做什么……你是说……你和汉斯……"

她胡乱点点头："自从汉斯和我在奥斯陆重逢，我们就在一起了。他让我相信，小强尼对你和他都很危险，所以我……但我后来不小心听见他要在哪里跟你们两个见面……"

"不小心听见……"

"我还听见他说，你们两个一个都别想活……我要跟他一起来，但他一口回绝了！他把我一把推开，不许我跟着。这时候我才意识到他是怎么样把我蒙在了鼓里……我还报警了……"

"报警？"

"是的，都结束了，瓦格。都结束了……"

我试图看清她。但她似乎正在从我眼前飘走。越来越难看清她了。我也越来越疼。整个身体都在疼。我的脸颊上有什么东西，热热的，湿湿的。我先以为是血，后来才意识到是泪水。是西西莉的，不是我的。

"扬·埃吉尔怎么样了?"我咕哝道，但她没有回答。

我听见远处传来警笛声。但这一切都跟我无关了。我开始沉没，缓缓地，静静地，像是躺在一股向上升腾的气流之上。我沉没进一片无垠的黑暗的虚空之中。我翻了个身，脸朝下趴着。疼痛渐渐消失，一切都变得那么美好，那么舒适。在我的身下，我看见一片环形的光晕在银色的水面闪烁着。紧接着，我一头扎了进去。